NICA STEVENS

HÜTER DER FÜNF LEBEN

CARLSEN

MIX
Papier aus verantwortungsvollen Quellen
FSC® C083411

Originalausgabe
Veröffentlicht im Carlsen Verlag
April 2017

Lektorat: Rebecca Wiltsch
Umschlagbild: shutterstock.com © Elena Schweitzer/
Alena Root/Wong yu liang/PlusONE
Umschlaggestaltung: formlabor
Corporate Design Taschenbuch: bell étage
Herstellung: Karen Kollmetz
Satz: Dörlemann Satz, Lemförde
ISBN 978-3-551-31604-2

Für all jene, die den Zauber des
geschriebenen Wortes spüren können.
Nichts ist magischer als die eigene Fantasie.
Sie erweckt die Zeilen zum Leben
und macht die Geschichte zu deinem
ganz persönlichen Abenteuer.

PROLOG

Eisiger Schnee hagelte gegen die Waldhütte. Dave Murray konnte sich nicht daran erinnern, jemals einen so heftigen Wintersturm miterlebt zu haben. Der Wind fegte orkanartig über das Land, obwohl der Wetterdienst keine Unwetterwarnung herausgegeben hatte. Wenn er von der Sturmfront gewusst hätte, wäre er mit Katie erst gar nicht zu der Hütte aufgebrochen. Sie wollten eigentlich nur einen romantischen Abend zusammen verbringen, doch nun saß seine Frau verängstigt vor dem prasselnden Kaminfeuer und lauschte dem Heulen des Windes.

»Hast du jemandem erzählt, dass wir hier sind?«, fragte sie.

Dave schüttelte den Kopf.

»Was machen wir, wenn wir eingeschneit werden? Vielleicht sollten wir uns doch lieber auf den Heimweg machen. Wir haben nur für heute Verpflegung dabei.«

»Nein, wir müssen abwarten, bis das Unwetter sich beruhigt hat.«

Katie legte sich eine Decke über die Schultern, stand auf und lief unruhig im Raum umher. Das Kaminfeuer gab nicht genug Wärme ab. Sie hatten nur wenige Holzscheite entzündet, da der starke Wind den Rauch durch den Schornstein zurück in die Hütte drückte.

Dave hustete und lief zur Tür. »Ich lasse kurz frische Luft rein«, sagte er und schob den Riegel beiseite. Als er die Tür öffnete, wehte Schnee in den Raum hinein und peitschte ihm ins Gesicht.

Im kargen Licht des Mondes wirkte der Wald mehr als unheilvoll. Die Bäume beugten sich unter der Kraft des Sturmes, der Äste brach und mit sich forttrug.

Er wollte die Tür gerade wieder schließen, als er auf der obersten Stufe der Verandatreppe etwas liegen sah.

»Ich glaube, da draußen ist ein verletztes Tier«, sagte er zu Katie.

Sie trat hinter ihn und schaute über seine Schulter. »Geh nicht raus. Du weißt doch gar nicht, was es ist.«

Dave griff nach seinem Jagdgewehr. »Es scheint klein zu sein.« Er verließ die Hütte und näherte sich langsam der Treppe.

»Sei vorsichtig«, rief Katie über den tosenden Sturm hinweg.

Dave stieß das Bündel mit dem Gewehrlauf an. Es bewegte sich nicht. Da beugte er sich hinunter und strich den Schnee vom Fell, um erkennen zu können, was es war.

Er erstarrte. Das hier war kein Tier … Vor ihm lag ein Säugling, eingehüllt in ein Stück Bärenfell. Kleine Eiskristalle hatten sich auf den spärlichen Augenbrauen gebildet und das zarte Gesicht wirkte bleich.

Dave hob das Baby auf, presste es an seine Brust und schaute sich um. Doch er konnte keine Fußspuren in dem frisch gefallenen Schnee erkennen. Ohne noch länger zu zögern, eilte er zurück in die Hütte.

»O mein Gott.« Katie schlug sich die Hand vor den Mund, als sie das Baby erblickte. »Atmet es noch?«

Behutsam legte er das Kind vor der Feuerstelle ab und befreite es aus dem feuchten Fell. Er betrachtete die sich schwach hebende und senkende Brust des nackten Jungen, auf der sich ein frisches Wundmal zeigte.

»Welcher Unmensch kann einem Baby nur so etwas antun?« Dave zitterte.

Die durchtrennte Nabelschnur zeugte davon, dass der Säugling erst wenige Stunden alt war. Mehr tot als lebendig lag der kleine Junge in Daves Händen, während er ihn liebevoll unter seine Strickjacke schob, um ihn zu wärmen.

Katie brachte kein weiteres Wort über die Lippen. Sie kniete sich neben Dave und öffnete die obersten Knöpfe seiner Jacke, bis das Gesicht des Babys zu sehen war. Unentwegt streichelte sie über den Kopf des Säuglings, der kaum hörbar zu wimmern begann.

Draußen wurde es ruhiger. Der Sturm ließ allmählich nach, bis sich eine tröstende Stille auf die Umgebung legte.

1. Kapitel

18 Jahre später

Unzählige Glühwürmchen tanzten in der Dunkelheit und fanden sich zu einer einzigen Lichtkugel zusammen, die schließlich explosionsartig zerbarst. Ich bewunderte den Feuerregen, der am Nachthimmel verglühte, und hatte plötzlich das Gefühl, beobachtet zu werden.

Mein Herz raste. Inzwischen war ich mir ganz sicher … Irgendjemand stand direkt hinter mir.

Ich bemühte mich ruhig zu atmen und drehte mich ganz langsam um, bis wir uns von Angesicht zu Angesicht gegenüberstanden.

Seine Augen schimmerten blau, dann türkis und verdunkelten sich schließlich zu einem faszinierenden Grün …

»Guten Morgen, Vivien.«

Wandas Stimme drang in mein Bewusstsein. Als sie die schweren Vorhänge zur Seite zog und die Sonne mir direkt ins Gesicht schien, erwachte ich endgültig aus meinem aufwühlenden Traum.

»Nun aber raus aus den Federn. Dein Großvater erwartet dich zum Frühstück.« Wanda zupfte an meiner Bettdecke.

Ich blinzelte gegen das grelle Licht an und streckte mich. »Wie spät ist es?«

»Gleich acht Uhr.« Sie öffnete den weißen Designerschrank. »Soll ich dir beim Packen helfen?«

»Das habe ich gestern Abend schon erledigt.« Ich setzte mich auf. »Du solltest mal mit nach Jasper kommen. Es würde dir dort gefallen.«

Wanda hob theatralisch die Hände. »Ich kann deinen Großvater doch unmöglich sich selbst überlassen. Der Haushalt versinkt im Chaos, wenn ich mich nicht darum kümmere.«

Sie war echt eine gute Seele. Ursprünglich hatte Großvater sie als mein Kindermädchen eingestellt, doch über die Jahre hatte sie zusätzlich auch die Aufgaben der Haushälterin und Köchin übernommen. »Du darfst uns nicht so sehr verwöhnen. Im Ernst, hattest du überhaupt schon jemals Urlaub?«

Sie verschränkte die Arme vor der Brust. »Ich brauche keinen Urlaub. Da würde ich mich zu Tode langweilen.« Sie lief zur Tür, drehte sich aber noch mal zu mir um. »Beeil dich! Er wartet nicht gern.«

Sie hatte Recht. Wie jedes Jahr in den Sommerferien flog ich heute für zwei Wochen zu meinem Dad. Mein Großvater würde also sowieso schlechte Laune haben und ich sollte ihn nicht auch noch herausfordern. In diesem Haus gab es einige Regeln, auf deren Einhaltung er strengstens achtete. Und ein gemeinsames Frühstück gehörte definitiv dazu.

Ich beeilte mich unter die Dusche zu kommen und mühte mich anschließend damit ab, meine langen braunen Haare durchzukämmen. Obwohl ich keine richtigen Locken hatte, waren sie dennoch sehr widerspenstig. Seufzend legte ich den Kamm beiseite und tuschte mir noch schnell die Wimpern.

Zurück in meinem Zimmer schlüpfte ich in meine ausgewaschene Jeans und ein dunkelblaues Shirt. Als ich nach meiner Armbanduhr griff, fiel mein Blick auf das Foto meiner Eltern, das auf dem Nachttisch stand. Sie wirkten sehr jung und glücklich. Ich musste unwillkürlich schmunzeln, weil es so aussah, als würden sie mir zulächeln.

Meine dunkelblauen Augen hatte ich eindeutig von Mum geerbt. Ich betrachtete sie und strich mit dem Finger über das Foto. Sie war bei einem Autounfall ums Leben gekommen, als ich noch ein Baby war, daher hatte ich leider keinerlei Erinnerung an sie.

Ich nahm den Koffer, verließ mein Zimmer und eilte die weiße Marmortreppe hinunter. Mein Gepäck ließ ich in der Lobby zurück. Im Esszimmer saß mein Großvater bereits an dem dunklen Holztisch, der für mindestens zehn Personen Platz bot.

Er sah mich über seine Zeitung hinweg an und blickte dann vielsagend auf seine Uhr.

»Du bist zu spät«, rügte er mich.

»Guten Morgen.« Ich lächelte ihn versöhnlich an und strich Marmelade aufs Toastbrot.

Nicht einmal jetzt, wenn er verärgert die Stirn runzelte, sah man ihm seine fünfundsechzig Jahre an. Sein dichtes braunes Haar zeigte sich nur an den Schläfen grau meliert. Es wirkte, als wäre die Zeit bei ihm stehengeblieben.

Seit jeher lebte er mit mir allein. Er hatte das Sorgerecht zugesprochen bekommen, weil Dad damals nur ein mittelloser Student gewesen war. Ich hatte oft versucht mit Großvater über den Tod meiner Mutter zu sprechen, aber er hatte mich in diesen Momenten immer abgewiesen. Nicht einmal Fotos hatte er von ihr aufgestellt. Er war nicht der Typ, der seine Gefühle offen zeigte.

»Möchtest du auch noch etwas Kaffee?«, fragte ich, als ich mir einschenkte.

Er legte die Zeitung beiseite. »Du wirst mich jeden Tag anrufen, damit ich weiß, wie es dir geht. Hast du mich verstanden, Vivien?«

Ich biss in mein Toastbrot und nickte.

Großvater musterte mich eingehend. »Brian kann dir nichts bieten. Er ist ein Vagabund und streift lieber durch die Wildnis, anstatt einem ordentlichen Beruf nachzugehen.«

»Die Arbeit eines Rangers ist hoch angesehen«, erwiderte ich kauend.

»Sprich nicht mit vollem Mund.«

Ich ahnte, was als Nächstes kommen würde. Es verging schließlich keine Woche, in der er mir nicht mit meinem zukünftigen Studium in den Ohren lag. Dabei ging ich erst in die elfte Klasse und hatte noch ein Jahr Zeit, ehe ich mich an einer Uni bewerben musste.

»Du wirst eines Tages eine angesehene Juristin sein, wenn du ehrgeizig genug bist.«

Er stützte sich mit den Unterarmen auf dem Tisch auf und beugte sich zu mir herüber. Die Furche auf seiner Stirn wurde immer tiefer. »Andere würden sich glücklich schätzen, wenn sie einen Studienplatz an einer renommierten Elite-Uni ergattern könnten.«

»Aber vielleicht würden sie es lieber allein schaffen, anstatt immer alles auf dem Silbertablett serviert zu bekommen.«

Er atmete tief durch. »Ich habe gute Kontakte, ermögliche dir eine aussichtsreiche Karriere und werde dir das Studium finanzieren. Du solltest wenigstens etwas Dankbarkeit zeigen.«

Ich knetete meine Hände im Schoß. »Dads Chef hat mir einen Praktikumsplatz im Jasper Nationalpark angeboten. Ich würde gern ...«

Großvater stand ruckartig auf, so dass sein Stuhl fast nach hinten umkippte. »Denk nicht einmal daran, in die Fußstapfen deines Vaters zu treten.«

Er verließ schnellen Schrittes den Raum und stieß dabei fast mit Wanda zusammen, die gerade durch die Tür trat.

»Was war denn nun schon wieder los?«, flüsterte sie. »Warum müsst ihr euch ständig streiten?«

Ich seufzte. »Es ist immer dieselbe Leier.«

Sie kam auf mich zu und strich mir eine Haarsträhne hinters Ohr. »Er möchte dich nicht verlieren und dafür sorgen, dass es dir gut geht.«

»Früher oder später werde ich auf eigenen Beinen stehen. Damit muss er klarkommen.«

Wanda schaute sich um und vergewisserte sich, ob Großvater auch wirklich außer Hörweite war. »Er meint es nur gut. Es ist doch verständlich, dass er dich gern an seiner Seite sehen will. Du bist die Einzige, die ihm von seiner

Familie noch geblieben ist. Er möchte dir eines Tages seine Kanzlei überschreiben.«

Na toll. Jetzt machte Wanda mir auch noch ein schlechtes Gewissen. Großvater war einer der wohlhabendsten und einflussreichsten Männer Vancouvers. Er besaß mehrere Immobilien, unter anderem einen Wolkenkratzer im Zentrum der Stadt, wo er über hundert Anwälte und deren Sekretäre beschäftigte. Da er sehr viel arbeitete, blieb er die Nächte meistens in seinem Penthouse. An den Wochenenden kam er aber immer nach Hause, um Zeit mit mir zu verbringen.

Ich presste die Lippen zusammen. Auch wenn er sehr kontrollsüchtig war, so wusste ich, dass er sich tief in seinem Herzen um mich sorgte. Doch ich liebte die Wildnis Kanadas und wünschte mir, später bei Dad im Nationalpark zu arbeiten.

Wanda überreichte mir ein Lunchpaket für die Reise und kniff mir aufmunternd in die Wange. Sie begleitete mich in die Lobby, wo der Pilot meines Großvaters bereits auf mich wartete.

»Guten Morgen, Vivien.« Taylor begrüßte mich mit einem Händeschütteln und griff nach meinem Koffer. »Bist du bereit der Höhle des Löwen für eine Weile zu entfliehen?«

Ich nickte und folgte ihm auf die Veranda hinaus.

»Viel Spaß«, rief Wanda mir nach.

»Den werde ich haben.« Ich warf ihr eine Kusshand zu und musterte Taylor dann aus zusammengekniffenen Augen.

Obwohl ich ihn nur selten zu Gesicht bekam, schien ihm nicht zu entgehen, wie sehr mich dieser goldene Käfig manchmal anwiderte. Er hatte immer einen lockeren Spruch auf Lager und konnte mich schon mit einem Zwinkern aufheitern. Irgendwie war eine seltsame Vertrautheit zwischen uns, die ich mir nicht erklären konnte. Immerhin kannten wir uns kaum.

Ich betrachtete seine Piloten-Uniform. Großvater achtete sehr auf das äußere Erscheinungsbild seiner Angestellten. Taylor war ungefähr Mitte zwanzig, machte offenbar viel Sport und sah mit seinem kurzen, dunklen Haar ziemlich gut aus.

Wir gingen die große Außentreppe hinunter und schlugen dann den gepflasterten Weg ein, der sich durch die aufwendig angelegte Parklandschaft schlängelte.

Die kunstvoll beschnittenen Sträucher, die bunten Blumenbeete und der Rasen, der durchaus dem eines Golfplatzes Konkurrenz machen konnte, zeigten die perfektionistische Veranlagung meines Großvaters.

»Haben Sie schon die Vorflugkontrolle durchgeführt und die Instrumente gecheckt?«, fragte Großvater plötzlich, da er uns unbemerkt gefolgt war. Sein Ton klang mehr als unfreundlich.

»Selbstverständlich, Mr Campbell. Wir sind startklar«, antwortete Taylor, während wir uns dem Hubschrauberlandeplatz näherten.

»Gut. Dann sehen Sie zu, dass Sie Vivien heil in Jasper absetzen. Fliegen Sie im Anschluss sofort zurück. Heute Abend habe ich einen weiteren Auftrag für Sie.«

Taylor nickte und stieg umgehend in den schwarzen Helikopter. Anscheinend konnte er es ebenfalls nicht erwarten, von hier wegzukommen.

Als die Rotorblätter sich mit einer ohrenbetäubenden Lautstärke zu drehen begannen, zog Großvater mich in eine kurze Umarmung und öffnete mir dann die Helikoptertür. Meine Haare wirbelten unkontrolliert durch die Luft und ich kletterte schnell hinein.

»Lass dir von deinem Vater keine Flausen in den Kopf setzen«, rief er über den Lärm hinweg.

Er knallte die Tür zu, bevor ich etwas erwidern konnte. Mit einer Handbewegung gab er Taylor zu verstehen, dass er starten sollte.

Dieser reichte mir die Kopfhörer nach hinten und deutete mir an, mich anzuschnallen. Erst nachdem ich den Gurt angelegt hatte, ließ er den Helikopter langsam aufsteigen.

Die Wipfel der umstehenden Bäume gerieten bei unserem Aufbruch ins Wanken. Aus der Vogelperspektive wirkte die über hundert Jahre alte Stadtrandvilla wie eine kleine Burg. In der Ferne sah ich die riesigen Schiffe, die darauf warteten, in den Hafen von Vancouver einlaufen zu dürfen. Die Skyline und die im Hintergrund aufragenden Berge prägten das beeindruckende Stadtbild. Mit dem Jasper Nationalpark konnte Vancouver meiner Meinung nach trotzdem nicht mithalten.

»Wir haben gutes Flugwetter«, hörte ich Taylors Stimme über die Kopfhörer. »Wenn wir Glück haben, schaffen wir die Strecke in zweieinhalb Stunden.«

Zwischen den leeren, großzügig gepolsterten Sitzen fühlte ich mich ziemlich verloren und bereute es, nicht vorn neben Taylor Platz genommen zu haben. Ich freute mich auf die nächsten Tage. Es war immer wieder ein Abenteuer, meinen

Vater auf seinen Streifzügen durch die Wildnis zu begleiten. Er und sein bester Freund Dave waren für die Betreuung des Jasper Nationalparks zuständig. Die beiden veranstalteten unter anderem Exkursionen für Besucher, führten Naturschutz-Maßnahmen durch und leisteten Pflege- und Reparaturarbeiten für die Gefahrensicherung des Parks.

Momentan unterstützten sie auch ein Forschungsprojekt, für das sie Proben aus den umliegenden Seen entnahmen, die Daten erfassten und auswerteten. Dad hatte mir versprochen mich fernab der Touristenstationen auf ihre dreitätige Erkundungstour mitzunehmen.

Ob Daves Sohn uns auch begleiten würde? Liam war ein Jahr älter als ich und wir waren als Kinder oft mit unseren Vätern auf Streifzüge gegangen, wenn ich in Jasper zu Besuch war. Allerdings hatte ich ihn in den letzten drei Sommern nicht gesehen, obwohl ich mit meinem Vater viel Zeit bei den Murrays verbracht hatte. Liam war in den Wäldern unterwegs gewesen, und hatte sich in den ganzen Ferien nicht blickenlassen.

Ich musste lächeln. Vergangene Nacht hatte ich doch tatsächlich von ihm geträumt. Ich lehnte mich zurück, schloss die Augen und glitt allmählich in einen weiteren Traum.

2. KAPITEL

Als ich erwachte, verriet mir die atemberaubende Landschaft, dass wir am Ziel waren. Malerische Seen und gewaltige Flussläufe lagen eingebettet in den immergrünen Nadelwäldern. Im Hintergrund waren die schneebedeckten Gipfel der Rocky Mountains zu sehen.

Wir hatten bereits an Höhe verloren und flogen auf den kleinen privaten Flughafen von Jasper zu. Neben dem Rollfeld stand Dad und wartete schon auf uns.

Als der Helikopter schließlich auf der Rasenfläche aufsetzte, gab es für mich kein Halten mehr. Noch ehe die Rotorblätter zum Stillstand gekommen waren, schnallte ich mich ab, öffnete die Tür und rannte auf meinen Vater zu, der mir mit ausgebreiteten Armen entgegenkam.

»Endlich …« Er schloss mich fest in eine Umarmung.

»Lass dich anschauen.« Dad nahm meine Hand, hob sie über meinen Kopf und drehte mich, als würde er mit mir tanzen. »Du bist …«

»… groß geworden«, vervollständigte ich seinen Satz.

»Aber ich kann dich beruhigen, mittlerweile müsste ich ausgewachsen sein und du brauchst keine Angst mehr zu haben, dass ich dich irgendwann noch überrage.«

»... noch hübscher geworden, wollte ich eigentlich sagen.« Er wandte sich Taylor zu, der neben uns trat und ihm meinen Koffer überreichte. »Hallo, Taylor. Wie war der Flug?«

Taylor lächelte mich an. »Ich hatte zur Abwechslung eine sehr angenehme Flugbegleitung.«

Dad lachte und rieb sich die Nase, die ziemlich gerötet war. »Das klingt ganz danach, als hätte Campbell noch immer nichts von seinem speziellen Charme eingebüßt.«

Taylor wurde ernst. »Sehen Sie zu, dass Sie Vivien aus den Fängen dieses Mannes befreien.«

Und da war er wieder, dieser unergründliche Blick, den er mir gelegentlich zuwarf. Wollte er mir damit irgendetwas sagen? Was ging bloß in ihm vor?

»Darauf können Sie sich verlassen«, erwiderte Dad. »In wenigen Monaten wird Vivien achtzehn, dann kann Campbell mich nicht mehr daran hindern, meine Tochter öfter zu sehen.«

Taylor räusperte sich. »Ich gehe jetzt schnell etwas essen, solange der Helikopter betankt wird. Mr Campbell erwartet mich heute noch zurück.« Er eilte davon und wir sahen ihm irritiert nach.

»Komm, lass uns nach Hause fahren.« Dad ergriff meine Hand, um mich zu seinem Geländewagen zu führen, der dringend mal wieder eine Autowäsche benötigte. Dass der Chevrolet ursprünglich weiß war, konnte man nur erahnen. Der grüne Seitenstreifen mit der Aufschrift Parks Canada war kaum sichtbar, so dick haftete der Schlamm auf dem Lack.

Ich schaute ihn mit hochgezogenen Augenbrauen an.

Dad lachte und zerzauste sein dunkelblondes kurzes Haar. »Hey ... Das ist ein Gebrauchsgegenstand. Was kann ich dafür, wenn es ständig regnet und das Gelände voller Matsch ist.« Er nieste mehrmals.

»Brauchst du ein Taschentuch?«

»Nein, danke. Wenn ich einmal mit Schnäuzen anfange, kann ich nicht mehr damit aufhören.« Er rümpfte seine wunde Nase. »Seit Wochen schleppe ich jetzt schon diese blöde Erkältung mit mir herum.«

Im Innenraum von Dads Wagen herrschte das reinste Chaos. Auf der Rückbank und im Fußraum verteilten sich haufenweise Ordner und loses zum Teil zusammengeknülltes Papier. Zu der leeren Coladose, aus der einige Tropfen ausgelaufen waren und eine klebrige Spur auf der Ablage vor mir hinterließen, gesellte sich noch ein angebissener Apfel und eine offene Tüte Chips.

»Du hast dir ja richtig Mühe gegeben, noch etwas Ordnung zu schaffen, bevor ich ankomme.«

Dad fuhr los. »Du kennst mich doch.«

Ich nahm eine Handvoll Chips und warf einen davon in seine Richtung, bevor ich mir die anderen alle auf einmal in den Mund schob. »Leben und leben lassen, richtig?«, gab ich seine altbekannte Devise kauend zum Besten.

Er lächelte mich an. »Du hast mir gefehlt, Kleines.«

Ich beobachtete die tief hängenden Wolken, die an den Berggipfeln vorüberzogen. Der Yellowhead Highway war von den hohen Nadelbäumen des Nationalparks gesäumt, die nur gelegentlich durch steile Felshänge zurückgedrängt wurden.

Das Ortseingangsschild von Jasper hieß uns willkommen. Wir fuhren an Wohnmobilen vorbei, die entlang der Hauptstraße parkten und die kleine Stadt als beliebtes Reiseziel enttarnten. Die historische Siedlung lag inmitten des größten und nördlichsten der vier Rocky Mountain Parks. Sie gehörten dem Weltnaturerbe an, weshalb man hier eine Menge Touristen antraf.

Dad wohnte in einem bungalowähnlichen, grün gestrichenen Holzhaus. Auf den Stufen zur Veranda saß meine Freundin Leslie. Während Dad die Garage ansteuerte, kreischte sie begeistert auf und kam wild gestikulierend auf uns zugerannt.

Leslie trug unter ihrem kurzen Jeansrock eine violette Leggings und kombinierte das Ganze mit einem zitronengelben Top, das ihre Kurven perfekt zur Geltung brachte. Ihr pink gefärbter, akkurater Bob wurde nur durch den etwas zu langen Pony aufgelockert.

Wo nahm sie nur ihr Selbstbewusstsein her? Leslie war ein richtiger Sonnenschein und hatte sich noch nie um die Meinung anderer gekümmert. Sie war mit sich und der Welt im Reinen und steckte mich immer mit ihrer guten Laune an.

Noch bevor wir ganz zum Stehen gekommen waren, riss sie die Beifahrertür auf. »Vivien! Es wird Zeit, dass du dich mal wieder hier blickenlässt.«

»Hey, Leslie.« Ich schnallte mich ab und stieg aus, um ihr um den Hals zu fallen.

Sie trat einen Schritt zurück und begutachtete mich von oben bis unten. »Ich glaube es ja nicht – dir sind ja doch noch Brüste gewachsen«, zog sie mich auf.

Ich kommentierte ihre Aussage mit einem Augenrollen. »Und du hast dich kein bisschen verändert.«

»Das wäre ja noch schöner!« Sie schenkte mir ein übertriebenes Lächeln. »Jasper hätte eine Attraktion weniger, wenn ich nicht mehr ich wäre.«

Dad quetschte sich mit meinem Koffer an uns vorbei. »Kommt mit ins Haus«, wies er uns an. »Ich habe einen Willkommenskuchen gebacken.«

Leslie war sofort an seiner Seite. »Handelt es sich zufällig um den Schokokuchen mit den bunten Streuseln?«, erkundigte sie sich.

»Einen anderen Kuchen kann ich gar nicht«, erwiderte er, bevor er in einen erneuten Niesanfall ausbrach.

»Die reinste Bazillenschleuder«, sagte Leslie und ging sofort auf Abstand. Sie musterte meinen Vater, als würde sie eine Gefahrenquelle inspizieren. »Na ja … Solange wir nicht miteinander kuscheln, werde ich mich ja hoffentlich nicht gleich anstecken.« Entschlossen lief sie voraus. »Was tut man nicht alles für ein Stück Schokokuchen.«

Dad blieb stehen und sah ihr kopfschüttelnd hinterher. »Miteinander kuscheln?« Er setzte eine gespielt verängstigte Miene auf.

Ich klopfte ihm auf die Schulter und lief an ihm vorbei.

Es roch nach Salbei, als wir das Haus betraten. Auf dem Gasherd in der Küche entdeckte ich den dampfenden Teekessel, der den Duft verströmte. Der Küchentisch war für zwei Personen eingedeckt und Leslie nahm wie selbstverständlich vor einem der Teller Platz.

»Hast du schon Pläne für deinen Aufenthalt geschmiedet?«, fragte sie und schnitt den Kuchen an.

Ich holte noch ein drittes Gedeck, bevor ich mich neben sie setzte. »Auf jeden Fall gehe ich mit den Rangern für drei Tage auf Erkundungstour.«

»Aha ... Das klingt ja megaspannend.« Sie hielt sich die Hand vor den Mund und gähnte.

»Dave freut sich darüber, dass du uns begleitest«, ließ Dad mich wissen. Er schenkte uns Kaffee ein, stellte die Thermoskanne auf den Tisch und setzte sich zu uns.

»Kommt Liam eigentlich auch mit?«, fragte ich. »Er war früher doch immer so von unseren Ausflügen begeistert.«

»Lebt der überhaupt noch?« Leslie kaute genüsslich. »Den habe ich ewig nicht gesehen.«

Ich hob die Augenbrauen. »Ihr geht doch auf dieselbe Schule.«

Sie zuckte mit den Schultern. »Inzwischen hat er wohl seinen Abschluss in der Tasche. Aber auch davor hat er sich dort kaum noch blickenlassen.«

Ich sah überrascht zu Dad.

Der seufzte nur. »Dave und Katie machen sich ein wenig Sorgen um ihn.« Er rieb sich die Schläfen und stand auf. »Ich lass euch Mädels kurz allein, damit ihr in Ruhe quatschen könnt.« Er verließ die Küche.

»Liam war schon immer ein Einzelgänger«, sagte Leslie. »Wenn du mich fragst, hat der einen an der Klatsche.« Sie nahm meine Hand. »Lass uns das Thema wechseln. Ich bin bei meinen Eltern im Laden ziemlich eingespannt. Aber wenn ich ihnen sage, dass du mal wieder in der Stadt bist, geben sie mir bestimmt ein oder zwei Tage frei.« Sie schaute zur Tür, durch die mein Vater verschwunden war. »Falls du also doch lieber Spaß haben willst, stehe ich dir gern für jeglichen Zeitvertreib zur Verfügung.«

»Vielen Dank, dein Angebot ist wirklich sehr reizvoll.«

»Jaja, meine Dienste als professionelle Freizeitgestalterin sind ein wahrer Luxus, den sich nicht jeder leisten kann. Für dich gibt es das Leslie-Paket jedoch vollkommen gratis.«

»Ich frage mich gerade, wer hier wirklich einen an der Klatsche hat«, sagte ich und lachte.

Leslie schnitt eine Grimasse. »Ich stehe dazu!«

»Na, da bin ich ja beruhigt.«

Sie stand auf, zog mich ebenfalls vom Stuhl hoch und ging mit mir zur Tür. »Ich muss zurück in den Laden«, sagte sie. Seit Jahren arbeitete sie jetzt schon nach der Schule und am Wochenende im Souvenirladen ihrer Eltern, um ihr Taschengeld ein wenig aufzustocken. »Aber du weißt Bescheid. Ein Anruf genügt und ich bin bei dir.«

»Okay, ich melde mich.«

Wir umarmten uns, bevor sie sich wieder auf den Heimweg machte. Sie winkte meinem Vater zum Abschied zu, der sich gerade mit dem Wasserschlauch über sein dreckiges Auto hermachte. »Bis bald, Mr Scott.«

»Ich packe schnell meinen Koffer aus«, rief ich ihm zu. »Dann helfe ich dir.«

Dads Haus war im Gegensatz zu Großvaters Stadtrandvilla nicht protzig und modern, sondern einfach und gemütlich. In jedem Raum stand mindestens ein Foto von meiner Mutter oder von mir. Die Wände meines Zimmers waren in einem sonnigen Gelb gestrichen, das die dunklen Möbel aus Massivholz richtig gut zur Geltung brachte. Dad hatte die komplette Einrichtung selbst gebaut. Allein der Schreibtisch mit seinem aufwendig eingebrannten Muster war bestimmt ein kleines Vermögen wert.

Ich räumte meine Sachen in den großen Kleiderschrank und verstaute den Koffer unter dem Bett. Dann machte ich mich auf den Weg nach draußen, doch mein Vater kam mir bereits im Flur entgegen.

»Hast du mein Handy irgendwo gesehen?«, fragte er, als dieses im selben Augenblick klingelte. Dad und ich lachten los und folgten dem Klingelton bis in die Küche.

»Hallo, Dave«, meldete er sich zu Wort, nachdem er einen Blick auf das Display geworfen hatte. Er klemmte das Handy zwischen Schulter und Ohr, um sich nebenbei frisches Teewasser aufzusetzen.

»Ich mache das«, sagte ich und drängte ihn beiseite. Während er telefonierte, befüllte ich das Teesieb mit Salbeiblättern und machte mich daran, den Tisch abzuräumen.

»Meine Erkältung ist ziemlich hartnäckig. Ich werde Dr. Weiher morgen früh vorsichtshalber noch einen Besuch abstatten, bevor wir aufbrechen«, ließ er Dave wissen. Er lehnte sich gegen die Anrichte und schaute mich an. »Du würdest vor Neid erblassen, wenn du sehen könntest, was für ein hübsches Mädchen gerade bei mir ist.« Er zwinkerte mir zu. »Ja, Vivien ist gut angekommen … Oh, das klingt lecker … Moment, ich frage sie mal.«

Er drückte das Handy an seine Brust. »Katie hat ihren weltberühmten Kartoffelauflauf gemacht. Sie und Dave würden uns heute gern zum Abendessen einladen, falls du Lust hast.«

Ich nickte. Katies Kochkünste würde ich mir nicht entgehen lassen.

»Vivien ist einverstanden. Wir sind dann also so gegen sieben Uhr bei euch … Okay, bis später.« Dad steckte das Handy in die Hosentasche und warf einen Blick auf seine Armbanduhr. »In zwei Stunden müssen wir los.«

Ich schrieb Großvater eine Nachricht, dass ich gut angekommen war, und beseitigte das letzte Chaos in der Küche, während Dad seinen Tee trank. Dann gingen wir nach draußen und widmeten uns dem Auto.

Dad hatte den gröbsten Schlamm schon heruntergewaschen und machte letztlich auch die übrige Arbeit fast allein, da mich Nachbarn im Vorbeigehen immerzu in ein Gespräch verwickelten und mich über mein Leben in Vancouver ausfragten.

Die Zeit wurde knapp und ich pflückte im Garten noch schnell ein paar Blumen für Katie. Schließlich saßen wir fast pünktlich im Auto und machten uns auf den Weg.

Ich freute mich auf die Murrays und war gespannt, ob ich Liam nach der langen Zeit mal wieder zu Gesicht bekommen würde.

»Was hat Liam denn eigentlich für Probleme?«, erkundigte ich mich.

Dad sah mich kurz an, ehe er seinen Blick wieder auf die vor uns liegende Straße richtete. »So genau weiß ich das auch nicht. Was Liam angeht, hält Dave sich sehr bedeckt. In letzter Zeit zieht der Junge sich immer mehr zurück und Dave unternimmt nichts dagegen.«

»Du magst ihn«, stellte ich fest.

»Ja, das tue ich«, erwiderte er und bog in die Einfahrt der Murrays ein. »Du doch auch, oder?«

3.
KAPITEL

Das zweistöckige Holzhaus der Murrays stand auf einer kleinen Lichtung. Im Vorgarten, auf der Veranda und den Fensterbänken – überall blühten Blumen. Man sah auf den ersten Blick, dass Katie einen grünen Daumen hatte und ihren Garten über alles liebte. Gegenüber vom Haupthaus befand sich eine Scheune, die Dave unter anderem als Garage nutzte.

Katie kam aus dem Haus, rief nach ihrem Mann und umarmte mich herzlich.

»Du bist eine richtige Dame geworden«, sagte sie und lächelte mich an.

Katie war eine kleine zierliche Person mit vielen Lachfältchen im Gesicht. Ihre kurzen blonden Haare hatte sie ohne erkennbares Styling einfach zur Seite gekämmt.

Dave schlurfte in Hausschuhen auf uns zu, ohne sich von den Zurufen seiner Frau aus der Ruhe bringen zu lassen. Er hatte in den letzten Jahren ordentlich an Gewicht zugelegt, was sicherlich Katies guten Kochkünsten zu verdanken war.

»Na, wen haben wir denn da?« Dave reichte mir die Hand. »Du bist viel zu selten in Jasper, liebe Vivien. Dein Vater kann deinen achtzehnten Geburtstag gar nicht erwarten.« Er warf Dad einen bedeutungsvollen Blick zu. »Aber Vorsicht, Brian kann ganz schön anstrengend sein, wenn man ihn ständig um sich hat.«

Dad verzog spöttisch den Mund. »Und so etwas nennt sich Freund. Glaub bloß nicht, mir fällt es leicht, dich den ganzen Tag zu ertragen.«

Dave grinste ihn an. »Du kannst froh sein, dass ich dich alten Miesepeter bei Laune halte.« Er legte mir den Arm um die Schultern und führte mich zum Haus.

Bis auf den Tisch und die vier Stühle war die Terrasse mit Pflanzenkübeln zugestellt. Die Abendsonne tauchte das Blumenmeer in ein zartes Licht und ließ die Insekten, die um die Blüten herumschwirrten, träge werden.

»Liam isst wohl nicht mit?«, fragte ich, als ich nur vier Gedecke zählte.

Katie schüttelte den Kopf. »Nein, für einen geselligen Abend können wir ihn schon lange nicht mehr begeistern.«

»Er ist selbst schuld, wenn er sich deinen Kartoffelauflauf entgehen lässt«, sagte Dave.

Katie wirkte einen kurzen Moment abwesend. Obwohl es mich brennend interessierte, was mit Liam los war, hakte ich nicht weiter nach.

Der Kartoffelauflauf kam auf die Liste meiner Lieblingsgerichte. Ich konnte überhaupt nicht nachvollziehen, dass Dad nur eine kleine Portion wollte und dann auch noch appetitlos auf seinem Teller herumstocherte. Als er sogar Katies selbst gemachtes Erdbeereis dankend ablehnte, begann ich mir Sorgen zu machen. Ich legte meine Hand auf seine Stirn.

»Brian hat Fieber«, sagte Katie, noch bevor ich meine Diagnose verkünden konnte. »Mal sehen, was unser Arzneischrank zu bieten hat.« Sie stand auf und ging ins Haus.

»Du wirst doch nicht ausgerechnet jetzt krank werden?«, sagte Dave. »Wir müssen die Wasserproben bis Donnerstag gesammelt und ausgewertet haben. Wie soll ich das denn alleine schaffen?«

»Jetzt bleib mal locker«, erwiderte Dad. »Ich werfe mir heute noch eine Tablette ein und morgen bin ich wieder fit.«

»Du hast Fieber und gehörst ins Bett«, sagte Katie, als sie zurückkam. Sie reichte Dad ein Glas Wasser, in dem sich eine Brausetablette sprudelnd auflöste. »Was soll Dave denn mit dir machen, wenn es dir mitten in der Wildnis plötzlich schlechter geht?«

Dave stimmte ihr zu. »Katie hat Recht. Ich habe keine Lust, dich kilometerweit zurückschleppen zu müssen.«

»Wie du schon sagtest, Dave …« Dad nieste. »Wir müssen bis Donnerstag alle Daten zusammengetragen haben.«

»Vielleicht lässt sich der Abgabetermin verschieben«, sagte ich.

Dad schüttelte den Kopf. »Das würde keinen guten Eindruck machen. Ich schaffe das schon.«

»Sturkopf«, sagte Dave. »Ich werde Liam bitten mir beim

Einsammeln der Proben zu helfen. Dann kannst du in Jasper bleiben und dich um den Papierkram kümmern.« Er griff nach dem Telefon und hielt es erwartungsvoll ans Ohr.

Nach einem Moment, der mir endlos erschien, legte Dave das Telefon wieder beiseite. »Der Teilnehmer ist derzeit nicht erreichbar … Vermutlich ist er wieder irgendwo unterwegs, wo er keinen Empfang hat.«

»Ich kann dich doch trotzdem begleiten«, schlug ich vor. »Schließlich war ich schon oft mit euch in der Wildnis und …«

Dad unterbrach mich. »Das kommt gar nicht in Frage.«

»Und warum nicht? Ich habe mich so sehr auf den Ausflug gefreut.«

»Ja, warum eigentlich nicht?«, fragte Dave.

»Bitte.« Ich sah ihn flehend an.

Dad seufzte. »Wenn ich es dir verbiete, jammerst du mir die restlichen Tage die Ohren voll, oder?«

»So ist es.« Ich zeigte ihm mein strahlendstes Lächeln. »Und ich werde nicht müde werden dir noch dazu ein schlechtes Gewissen einzureden.«

Er hob beschwichtigend die Hände. »Also gut, ich kapituliere.«

Zufrieden stand ich auf und begann das Geschirr zu stapeln.

»Lass nur. Ich räume dann später auf.« Katie legte mir eine Hand auf die Schulter. »Sieh zu, dass dein Vater nach Hause und ins Bett kommt.«

»Okay.« Ich umarmte sie. »Wann soll ich morgen hier sein?«, fragte ich Dave.

»Ich werde spätestens um sechs Uhr aufbrechen«, antwortete er.

»Alles klar, dann werde ich eine halbe Stunde vorher da sein.«

❊ ❊ ❊ ❊ ❊

Fast die ganze Nacht hatte ich vor Aufregung kein Auge zugetan. Als ich im Morgengrauen schließlich aufgebrochen war, hatte Dad tief und fest geschlafen. Ich hoffte, dass es ihm bei meiner Rückkehr besser ging, damit wir die verbleibenden Tage noch etwas zusammen unternehmen konnten.

Ob ich es auf meinem klapprigen Fahrrad bis zu den Murrays schaffen würde? Das nächste Mal sollte ich vorher die Luft der Reifen kontrollieren, denn es kam mir vor, als führe ich seit einem Kilometer nur noch auf den Felgen.

Es war nicht leicht, mit dem schweren Rucksack das Gleichgewicht zu halten. Dabei hatte ich nur das Nötigste eingepackt: Essen für drei Tage, bestehend aus Brot, einem Räucherschinken, Keksen, Äpfeln und Möhren. Zum Trinken hatte ich zwei Literflaschen Apfelschorle und Teebeutel dabei. Die Gletscherseen im Nationalpark waren sauber genug, dass man das Wasser daraus sorglos trinken konnte. Ansonsten hatten noch ein Schlafsack, ein Kulturbeutel und Wechselsachen Platz gefunden. Ich fragte mich, wie Dave da noch ein Zelt mitschleppen konnte.

Ein Elch stand mitten auf dem Waldweg, der zum Haus der Murrays führte. Er verschwand jedoch augenblicklich im Wald, als ich mich mit meinem quietschenden Fahrrad näherte. Die ganze Umgebung lag in einem Glitzern, da die Morgensonne sich in den unzähligen Tautropfen widerspiegelte.

Ich war erleichtert, als ich bei Dave und Katie ankam. Nachdem ich von dem halsbrecherischen Gefährt abgestiegen war, lehnte ich das Rad gegen einen Baum und lief zum Haus. Um mich herum war alles ganz still. Die Motorengeräusche der Großstadt fehlten vollkommen, nur ein paar Vögel durchdrangen mit ihrem Gesang gelegentlich die Ruhe. Ich blieb stehen, schloss die Augen und lauschte.

Dave belud offenbar schon den Geländewagen. Ich folgte dem Poltern, ging in die Garage und warf meinen Rucksack auf die offene Ladefläche des Pick-ups. Die Kühlerhaube stand offen, aber Dave war nicht zu sehen.

Ich hakte meine Daumen in die Hosentaschen und sah mich um. Dem Wagen blieb hier drinnen kaum Platz, da hinter ihm ein alter Traktor und zwei Motorräder standen. Ich wusste, dass sie den Heuboden vor Jahren ausgebaut und Liam sich dort eingerichtet hatte. Wie sein Zimmer wohl aussah? Ich begutachtete die Leiter, die zum Heuboden führte, widerstand aber meiner Neugierde.

Schnell wandte ich mich ab und ging zu dem Bereich, den die Murrays als Atelier nutzten. Als ich noch ein Kind war, hatte Dave uns stolz die Schnitzereien gezeigt, die Liam hier gefertigt hatte. Doch jetzt verhüllten gespenstisch weiße Laken die Holzskulpturen. Ein erneutes Poltern aus dem hinteren Teil der Scheune lenkte mich von dem trostlosen Anblick ab.

Dave bewahrte dort sämtliche Werkzeuge und Gartengeräte auf. Sie waren in einem völlig überfüllten Regal unordentlich übereinandergestapelt. Wie konnte er finden, was er benötigte? Ich erspähte seinen dunklen Schatten und lief auf ihn zu. Mein morgendlicher Gruß blieb mir allerdings im Hals stecken, als ich erkannte, wer hier lautstark in einem Werkzeugkasten herumkramte.

Dieser Typ konnte unmöglich der schlaksige Junge von vor drei Jahren sein. Doch die blonden leicht gewellten Haare, die ihm fast bis auf die Schultern reichten, waren noch dieselben wie in meiner Erinnerung.

Liam stand seitlich zu mir und hatte mich noch nicht bemerkt. Ich war zu keiner Handlung fähig. Mein Herz begann zu rasen.

Er trug eine ausgewaschene Jeans, die ihm locker auf der Hüfte saß. Sein weißes Shirt hatte er vorn hinter die Gürtelschnalle gesteckt, ansonsten umspielte der dünne Stoff lässig seinen unübersehbar muskulösen Oberkörper. Er wischte sich seine ölverschmierten Hände an einem trockenen Tuch ab und steckte sich dieses dann in die Gesäßtasche, was meinen Blick unwillkürlich auf seinen Hintern lenkte. O Gott. Ich schluckte, als ich realisierte, dass er sich mir in diesem Moment zuwandte.

»Vivien«, hörte ich Dave im selben Augenblick sagen.

Ich zuckte zusammen und fuhr hektisch herum. »Gu… Guten Morgen«, stotterte ich.

»Du bist überpünktlich«, lobte er mich. »Geht es Brian inzwischen etwas besser?«

Es fiel mir schwer, mich auf Daves Worte zu konzentrieren. Zu deutlich spürte ich Liams Blick, der sich in meinen Rücken bohrte. »Dad hat noch geschlafen, als ich aufgebrochen bin«, antwortete ich schließlich mit etwas Verzögerung.

»Und du bist dir sicher, dass du mitkommen willst?«, fragte er.

Ich nickte. »Ja, ich freue mich schon …« Das Räuspern hinter mir ließ mich verstummen.

»Kann ich dich kurz sprechen, Dave.« Liam nickte mir zur Begrüßung zu, während er an mir vorbeilief und die Scheune verließ.

Dave kraulte sich den Bart. »Ich habe Liam gestern noch erreicht und ihn um Hilfe gebeten. Allerdings hatte ich noch nicht erwähnt, dass du mitkommst.« Er folgte seinem Sohn in aller Ruhe nach draußen.

Atmen … Einfach ganz normal weiteratmen. Ich legte die Hand auf meine Brust, um mich zu beruhigen. Himmel, sah der gut aus.

»Kannst du mir bitte mal erklären, was Vivien hier zu suchen hat?«, hörte ich Liam sagen.

Na super. Er schien über unser Wiedersehen ja nicht besonders begeistert zu sein. Das Ganze war mir mehr als unangenehm.

Ich gab mir einen Ruck und verließ mit erhobenem Kinn die Scheune, schließlich hatte ich ihm nichts getan.

Liam verstummte, als er mich näher kommen sah.

»Gibt es irgendein Problem?«, erkundigte ich mich und sah ihm direkt in die Augen. Blaue Augen … Nein, eher türkis. Oder grün?

Er atmete tief durch und schaute zu Boden.

»Nein, es gibt kein Problem«, erwiderte Dave. »Wir sollten endlich aufbrechen.«

Er warf seinem Sohn einen tadelnden Blick zu, drängte mich zum Pick-up und öffnete mir die Beifahrertür. Dann lief er um den Wagen herum, stieg selbst ein und startete den Motor. »Kann es losgehen?«, fragte er.

Ich nickte zögernd.

Dave fuhr rückwärts aus der Scheune hinaus, schaltete ruckartig in den ersten Gang und fuhr los. Kurz bevor er auf den Waldweg einbog, hielt er jedoch an und schaute abwartend in den Rückspiegel.

Ein Rucksack flog auf die Ladefläche, ehe Liam auf den Wagen aufsprang. Mit einem zufriedenen Lächeln trat Dave auf das Gaspedal, stellte das Radio an und begann laut einen mir unbekannten Song mitzusingen.

Ich starrte geradeaus. Nur allzu gern hätte ich mich zu Liam umgedreht, doch ich widerstand dem Drang. Ich hatte keine Ahnung, wie lange wir fahren würden. Doch ich hoffte, es war genug Zeit, damit Liam sich an den Gedanken gewöhnen konnte, meine Gesellschaft für drei Tage zu ertragen.

4. Kapitel

Wir waren mit dem Pick-up so weit in die Wildnis hineingefahren, wie das Gelände es zugelassen hatte. Seit zwei Stunden waren wir nun schon zu Fuß unterwegs, ohne dass Liam auch nur ein Wort mit mir gewechselt hatte. Ich wollte ihn ignorieren, so wie er es mit mir tat, doch ich ertappte mich ständig dabei, ihn heimlich von der Seite zu beobachten.

Ich konnte kaum fassen, wie sehr er sich verändert hatte. Wir waren immer ungefähr gleich groß gewesen, doch nun überragte er mich mindestens um einen Kopf. Ich musste richtig zu ihm aufsehen.

Er sah sportlich aus. Breite Schultern, muskulöse Arme … Mein Gott – gleich fing ich an zu sabbern.

Wir erreichten einen steilen Abhang. Vor uns lag ein weitläufiges Tal, in dem sich ein reißender Strom durch den endlosen Nadelwald schlängelte. Eine leichte Brise strich mir durchs Haar und verströmte den harzigen Duft der Bäume. Die Rocky Mountains waren von Wolkenfetzen umgeben und ihre schneebedeckten Gipfel glänzten im Sonnenlicht, während ein Raubvogel vor der faszinierenden Kulisse seine Kreise zog.

Ich schloss die Augen, hielt mein Gesicht in den Wind und atmete tief ein. Nirgendwo konnte man sich freier fühlen …

»Wo bleibt ihr denn?«, rief Dave, der schon weitergelaufen war.

Liam stand nur wenige Schritte neben mir und musterte mich. Hatte er mich die ganze Zeit beobachtet?

Kaum erwiderte ich seinen Blick, wandte er sich von mir ab. Er folgte Dave und hatte ihn wenige Augenblicke später eingeholt. Im Gegensatz zu Dave und mir brachte ihn der unebene Waldboden nicht zum Stolpern. Es gab keinen Pfad, den wir einschlagen konnten, aber er schien genau zu wissen, in welche Richtung er sich halten musste, und lief sicheren Schrittes voraus.

Der Wald wurde dichter. Die Bäume standen hier nur etwa drei Meter auseinander, weshalb ihre Äste hoch oben zu einem dunkelgrünen Dach zusammengewachsen waren. Das Licht drang nur noch in Streifen auf die moosbewachsenen Stämme. Vom Himmel war nicht mehr viel zu sehen.

Die Träger meines Rucksacks drückten unangenehm auf meinen Schultern und der daraufgeschnürte Schlafsack scheuerte in meinem Nacken auf der Haut. Doch ich würde auf keinen Fall um eine Pause bitten. Selbst wenn ich mir die nächsten Tage die Füße wund lief und auch noch andere Blessuren davontrug – ich wollte vor Liam keine Schwäche zeigen.

Ich war erleichtert, als wir am späten Nachmittag den See erreichten, der auf Daves Liste ganz oben stand. Das Wasser kräuselte sich und sanfte Wellen schwappten ans Ufer. Über uns hatte sich mittlerweile eine dunkelgraue Wolkendecke zugezogen. Es würde wohl nicht mehr lange dauern, bis es regnete.

»Es ist schön hier«, sagte ich. Der See war von einem schmalen Kieselstrand umgeben und stellenweise von Sträuchern gesäumt, deren Blätter im Wind raschelten.

»Wir sind aber leider nicht hier, um die Natur zu genießen.« Dave klatschte in die Hände. »Auf uns wartet Arbeit.«

»Das eine schließt das andere doch nicht aus«, sagte Liam zu meiner Überraschung. Einen kurzen Moment, der nicht einmal einen Wimpernschlag lang andauerte, sah er mich an.

So langsam konnte er sich mal einkriegen. Ich hatte nicht vor, mir diesen Ausflug von ihm vermiesen zu lassen. Ich setzte meinen Rucksack ab, zog meine Flasche aus der seitlichen Tasche und trank. Was für Probleme er auch immer hatte, ich war nicht dafür verantwortlich. Ich würde mich ihm gegenüber so geben, wie ich war. Und ich würde mit ihm reden wie mit jedem anderen auch.

Dave lief mit dem kleinen Metallkoffer zum Wasser. »Wir müssen die Proben an verschiedenen Stellen entnehmen«, erklärte er, während ich ihm folgte.

In den nächsten Minuten waren wir damit beschäftigt, Wasser- und Bodenproben zu sammeln. Anschließend steckte Dave einen Sensor in die Erde, der Daten an den kleinen Laptop in seinem Metallkoffer schickte. Er notierte das Datum, den Ort und den Zeitpunkt sorgfältig in einem Notizblock.

Liam stand einige Meter von uns entfernt und begutachtete ein Wurzelstück, das er in Ufernähe ausgegraben hatte. Dann pflückte er ein Blatt vom Strauch, zerrieb es zwischen Daumen und Zeigefinger und roch daran.

»Was macht Liam da?«, flüsterte ich.

Dave sah auf und beobachtete seinen Sohn. »Ganz ehrlich? Ich habe keine Ahnung. Aber vermutlich weiß er über den Zustand dieses Sees Bescheid, noch bevor der Computer die Daten ausgewertet hat.«

»Indem er an einem Blatt riecht?«

Dave zuckte mit den Schultern und widmete sich wieder seiner Arbeit.

Ich wusste von Dad, dass Liam viel Zeit in diesen unberührten Wäldern verbrachte und sicherlich einiges darüber wusste. Aber ein Blatt von einem Strauch sagte doch nichts über den Zustand eines Sees aus.

»Hier sind wir fertig.« Dave erhob sich und wischte seine Hände an der Hose ab. »Jetzt müssen wir zum nächsten See und dort beginnt das Spiel von neuem.«

Wir packten zusammen. Ich setzte meinen Rucksack auf, doch meine Haare verfingen sich in den Trägern. Gerade als ich den Rucksack noch mal absetzen wollte, stand plötzlich Liam hinter mir und hob ihn an, damit ich meine Strähnen lösen konnte.

»Danke.« Ich drehte mich zu ihm um, aber er war schon weitergegangen.

Na, immerhin eine nette Geste.

Ich beeilte mich zu ihm aufzuschließen und schaute ihn dann auffällig von der Seite an.

Er atmete tief durch. »Was ist?«

»Wow, ich bin begeistert! Das waren gerade die ersten beiden Wörter, die du heute zu mir gesagt hast.«

Liam warf mir einen schlecht gelaunten Blick zu, aber ich ließ mich nicht einschüchtern.

»Ich bin's ... Vivien. Wir haben früher zusammen gespielt.«

Er seufzte. »Ja, ist lange her.«

»Ich habe dich fast nicht wiedererkannt.«

»Ich dich schon.«

Puh ... Dem musste man ja wirklich jedes Wort aus der Nase ziehen.

Dave hinter uns lachte. »Wisst ihr noch, als wir mit dem Paddelboot unterwegs waren und Vivien beim Aussteigen das Gleichgewicht verloren hat?«

Oh, bitte nicht. Musste er jetzt ausgerechnet damit anfangen?

»Klar weiß ich das noch«, antwortete Liam. »Sie hat mich schließlich mit ins Wasser gezogen.«

Okay, jetzt wurde es peinlich. »Das war ein Reflex und keine Absicht.«

Dave lachte noch lauter. »Ihr hättet eure Gesichter sehen sollen, wie ihr bibbernd nebeneinandergelegen habt.«

»Jetzt tu bloß nicht so, als hättest du Mitleid mit uns gehabt«, sagte Liam. »Brian und du habt euch vor lauter Lachen gar nicht mehr eingekriegt.«

Täuschte ich mich oder war das ein Lächeln, das da um Liams Mundwinkel zuckte?

Er drückte einen Zweig zur Seite, wartete, bis Dave und ich daran vorbeigelaufen waren, und blieb dann deutlich hinter uns zurück. Ich fand es schade, dass er gleich wieder dichtmachte, wo er doch gerade ein wenig aufgetaut war. Aber ich gab mich mit unserem kleinen Fortschritt zufrieden.

Ich zog mein Handy aus der Jackentasche. Großvater würde bestimmt schon auf meinen obligatorischen Anruf warten. Außerdem wollte ich Dad fragen, ob es ihm inzwischen besser ging.

»Da wirst du kein Glück haben«, sagte Dave. »Hier hast du keinen Empfang.«

Er hatte Recht. »Na toll. Das wird Großvater nicht gefallen«, sagte ich mehr zu mir selbst.

Erste Regentropfen fielen auf uns herab. Hoffentlich artete das nicht in einen Dauerregen aus. Der Wind hatte deutlich zugenommen und zerrte an meiner Regenjacke.

Ich beobachtete einen Weißkopfseeadler, der über dem See kreiste. Von einer Sekunde auf die andere stürzte er auf das Wasser zu. Knapp über der Wasseroberfläche streckte er seine großen Fänge weit nach vorn und krallte sich im nächsten Moment einen Fisch, bevor er wieder mit kräftigen Schwingen davonflog.

»Habt ihr das gesehen?« Ich zeigte mit dem Finger auf den Raubvogel, blieb stehen und drehte mich zu den beiden um.

»Ja. Ich finde es immer wieder faszinierend, wie diese …«

Dave stockte. »Was ist los?« Er folgte meinem Blick und drehte sich zu Liam um.

Der hatte die Augen geschlossen und wirkte wie erstarrt. Er atmete schwer und seine Hände zitterten, als er sie zu Fäusten ballte. Die Sehnen traten an seinen Armen hervor und seine Muskeln zuckten unkontrolliert.

Mein Herz begann zu rasen. Was passierte mit ihm? Einen Moment lang war ich nicht mal dazu in der Lage, mich auch nur einen Schritt zu bewegen. Doch schließlich riss ich mich zusammen und ging auf Liam zu.

»Vivien … Nein!« Dave hielt mich zurück.

»Was ist mit ihm?« Ich wollte zu ihm, doch Dave packte mich an beiden Armen, damit ich ihn ansah. »Wir werden jetzt weitergehen.«

»Was?« Warum wollte er Liam alleinlassen?

Ich versuchte mich vergebens von Dave loszumachen und sah wieder zu Liam, der in diesem Augenblick die Augen öffnete.

Sein Blick war starr und seine Augen unnatürlich dunkel.

»Geht!«, presste er zwischen zusammengebissenen Zähnen hervor.

»Komm, Vivien!« Dave lockerte seinen Griff ein wenig.

Ich schüttelte energisch den Kopf, hielt den Blick weiterhin auf Liam gerichtet.

»Er wird nachkommen, sobald es vorbei ist.« Dave zog mich weg.

»Sobald was vorbei ist? Was geschieht hier?« Ich biss mir so sehr auf die Unterlippe, dass es wehtat.

»Es geht ihm gut und wir werden jetzt gehen. Glaub mir, er will in solchen Momenten lieber allein sein.«

Ich sah ihn mit großen Augen an. »Hat er das öfter?«

»Geht endlich!« Liams Stimme bebte.

Schließlich gab ich auf und folgte Dave. Immer wieder drehte ich mich nach Liam um, bis er aus unserem Blickfeld verschwunden war. Meine Knie waren ganz weich. Wie in Trance setzte ich einen Fuß vor den anderen, lief schweigend neben Dave her, der mich von der Seite beobachtete.

»Am besten, du vergisst einfach, was du gesehen hast«, sagte Dave irgendwann.

Ich blieb stehen und schaute ihn eindringlich an. »Was habe ich denn gesehen?« Unzählige Fragen wirbelten durch meinen Kopf.

Dave atmete tief ein und aus und lief weiter.

Sofort war ich wieder an seiner Seite. »Rede mit mir!«

»Das ist schwer zu erklären.« Er raufte sich den Vollbart. »Liam kommt damit klar. Er ist anders als wir und …« Er stockte mitten im Satz. »Vivien, Vivien … Ich rede mich noch um Kopf und Kragen.«

Jetzt verstand ich überhaupt nichts mehr. »Was soll das heißen, er ist anders?«

»Schluss jetzt.« Dave sah mich grimmig an. »Wir werden kein Wort mehr darüber verlieren.« Er ging schneller, offenbar entschlossen mich und jede weitere Frage abzuwimmeln.

Wenn er tatsächlich glaubt, ich würde mich mit diesen spärlichen Antworten zufriedengeben, dann täuschte er sich aber gewaltig. Da für Dave das Thema anscheinend erledigt war, würde ich mir die Antworten eben direkt von Liam holen.

Den restlichen Tag goss es in Strömen. Die Sonne konnte man hinter der dichten dunklen Wolkendecke nur erahnen. Meine Regenjacke hatte der Nässe nicht lange standhalten können und klebte regelrecht an meinen Armen. Das T-Shirt konnte ich später vermutlich auswringen.

Dave wollte unbedingt den nächsten See erreichen, bevor wir unser Nachtlager aufschlugen. Im Gegensatz zu mir schleppte er bei weitem viel mehr Gepäck mit sich herum, deshalb ließ ich mir nicht anmerken, wie sehr meine schmerzenden Schultern mir inzwischen zu schaffen machten. Es war mir völlig egal, wie der See hieß, den wir schließlich nach einer gefühlten Ewigkeit erreichten. Hauptsache, wir waren angekommen.

Während wir unter dem Schutz eines großen Baumes das Zelt aufbauten, schaute ich mich immerzu um. Doch von Liam fehlte nach wie vor jede Spur. Wir hätten ihn nicht alleinlassen dürfen.

»Weiß Liam, dass wir hier sind?«, fragte ich.

Dave nickte. »Ja, Liam kennt den Weg.«

»Müsste er nicht längst hier sein?«

Dave seufzte. Er gab mir keine Antwort.

Etwas später saßen wir im Schneidersitz in dem kleinen Zelt, das uns vor der Nässe Schutz bot. Ich hatte mich umgezogen und war froh meine Wechselsachen noch zusätzlich in eine Plastiktüte gepackt zu haben. Allerdings fühlten sie sich etwas klamm an.

Dave machte sich über meinen Räucherschinken her. Er war der Ansicht, dass der Geruch wilde Tiere anlocken könnte und die Wurst deshalb in unseren Mägen am besten aufgehoben wäre. Doch ich bekam kaum einen Bissen hinunter. Mir war der Appetit vergangen.

»Liam ist immer noch nicht da.«

Dave kaute langsamer, vermied es aber, mich anzusehen.

»Machst du dir denn gar keine Sorgen?«, platzte es aus mir heraus. Ich konnte nicht verstehen, wie er so ruhig bleiben konnte. Draußen war es inzwischen dunkel geworden, nur die Campinglampe spendete uns beiden Licht.

Er sah auf. »Ich würde mir Sorgen machen, wenn es dazu einen Anlass gäbe. Bitte glaube mir, es geht ihm gut.« Er verstaute das übrige Essen wieder in seinem Rucksack und legte sich hin. »Liam wird morgen früh wieder bei uns sein.«

»Morgen früh?« Meine Stimme hörte sich an, als würde ich singen. »Aber es ist stockdunkel, es regnet in Strömen und Liam ist ganz allein da draußen.« Ich deutete mit dem Finger auf den Zeltausgang.

»Ach, Vivien. Liam hat in den letzten Monaten mehr Zeit in der Wildnis verbracht als zu Hause. Er kennt sich im Wald aus und hat sicherlich längst einen Unterstand gefunden.«

Ich runzelte die Stirn. »Warum ist er so selten zu Hause? Was treibt er in der Wildnis?«

Dave seufzte abermals und löschte das Licht. »Gute Nacht.«

Er konnte doch jetzt nicht schlafen? Warum tat er mir das

an? Indem er sich so merkwürdig verhielt, machte er mich nur noch neugieriger.

Missmutig kroch ich in meinen Schlafsack und lauschte dem Regen, der gegen die Zeltwände trommelte. Meine Gedanken kreisten unermüdlich um Liam.

5. Kapitel

Ich war viel zu aufgewühlt, um schlafen zu können. Dave hingegen schnarchte so laut, dass sich mit Sicherheit kein wildes Tier unserem Zelt nähern würde. Wie spät es wohl war? Ich hatte jegliches Zeitgefühl verloren.

Eine Weile hoffte ich, Dave würde von allein mit dem Schnarchen aufhören, aber stattdessen wurde es nur noch schlimmer. Ich begann zu pfeifen, doch sein Schlaf war unerschütterlich. Vorsichtig beugte ich mich zu ihm hinüber und schnipste genau über seinem Gesicht mit den Fingern, was ihn ebenso zu keinerlei Reaktion veranlasste. Vielleicht sollte ich ihm die Nase zuhalten? Aber falls er sich erschreckte, schlug er mich womöglich im Affekt k.o., und dieses Risiko wollte ich auch nicht unbedingt eingehen.

Ich fand keine Ruhe und außerdem musste ich mal. Es war kein Regen mehr zu hören, also öffnete ich so leise wie möglich den Reißverschluss und kroch hinaus.

Ich sog die kühle Luft ein, roch den Duft von feuchtem Nadelgrün. Zwischen der aufgerissenen Wolkendecke zeigten sich vereinzelte Sterne und der Mond tauchte die Umgebung in ein schwaches Licht.

Die grauen Silhouetten der umliegenden Bäume erschienen mir unheimlich und die Stille machte es nicht besser. Außer dem leisen Plätschern der Wellen war nichts zu hören.

Mein Blick fiel auf eine dunkle Gestalt und ich zuckte zusammen. Doch dann erkannte ich Liam, der am Ufer des Sees stand und mir den Rücken zuwandte.

Ich hielt die Luft an: Um ihn herum schwirrten unzählige Glühwürmchen. Ich musste an meinen Traum von letzter Nacht denken. Ein merkwürdiger Zufall …

Ich lief langsam auf Liam zu, blieb aber schlagartig stehen, als er die Hand ausstreckte und die kleinen Lichtpunkte sich darauf versammelten. Sie formten sich zu einer hellen Kugel, die über Liams Handfläche schwebte, und leuchteten gemeinsam noch viel heller.

Was ging hier vor? Ich kniff die Augen zusammen, grub meine Fingernägel in meinen Unterarm, bis es schmerzte. Doch diesmal träumte ich nicht – ich war hellwach.

Wie gebannt beobachtete ich das Schauspiel. Schließlich zog Liam seine Hand zurück und die Glühwürmchen flogen in alle Richtungen davon.

Eine Weile stand ich einfach nur da, unschlüssig, was ich jetzt tun sollte. Auf der einen Seite wollte ich schnellstmöglich zurück ins Zelt, weg von diesem seltsamen Schauspiel. Aber gleichzeitig wollte ich auch zu Liam gehen, ihn an den Schultern packen und schütteln, damit er mir erklärte, was hier gerade geschehen war.

Liam drehte sich um und bemerkte mich. Selbst im Dunkeln konnte ich erkennen, wie er sich augenblicklich anspannte. Okay, die Situation war ihm wahrscheinlich noch unangenehmer als mir. Ich ging langsam auf ihn zu, bis wir uns mit etwa fünf Schritten Abstand gegenüberstanden.

Die Sekunden verstrichen, ohne dass er in irgendeiner Weise eine Regung zeigte. Anscheinend musste ich den Anfang machen.

»Es hat aufgehört zu regnen«, verkündete ich schließlich, als hätte Liam das nicht schon längst mitbekommen. Eine sinnlosere Bemerkung hätte mir wirklich nicht einfallen können. Aber vielleicht war es sogar gut, über belanglose Themen ein Gespräch zu beginnen, bevor ich zum Punkt kam.

Liam musterte mich aus zusammengekniffenen Augen. »Wie lange stehst du da schon?«

Ich sah zum Nachthimmel hinauf. »Heute sind ziemlich viele Glühwürmchen unterwegs«, antwortete ich vielsagend und hob die Augenbrauen.

Er atmete hörbar aus und wandte sich von mir ab. »Du hättest das nicht sehen dürfen.« Seine Stimme klang rau.

Ich trat zögernd neben ihn. »Ich denke, du bist mir ein paar Antworten schuldig.«

Er sah mich an, sah mir direkt in die Augen. »Und ich denke, du solltest es einfach schnell vergessen.«

Ich schnappte nach Luft. »Du glaubst doch wohl nicht im Ernst, dass ich das könnte? Was hat das alles zu bedeuten?«

Der Mond spiegelte sich in seinen Augen und ließ sein

Haar zudem silbrig schimmern. Er biss die Zähne so fest zusammen, dass ich sie knirschen hören konnte. »Das geht dich nichts an«, sagte er und ging einfach davon.

Ich seufzte auf und starrte in die Dunkelheit, in die Liam verschwand.

❊ ❊ ❊ ❊ ❊

»Hey, Vivien.« Dave zog an meinem Schlafsack. »Du musst jetzt aufstehen. Wir haben heute noch eine Menge vor.«

Ich war mit einem Schlag hellwach.

»Komm frühstücken«, hörte ich Dave noch sagen, als er sich bereits vom Zelt entfernte.

Das ließ ich mir nicht zweimal sagen. Nachdem ich gestern Abend wenig Appetit hatte, konnte ich das Grummeln meines Magens jetzt nicht länger ignorieren.

Schnell zog ich mich um und kroch dann aus dem Zelt. Die Sonne war bereits aufgegangen und drängte allmählich den Nebel zurück, der noch in vereinzelten Schwaden über der Uferwiese schwebte. Nass und schwer hingen die Äste der Nadelbäume herab und die Wassertropfen fielen im Sonnenlicht glitzernd auf die Erde.

Ich streckte mich und lief zum See, wo Dave und Liam bereits zusammensaßen. Da Liam nicht zum Schlafen ins Zelt gekommen war, hatte er die Nacht vermutlich durchgemacht. Doch man sah ihm die Müdigkeit nicht an. Ganz im Gegenteil: Er sah richtig gut aus.

Seine Augen waren heute Morgen genauso türkisfarben wie der Gletschersee hinter ihm. Die blonden schulterlangen

Haare hatte er zu einem winzigen Zopf im Nacken zusammengebunden, doch vereinzelte Strähnen streichelten sein Gesicht. Ich musste mir eingestehen, dass er der heißeste Typ war, den ich kannte.

»Guten Morgen«, sagte ich in die Runde.

Liam nickte zum Gruß, ohne mich anzusehen.

»Ist der Platz neben dir noch frei?« Ich deutete auf den umgestürzten Baumstamm, auf dem er saß.

Wieder nur ein Nicken …

Ich ließ mich neben ihm nieder und sah Dave und Liam abwechselnd an. Dave verputzte einen Müsliriegel nach dem anderen. Liam aß einen Apfel und ich entschied mich vorerst für ein trockenes Brötchen. Die beiden konzentrierten sich schweigend auf ihr Essen und gaben mir somit ganz offensichtlich zu verstehen, dass ihnen nicht nach reden zu Mute war. Aber ich hatte nicht vor die Sache auf sich beruhen zu lassen.

»Gebt mir endlich ein paar Antworten«, begann ich ohne Umschweife das Gespräch.

Liam seufzte und sah zu Dave. »Ich habe dir gleich gesagt, dass das passieren kann und es keine gute Idee ist, sie mitzunehmen. Aber du wolltest sie ja unbedingt dabeihaben.«

Dave verzog mürrisch den Mund. »Ich dachte, Viviens Gesellschaft würde dir guttun. Ihr habt euch früher immer gut verstanden und du brauchst auch mal zu jemand anderem Kontakt außer zu Katie, Brian und mir.«

Liam straffte die Schultern. »Ach ja, brauche ich das?«

»Ich denke schon«, erwiderte Dave mit erhobener Stimme. »Du kannst dich nicht dein Leben lang verstecken.«

»Warum muss Liam sich verstecken?«

Liam gab einen knurrenden Laut von sich. »Mach ruhig so weiter, Dave. Da kannst du ihr ja gleich alles erzählen.«

»Was läuft hier eigentlich?« Ich wandte mich direkt an Liam, doch er bedeutete Dave mit einem Kopfschütteln, zu schweigen. Dieser kratzte sich am Hinterkopf und schaute zu Boden.

Ich stand auf. »Wenn ihr mich hier wirklich einfach so abspeisen wollt, dann werde ich überall herumerzählen, was ich gesehen habe. Oder aber ihr klärt mich endlich auf. Dann verspreche ich euch, kein Wort darüber zu verlieren.«

Wenn Blicke töten könnten, dann würde ich auf der Stelle umfallen. Ich schob meine feuchten Hände in die Hosentaschen und bemühte mich ruhig zu atmen. Es war nicht leicht, Liams Blick standzuhalten, ohne mir meine Nervosität anmerken zu lassen.

»Wir sollten Vivien vertrauen«, ergriff Dave das Wort, als die Stille unerträglich wurde. »Brian weiß auch Bescheid und sie ist schließlich seine Tochter. Sie wird es für sich behalten.«

Dad? Was hatte er denn mit dieser Sache zu tun? Es wurde immer verrückter.

Liams Blick war nach wie vor einschüchternd. »Schwöre, dass du mit niemanden darüber reden wirst!«

In einer feierlichen Geste hob ich die Hand. »Ich schwöre.«

Er begann unruhig auf und ab zu gehen.

»Okay.« Dave klatschte in die Hände. »Du willst also wissen, was gestern mit Liam los war?«

Ich nickte und sah zu Liam. »Wie oft hast du das?«

Er zog die Stirn in Falten. »Wer sagt denn, dass ich das öfter habe?«

»Das war ich«, erwiderte Dave. »Ich wollte Vivien nur beruhigen und sie dazu bringen, mit mir zu kommen.«

Liam schüttelte missbilligend den Kopf, ehe er langsam auf mich zukam.

»Ich habe Visionen«, sagte er mit einem dramatischen Unterton.

Ich hob die Augenbrauen. »Aha.«

Er verzog den Mund und sah zu Dave. »Siehst du, sie glaubt kein Wort.«

»Na ja, ihr müsst schon zugeben, dass sich das irgendwie irre anhört«, erwiderte ich.

»Bestens ... Dann können wir das Gespräch jetzt beenden und uns wieder an die Arbeit machen.« Anscheinend war für Liam das Gespräch damit beendet.

Dave konnte das doch nicht wirklich ernst nehmen? Ich musste schmunzeln, weil ich augenblicklich an Leslie denken musste. Sie war immerhin der Meinung, Liam hätte einen an der Klatsche.

»Du findest das wohl lustig«, sagte Liam. »Das ist es aber ganz und gar nicht. Diese Schübe – *Bilder* – kommen rasend schnell. Ich kann sie nicht stoppen. Ich kann die Augen vor ihnen nicht verschließen – sie sind in meinem Kopf und rauben mir den Bezug zur Realität.« Er sprach in Rage.

Ich räusperte mich. »Was siehst du?«

Liam zögerte einen Moment. »Ich sehe einen dunklen Ort – es ist neblig ... Und dann erscheint mein Mal.«

»Welches Mal?«

Liam wandte sich ab, ging zum Zelt und begann unsere Sachen zusammenzupacken.

»Liam ist gebrandmarkt«, antwortete mir Dave an seiner Stelle. »Er trägt ein Mal auf seiner Brust, das ihn sein Leben lang an den Schmerz unmittelbar nach seiner Geburt erinnern wird. Und daran, dass man ihn anschließend ausgesetzt hat.« Er beobachtete seinen Adoptivsohn nachdenklich. »Das muss eine Kinderseele erst einmal verkraften.«

Ich hielt mir die Hand vor den Mund und schluckte. »Wer macht denn so etwas Grausames?«

Dave zuckte mit den Schultern. »Vielleicht eine Sekte? Wir wissen es nicht. Als man damals keinen Hinweis auf seine Herkunft fand, entschlossen Katie und ich uns dazu, Liam zu adoptieren.«

Er kraulte sich den Bart und lief dann zu Liam, um ihm beim Abbau des Zeltes zu helfen. Ich wollte sie am liebsten mit weiteren Fragen bombardieren, aber ich riss mich zusammen. Wir hatten zwei Tage vor uns, an denen ich noch genug Zeit hatte, mehr herauszufinden.

6. KAPITEL

Es begann zu nieseln. Dank der Sonne, die zwischen den Wolkenlücken hindurchtrat, zeigte sich am Horizont ein farbenprächtiger Regenbogen.

»Was hast du eigentlich letzte Nacht getrieben?«, erkundigte sich Dave bei Liam.

Dieser zog zwei Glasröhrchen aus seiner Jackentasche. »Ich habe Wasserproben aus dem Maligne Lake und Medicine Lake genommen«, antwortete er.

Ich starrte ihn an. Wenn ich mich nicht irrte, standen diese beiden Seen als letzte auf Daves Liste und waren daher momentan am weitesten von uns entfernt. Wie konnte Liam es in der kurzen Zeit schaffen, dorthin zu gelangen und jetzt wieder hier zu sein? Er war doch zu Fuß unterwegs gewesen, oder?

»Hier sind noch ein paar Notizen dazu«, sagte Liam und reichte Dave einen Zettel.

Dave nahm ihn zusammen mit den Röhrchen entgegen und las Liams Anmerkungen. »Damit hast du uns einen

Tag Vorsprung verschafft.« Er lächelte Liam dankbar an. »Schade, dass ich Brian noch keine Daten schicken kann. Er könnte sich schon mal an die Auswertung machen, aber ich kann hier im Tal keine Verbindung herstellen.«

»Ich kann gern einen Umweg zum Mount Edith Cavell gehen«, schlug Liam vor. »Dort oben hat man guten Empfang.«

»O ja, das ist eine gute Idee. Dann entnehme ich in der Zwischenzeit noch hier am See Proben und wir treffen uns spätestens heute Abend am Wegweiser zum Gebirgspass.«

Liam warf seinen Rucksack über die Schulter und nahm von Dave den kleinen Metallkoffer entgegen.

»Der Computer ist sehr empfindlich. Behandle ihn also bitte gut«, wies dieser ihn an.

»Alles klar.« Liam lief los. »Ich werde in Passnähe bleiben. Die Erde ist durch den vielen Regen sehr aufgeweicht. Am Whistler Mountain hat es schon einen Erdrutsch gegeben.«

»Sei vorsichtig«, rief Dave ihm noch nach.

»Kann ich Liam begleiten? Ich soll meinen Großvater jeden Tag anrufen und hatte gestern keine Gelegenheit dazu. Er ist wahrscheinlich schon jetzt sehr wütend auf mich.«

»Okay. Dann beeile dich, damit du Liam noch einholst.«

Schnell packte ich meinen Kram zusammen und rannte ihm nach. Ich hatte sowieso noch einiges mit ihm zu bereden und es war vielleicht ganz gut, dass Dave nicht dabei war.

Es begann stärker zu regnen. Wenn ich geahnt hätte, wie feucht es hier die ganze Zeit ist, dann hätte ich mich in einen Neoprenanzug gezwängt. Aber da musste ich jetzt durch, schließlich hatte ich unbedingt bei diesem Trip dabei sein wollen.

Liam hatte bereits einen beachtlichen Vorsprung. Doch als er bemerkte, dass ich ihm folgte, blieb er stehen und wartete auf mich.

Ich winkte und wurde etwas langsamer, da er nun zu mir zurückgelaufen kam.

»Was soll das werden?«, fragte er.

»Ich muss dringend mit meinem Großvater telefonieren. Also werde ich dir Gesellschaft leisten.«

Liam sah zu Dave zurück. Seine Begeisterung hielt sich merklich in Grenzen. »Du darfst nicht trödeln. Bis es dunkel wird, müssen wir wieder im Tal sein.«

Das waren ja tolle Aussichten. Ich schwitzte jetzt schon und mein Rucksack fühlte sich an, als würde ich Steine mit mir herumtragen. »Kein Problem«, sagte ich trotzdem.

Liam nickte und marschierte los.

Wir sprachen kein Wort. Obwohl ich Liam schon so lange kannte, benahmen wir uns wie Fremde. Er war definitiv nicht ganz normal und es sollte mich eigentlich beunruhigen, mit ihm allein zu sein – kilometerweit von der Zivilisation entfernt.

Doch er hatte etwas an sich, das ich nicht beschreiben konnte – irgendetwas Geheimnisvolles. Ihn umgab eine ganz besondere Aura, der ich mich nicht entziehen konnte. Seine Haltung, sein Gang, die Art, wie er sich die nassen Strähnen aus dem Gesicht strich …

Liam runzelte die Stirn, als er meinen Blick bemerkte. »Hältst du mich für einen Freak?«, fragte er.

Ich musste aufhören ihn so anzustarren. »Ich bin mir nicht sicher«, antwortete ich wahrheitsgemäß.

Auf seinen Wangen zeigten sich Grübchen, als er mich überraschend anlächelte.

»Diese Schübe … Also ich meine … Deine Visionen … Dagegen gibt es doch bestimmt Medikamente?«

Liam blieb stehen. »Ich muss und werde mit den Visionen leben.«

»Aber wieso denn? Warum lässt du das nicht mal von einem Arzt untersuchen?«

»Ich kann nicht zum Arzt gehen.« Er sah zu Boden. »Sie würden merken, dass ich anders bin.«

Da er keine Anstalten machte, weiterzugehen, nutzte ich die Gunst der Stunde und befreite mich von meinem schweren Rucksack.

»Aber wenn sie die Ursache für deine Visionen finden, dann …«

Liam fiel mir ins Wort. »Es geht nicht nur um die Visionen, sondern auch um das Mal auf meiner Brust.«

»Was wäre denn so schlimm daran, wenn es jemand sieht? Du brauchst dich doch nicht für deine Narben zu schämen.«

»Ich habe keine Lust, mich als unnormal abstempeln zu lassen und mir dadurch das Leben unnötig zu erschweren. Du hast mich gesehen, Vivien. Verstehst du nicht, dass ich mich von der Öffentlichkeit fernhalten muss?«

Liam kam langsam auf mich zu. Seine Augen schimmerten in einem dunklen und hellen Grün. Ich hatte den Eindruck, die Farben würden sich miteinander vermischen. Oder verlor ich jetzt den Verstand?

Seine Nähe verwirrte mich. Mein Herz schlug immer schneller.

»Was hat es mit den Glühwürmchen auf sich?«, flüsterte ich, froh darüber, dass ich die Worte überhaupt über die Lippen brachte.

Er legte den Kopf schief und musterte mich abschätzig. »Um zu leuchten, müssen Glühwürmchen nicht erst von der Sonne angestrahlt werden. Sie sind die einzigen an Land lebenden Geschöpfe, die von allein Licht erzeugen können – zumindest glaubt man das.«

Nun wich er wieder ein paar Schritte zurück, ohne den Blick von mir abzuwenden.

Jetzt, da er mir nicht mehr so nah war, konnte ich wieder klarer denken. »Liam, wir können hier noch den ganzen Tag herumstehen und um den heißen Brei reden. Ich werde nicht lockerlassen, bis du mir sagst, was mit dir los ist. Du kannst uns also kostbare Zeit ersparen, wenn du endlich mal auf den Punkt kommst.« Ich sah ihn herausfordernd an.

Liam presste die Lippen aufeinander, atmete tief durch und schloss für einen kurzen Moment die Augen. »Ich kann dir keine Antwort geben, weil ich sie selbst nicht weiß. Aber ich kann dir zeigen, was mich anders macht.«

Er öffnete den Reißverschluss seiner Jacke und tat dies ganz langsam, als würde es ihn große Überwindung kosten. Sein Blick ruhte auf mir. Offenbar wollte er sich nicht die kleinste Reaktion entgehen lassen. Liam grub seine Finger in den Ausschnitt seines T-Shirts und streifte den Stoff schließlich zögernd beiseite.

Ich hatte Gänsehaut. Nicht weil die Feuchtigkeit der Luft

an mir haftete wie ein unsichtbarer Schleier – sondern weil ich das Mal zu sehen bekam, das schon sein Leben lang zu ihm gehörte.

Es war keine unförmige, wulstige Narbe. Nichts deutete auf eine vorangegangene Verletzung hin. Liam trug eine Art Tätowierung – die aber offensichtlich keine war. Die Linien befanden sich tief unter der Haut.

Es war ein Symbol, ein faustgroßer Kreis, mit fünf wellenförmigen Linien, die vom Mittelpunkt zum äußeren Rand verliefen. Fast schien es, als trüge Liam das Mal direkt auf dem Herzen. Es war wunderschön – irgendwie machte es Liam sogar vollkommen.

Ich hielt die Luft an, weil er mit dem Zeigefinger die Linien des Mals nachzog und diese bei seiner Berührung plötzlich leuchteten. Es wirkte, als würde ein gleißender Lavastrom seiner Berührung folgen und danach wieder verglühen. Wie war das möglich? Mein Herz schien nicht zu wissen, ob es rasen oder stehenbleiben sollte. Meine Beine zitterten, verweigerten mir aber jede andere Bewegung. Ich konnte nicht weglaufen.

Irgendwann kam der Zeitpunkt, an dem ich dringend wieder Luft brauchte. Mein keuchender Atem durchbrach die Stille, die uns gefangen genommen hatte, aber davon abgesehen brachte ich keinen Ton über die Lippen.

Liam verdeckte sein Mal und sah mich erwartungsvoll an. Doch ich konnte nichts tun, als ihn regungslos anzustarren.

»Ich werte es mal als gutes Zeichen, dass du noch nicht weggelaufen bist«, sagte er nach einer Weile. »Aber dieses Schweigen macht mich fertig.«

Er löste den Zopf in seinem Nacken und strich sich seufzend durchs Haar. »Sag etwas – irgendetwas.«

Ich versuchte vergeblich den Kloß in meinem Hals hinunterzuschlucken. »Was hat das zu bedeuten?«, flüsterte ich.

Er sah zu Boden und ließ die Schultern hängen. »Ich weiß es nicht. Ich habe nicht die geringste Ahnung, wer oder was ich bin.«

Meine Beine gaben nach. Ich sank auf den feuchten Waldboden, der meine Hose augenblicklich durchnässte. In meinem Kopf herrschte das reinste Chaos. Das war nicht die Wirklichkeit – es musste ein Traum sein.

Liam blieb auf Abstand. Er setzte sich ebenfalls. »Solange ich denken kann, suche ich nach Antworten. Ich habe unzählige Fachbücher gelesen und das Internet nach Hinweisen durchforstet. Es gibt keinen einzigen Anhaltspunkt, der mir etwas über meine Herkunft verraten würde. Und mittlerweile will ich es gar nicht mehr wissen. Wahrscheinlich würde mir die Wahrheit nicht besonders gefallen.«

Die Zeit verstrich. Ich sagte nichts, tat nichts, traute mich nicht einmal mehr, Liam anzuschauen. Was ich da gerade mit meinen eigenen Augen gesehen hatte, war einfach nicht möglich. Doch Liams Mal hatte eindeutig geleuchtet. Ich wusste nicht, was mir mehr Angst machte. Die Wahrscheinlichkeit, dass ich mir das alles nur einbildete oder dass es tatsächlich real sein könnte.

»Komm.« Liam stand auf. »Ich bring dich zurück zu Dave. Er wird sich um dich kümmern und ...«

Er stockte mitten im Satz und schloss die Augen. Er atmete schneller und ballte die Hände zu Fäusten. Hatte er wieder eine Vision? Ich rappelte mich auf und ging langsam auf ihn zu. Aber ich wagte es nicht, ihn zu berühren.

Ob Dave in der Nähe war? Ich würde mich wahrscheinlich verlaufen, wenn ich mich auf die Suche nach ihm machte, und außerdem brachte ich es nicht fertig, einfach zu gehen. Ich wollte bei Liam bleiben.

7. KAPITEL

»Geht es wieder?«, erkundigte ich mich, als Liam sich nach einer Weile gefangen hatte.

Er nickte. »Es sind immer die gleichen Bilder. Der Nebel, die Höhle, das Symbol … Die Schübe kommen ganz plötzlich und in letzter Zeit auch häufiger. Es kann morgen wieder so weit sein, oder in einer Woche … Wer weiß das schon?« Er zuckte mit den Schultern. »Ich muss damit klarkommen.«

»Aber …«

»Was macht ihr beide denn noch hier?«, rief Dave in der Ferne. Er kam auf uns zugelaufen.

»Bitte sag ihm nichts davon«, bat Liam. »Er und Katie machen sich schon genug Sorgen. Sie brauchen nicht zu wissen, wie oft mich diese Visionen mittlerweile heimsuchen.«

»Ich dachte, ihr seid schon längst auf dem Bergpfad, aber stattdessen steht ihr euch hier die Beine in den Bauch«, rügte Dave uns, als er bei uns ankam.

»Wir haben uns verquatscht«, sagte Liam schnell, bevor ich etwas antworten konnte. »Wenn Vivien bei dir bleibt, kann ich es aber noch rechtzeitig schaffen und vor Einbruch der Dunkelheit wieder im Tal sein.«

Ich verzog den Mund. »So lahm bin ich nun auch wieder nicht.«

Dave lachte. »Liam kann ziemlich schnell sein. Ich sag dir, da kann keiner mithalten.«

Ich musste an die Wasserproben denken, die Liam an zwei Seen entnommen hatte. »Wie hast du es letzte Nacht überhaupt geschafft, so schnell diese Proben zu besorgen?«

Liam erwiderte meinen Blick. »Ich bin gerannt.«

»Dann rennst du aber ziemlich schnell.«

Er schmunzelte und auf seinen Wangen zeigten sich wieder die niedlichen Grübchen.

»Wie schnell?«, hakte ich nach.

Liam sah fragend zu Dave, als wäre er nach wie vor unsicher, wie viel er von sich preisgeben durfte. Glaubte er wirklich, er könnte mich jetzt noch schockieren, nachdem ich sein Mal gesehen hatte?

Dave nickte ihm aufmunternd zu und strahlte übers ganze Gesicht. Für ihn war es anscheinend gar nicht seltsam, dass sein Sohn Eigenschaften hatte, die nicht der Norm entsprachen. Visionen, ein glühendes Symbol unter der Haut … Wahrscheinlich hatte Dave sich über die Jahre damit abgefunden, dass Liam anders war. Die Selbstverständlichkeit, mit der er das alles hinnahm, machte es auch mir leichter, daran zu glauben.

»Ach, komm schon«, ermutigte ich Liam, als er zögerte.

»Ich will doch nur verstehen, was dich noch von uns unterscheidet.«

»Von uns?« Liam atmete hörbar aus. »Wie tröstlich, dass du mir das Menschsein schon absprichst.«

»Hab ich was verpasst?«, fragte Dave. »Weiß Vivien Bescheid?«

Wir beachteten ihn nicht.

»So habe ich das nicht gemeint«, sagte ich. »Dann formuliere ich es anders. Mal abgesehen davon, dass ich ein Mädchen bin … Worin unterscheidest du dich von mir?«

Er lächelte mich an. »Ich kann schneller rennen als du.«

Ich verschränkte die Arme vor der Brust und seufzte. Liam biss sich auf die Unterlippe und strich sich mit der Hand durchs Haar. »Ich schätze, mit einem galoppierenden Pferd könnte ich mithalten«, sagte er so leise, dass ich ihn kaum verstand.

Ich lachte. »Oh, natürlich – mit einem Pferd …«

»Ihm geht nie die Puste aus«, erklärte Dave. »Er könnte von hier bis nach Vancouver rennen und es würde ihm nichts ausmachen.« Er klopfte Liam auf die Schulter.

Noch vor ein paar Stunden hätte ich darüber nur müde den Kopf geschüttelt. Aber ich hatte Liams Symbol gesehen, hatte das Glühen der feinen Linien wahrgenommen. Sosehr ich mich auch dagegen sträubte, ich musste einsehen, dass es in dieser Welt Dinge gab, die bisher jenseits meiner Vorstellungskraft gelegen hatten.

Liam rieb sich das Kinn. »Wie ich schon sagte, ich weiß nicht, wer ich bin oder was es mit dem Symbol auf sich hat. Aber irgendetwas stimmt nicht mit mir.«

Ich lief auf ihn zu. »Es hat auf deine Berührung reagiert – es hat geleuchtet«, flüsterte ich. »Irgendwie wirkte es dadurch lebendig.«

»Es hat geleuchtet?« Dave schaute zwischen Liam und mir hin und her. Diese Information schien neu für ihn zu sein.

Liam warf mir einen vorwurfsvollen Blick zu, bevor er sich Dave zuwandte. »Das macht es noch nicht sehr lange.«

»Und wann hattest du vor, mir davon zu erzählen?«, fragte Dave.

Liam schaute abermals kurz in meine Richtung. »Eigentlich gar nicht«, erwiderte er schließlich. »Dass das Ding eine Reaktion zeigt, macht alles nur noch schlimmer. Wenn ich könnte, würde ich es aus mir herausschneiden.«

Er ergriff seinen Rucksack und den kleinen Metallkoffer. »Ich sollte jetzt los.«

Dave winkte ab. »Dank dir liegen wir super in der Zeit. Auf einen Tag kommt es nun auch nicht mehr an.« Er nahm Liam den Koffer ab. »Ihr helft mir heute noch beim Einsammeln der Proben und geht morgen zusammen auf den Berg. Schließlich muss Vivien ihren Großvater anrufen.«

Oje. Großvater war mit Sicherheit schon stinksauer. Ich zog mein Handy aus der Jackentasche und schaltete es ein, um mich zu vergewissern, ob ich an dieser Stelle nicht doch Empfang hatte. Aber auf dem Display leuchtete kein einziger Balken. Um Akku zu sparen, schaltete ich es wieder aus und steckte es zurück in meine Jacke. Großvater würde ausrasten, wenn ich mich heute wieder nicht bei ihm meldete, und wenn er dadurch auch noch von meinem Ausflug in die Wildnis erfuhr, dann war der Stress gleich doppelt vorprogrammiert.

»Na dann, auf zum nächsten See«, sagte ich und schulterte meinen Rucksack.

Wir setzten unseren Weg durch den endlosen Wald fort und überquerten eine Lichtung. Das satte Grün des Grases war ein willkommener Kontrast zu dem grauen Himmel. Ein kleiner Bach mündete in einen Fluss. Wir folgten seinem Verlauf eine Weile, bevor wir abermals in die Tiefe des Waldes vordrangen.

Es gab weit und breit keinen Pfad und eine Landkarte hatten wir auch nicht dabei. Ich blieb stehen und betrachtete die hohen Stämme der Nadelbäume, die uns in gleichmäßigen Abständen umgaben. Für mich sah hier alles gleich aus.

»Woher wisst ihr eigentlich so genau, wo wir langmüssen?«

Dave grinste. »Solange Liam dabei ist, brauche ich den Kompass nicht aus dem Rucksack zu holen. Er kennt sich hier bestens aus und findet immer den kürzesten Weg.«

»Aber hier ist doch nichts, woran man sich orientieren könnte.«

Liam lief zu einem Baum und strich mit der Hand über die raue Rinde. »Siehst du diesen Auswuchs? Wenn man ihn genau betrachtet, sieht dieser Stamm aus, als hätte er ein Gesicht.« Er deutete mit dem Finger auf einen kleinen Hang. »Dort ist vor Jahren mal ein Stück Felsen herausgebrochen, das erkennst du an der unterschiedlichen Farbgebung des Gesteins. Moos wächst vermehrt auf der Nordseite von

Bäumen, weil es dort am schattigsten ist. Allerdings kannst du dich im Tal nicht hundertprozentig darauf verlassen. Ich erkenne Bäume, Sträucher, Felsen oder andere Landschaftsmerkmale wieder und die Strömungen der Flüsse sind auch sehr hilfreich.«

Ich pfiff anerkennend und folgte Dave, der schon weitergegangen war.

»Wie weit ist es denn noch bis zum nächsten See?«, fragte ich Liam.

»Wir sind fast da und sollten dann gleich das Zelt aufbauen. Es zieht ein Gewitter auf.«

Ich legte den Kopf in den Nacken und schaute zu den hohen Baumwipfeln hinauf.

»Nach einem Gewitter sieht es gar nicht aus.«

»Doch«, erwiderte Liam. »Ich kann es spüren.«

Da er ein Lächeln unterdrückte, konnte ich gerade nicht einschätzen, ob er nur Spaß machte. Seine Mundwinkel zuckten leicht, den Blick hielt er nach vorn gerichtet.

Zu meinem Missfallen begann mein Herz wieder wie wild zu klopfen. Ich hatte meine eigenen Probleme und sollte mich auf mich konzentrieren, anstatt ständig über Liam nachzugrübeln. In zwei Tagen würden wir wieder getrennte Wege gehen, also sollte ich ihn so schnell wie möglich aus meinem Kopf bekommen.

Um ihn nicht ständig anzustarren, sah ich meinen Füßen beim Laufen zu. Liam unterhielt sich mit Dave über das angeblich bevorstehende Unwetter und sie beratschlagten, welche Seeseite den günstigsten Platz für unser Nachtlager bot.

Es war bereits später Nachmittag. Wir hatten nur einmal kurz Rast gemacht, um etwas zu essen, ansonsten waren wir durchweg gelaufen. Ich war deshalb sehr erleichtert, als wir endlich am See ankamen. Meine Füße schmerzten und auf meinen Schultern fühlte ich noch immer die Last des Rucksacks, obwohl ich ihn längst abgelegt hatte.

Während Liam und Dave das Zelt aufbauten, zog ich meine Wanderschuhe aus, krempelte die Hosenbeine nach oben und lief zum Wasser, um meine brennenden Füße zu kühlen.

Auf der gegenüberliegenden Seeseite ragten schroffe Felsformationen in die Höhe. Die steilen Wände waren zum Teil mit kleinen Sträuchern und Bäumen bewachsen. Ansonsten war der See von dichtem Wald umgeben, nur gelegentlich waren kleine Kieselstrände zu sehen.

Ein Weißkopfseeadler landete gerade auf einem Felsen und spähte zu mir herüber. Er sah genauso aus wie der Raubvogel, den ich beim Fischen beobachtet hatte. Beinahe regungslos verharrte er, nur sein Kopf drehte sich ab und zu in eine andere Richtung.

»Das ist mein Lieblingssee«, sagte Liam, der ebenfalls mit nackten Füßen ins Wasser kam. Er deutete in eine Richtung. »Dort hinten kommt ein kleiner Wasserfall. Der Fluss, in den das Wasser dann mündet, ist übrigens der, auf dem du damals deine kleine Kentereinlage hingelegt hast.«

Dave lachte auf. Er hatte inzwischen damit begonnen, am Ufer Bodenproben zu entnehmen.

»Haha.« Ich tat empört. »Wirklich sehr witzig.«

Liam sah mich mit einer Intensität an, von der ich ganz

weiche Knie bekam. Meine Wangen kribbelten verräterisch, daher bückte ich mich schnell nach einem kleinen flachen Stein, den ich über die Wasseroberfläche springen ließ, ehe er versank.

»War das schon alles?« Liam verschränkte die Arme vor der Brust und hob die Augenbrauen.

Ich bückte mich erneut, sammelte mehrere Steine ein und hielt ihm einen davon hin. »Mach es doch besser.«

Es dauerte keinen Wimpernschlag lang, doch der kurze Moment, in dem seine Fingerspitzen meine Hand berührten, jagte mir einen wohligen Schauer über die Haut.

Liam schmiss den Stein achtlos davon und ich staunte über die zahlreichen Sprünge. Schnell versuchte ich noch die Ringe auf dem Wasser zu zählen, ehe sich die Wasseroberfläche wieder glättete. Doch bei dem zehnten hörte ich auf und drehte mich fassungslos zu ihm um.

»Wow … Du hältst ja ständig neue Überraschungen bereit. Welche versteckten Talente hast du denn noch?«

Er zuckte mit den Schultern. »Einige …«

»Zum Beispiel?«

»Lass uns das Thema wechseln«, erwiderte Liam. Er bückte sich, nahm eine Handvoll feuchter Erde und betrachtete diese eingehend. »Du weißt sowieso schon zu viel.«

»Ach, komm.« Ich trat neben ihn und stieß ihn mit der Schulter an.

Liam wandte sich mir zu. Er hob die Hand, fuhr mit dem Finger über meine Nase und hinterließ darauf eine schlammige Spur.

Für einen Moment vergaß ich zu atmen. Wieso waren wir

uns auf einmal so nah? Ich schaute zu ihm auf, glaubte seine Körperwärme zu spüren. Liam strahlte eine Anziehungskraft aus, der ich vollkommen erlag. War ihm bewusst, wie sehr er mich durcheinanderbrachte?

»Ähm …« Dave räusperte sich. »Ich geh schon ins Zelt. Ich bin echt müde. Ich hab auch keinen Hunger.« Die Worte sprudelten aus ihm heraus und er lief eilig davon.

Ich hatte Dave völlig ausgeblendet und fühlte mich ertappt. Liam ging auf Abstand, drehte mir den Rücken zu und ließ seinen Blick übers Wasser schweifen.

Die untergehende Sonne tauchte alles in ein goldenes, rötliches Licht. Es zog tatsächlich ein Gewitter auf. Der Wind nahm spürbar zu, blies kräftig durch meine Haare und trieb aufgetürmte Gewitterwolken zu uns herüber, die sich im Wasser widerspiegelten. In der Ferne war ein Donnergrollen zu vernehmen.

Liam setzte sich auf den Boden. Ich widerstand dem Drang, es ihm gleichzutun. Wir sahen zu, wie die Nacht mehr und mehr über uns hereinbrach. Ich musste zugeben, dass ich in Vancouver einem Sonnenuntergang kaum Beachtung schenkte. Vermutlich käme ich dort auch nicht auf die Idee, mein Gesicht in den Wind zu strecken und zu genießen, wie er mir über die Haut streichelte.

Ich wünschte mir diesen Moment niemals zu vergessen. Liam und ich, umgeben von diesem Naturschauspiel. Ich wollte mir seinen Anblick einprägen, wie er dort auf den Steinen saß und der Wind mit seinem Haar spielte … Doch es war inzwischen zu dunkel und ich erkannte nur noch vage seine Umrisse.

Ringsherum wurden mehr und mehr Lichtpunkte sichtbar. Es wirkte wie in einem Märchen, als die Glühwürmchen sich nach und nach von den Baumstämmen und Sträuchern lösten und auf Liam zuflogen.

Ich stand staunend da, als Liam sich zu mir umdrehte.

»Komm, setz dich zu mir«, forderte er mich auf.

So behutsam wie möglich näherte ich mich, aber die Glühwürmchen schienen sich in keiner Weise an mir zu stören. Als ich mich neben Liam setzte, ergriff er meine Hand. Die leuchtenden Käfer ließen sich auf unseren verflochtenen Händen nieder und ich fühlte ein leichtes Kitzeln. Ihr Licht war entgegen meiner Erwartung kalt, umso mehr nahm ich die Wärme von Liams Berührung wahr.

»Sie leuchten effizienter als jede Energiesparlampe und nutzen jede Nacht, als wäre es ihre letzte«, sagte Liam, ehe er mich viel zu schnell wieder losließ und die Glühwürmchen in alle Richtungen davonflogen.

»Das ist wunderschön«, flüsterte ich, um die Stimmung nicht zu zerstören. »Wer bist du nur, Liam?«

»Ich weiß es nicht.« Liam sah zum Himmel hinauf, an dem Sterne zwischen den Wolkenlücken zu erkennen waren. »Wir sollten ins Zelt gehen.« Er stand auf und zog mich ebenfalls auf die Beine. »Es fängt gleich an zu regnen.«

Kaum hatte er ausgesprochen, zerriss ein Blitz den Himmel, gefolgt von einem lauten Donnerknall. Das gleißende Licht erhellte für einen kurzen Moment die Umgebung und ließ Bäume und Sträucher gespenstisch wirken. Dann wurde es wieder dunkel.

»Komm.« Liam fasste mich am Arm und lief los.

Von einem Moment auf den anderen goss es in Strömen.

Wir gesellten uns zu Dave ins Zelt, der trotz des Donnergrollens seelenruhig schnarchte. Er bemerkte nicht einmal, dass wir uns zu seinen beiden Seiten neben ihn legten.

Ich starrte auf die Zeltwand, durch die das Wetterleuchten zu erkennen war. Der Sturm zerrte an den Stoffwänden und der Regen prasselte laut und hart darauf ein.

»Liam?«

»Hm …«

»Wenn du willst, dann helfe ich dir dabei, Antworten zu finden.«

8. KAPITEL

Ich erwachte, als Dave sich umständlich aufrappelte und aus dem Zelt kroch. Liams Platz war bereits leer.

Gähnend streckte ich mich und bemühte mich dann vergebens meine widerspenstigen Haare auf die Schnelle in Form zu bekommen. Durch den ständigen Regen waren sie ganz lockig.

Draußen begrüßte mich ein strahlend blauer Himmel. Man konnte sich gar nicht vorstellen, dass gestern ein grauer, verregneter Tag gewesen war. Die Sonne strahlte mir wärmend ins Gesicht und brachte den See zum Glitzern.

»Guten Morgen«, grüßte ich Dave, der inzwischen am Seeufer saß und frühstückte. »Wo ist Liam?«

»Der ist untergetaucht.« Er zwinkerte mir zu und deutete auf den See, wo Liam im selben Moment die Wasseroberfläche durchbrach und mit kräftigen Kraulzügen auf uns zuschwamm.

Ich wurde mir darüber bewusst, dass ich ihn mit offenem Mund beobachtete. Wenn er gleich halb nackt aus dem Wasser kam, wollte ich mir nicht vor Dave die Blöße geben, Liam zu offensichtlich anzustarren. Deshalb wandte ich mich ab und aß einen Müsliriegel.

Als Liam nach einer Weile zu uns trat, verriet mir ein flüchtiger Blick, dass er inzwischen Jeans und T-Shirt übergestreift hatte. Er rubbelte mit dem Handtuch über seine noch tropfenden Haare.

»Ich möchte es heute zeitnah auf den Berg schaffen«, sagte er und sah mich an. »Wenn du immer noch mitkommen willst, dann müssen wir jetzt los.«

Ich nickte und begann meine Sachen zu packen.

Wir verabschiedeten uns von Dave und machten uns auf den Weg. Am Wegweiser zum Gebirgspass wollten wir am Abend wieder mit ihm zusammentreffen. Dann hatte ich das Telefonat mit Großvater glücklicherweise schon hinter mir.

»Wir müssen einen kleinen Umweg gehen«, sagte Liam, nachdem wir eine Weile gelaufen waren. »Ein Grizzly ist ganz in der Nähe.«

Ich schluckte. »Ein Grizzly?«

»Bleib bei mir«, sagte er.

»Darauf kannst du dich verlassen.« Ich schaute mich beunruhigt um und wich ihm nicht mehr von der Seite.

Liam lachte leise. »Ich habe nicht gesagt, dass du an mir hängen sollst wie eine Klette.«

»Da musst du jetzt durch. Sonst hättest du mir gar nicht erst von dem Grizzly erzählen dürfen.«

»Vielleicht solltest du eher vor mir als vor dem Bären Angst haben.«

Ich nestelte am Saum meines Shirts. »Habe ich aber nicht.«

Er seufzte. »Die Menschen haben vor allem Angst, was anders ist. Wenn sie von mir wüssten, würden sie mich wegsperren und Experimente durchführen.« Er strich sich das blonde Haar aus dem Gesicht. »Je älter ich werde, desto heftiger werden die Schübe. Seit ich achtzehn geworden bin, reagiert das Mal auf meine Berührung und fängt an zu glühen. Ich habe keine Ahnung, was als Nächstes kommen wird. Vielleicht habe ich bald Angst vor mir selbst.«

»Du bist nicht böse, Liam.«

»Möglicherweise werde ich es noch.« Er lief schneller und hüllte sich den Rest des Weges in Schweigen.

Um die Mittagszeit hatten wir das Tal hinter uns gelassen. Auf dem Gebirgspass tummelten sich einige Touristen, die eifrig Fotos vom Mount Edith Cavell machten. Es war vermutlich der bisher sonnigste Tag in diesem Jahr und die Sicht auf den Gipfel des Berges war atemberaubend.

Liam und ich hielten uns im Abseits. Nach Tagen in der unberührten Wildnis und den damit verbundenen Erlebnissen erschien mir die Realität unwirklich. Ich fühlte mich in der Nähe der Touristen wie eine Fremde, fast so, als gehörten wir in unterschiedliche Welten.

Als Liam den Koffer öffnete, kramte ich mein Handy aus der Jackentasche und schaltete es ein.

»Na dann …« Ich wählte Dads Nummer, um mich zu erkundigen, wie es ihm ging, und ihm mitzuteilen, dass Liam ihm gerade die ersten Daten schickte. Das Gespräch mit Großvater würde nicht einfach werden und ich schob es deshalb noch ein wenig vor mir her. Auf ein paar Minuten kam es nun schließlich auch nicht mehr an.

Es klingelte nicht lange, bis Dad den Anruf entgegennahm. Statt seiner Stimme hörte ich aber nur ein kratzendes Geräusch.

»Hallo? Dad?«

»Wo … bist … du?«, ertönte die unverkennbare Stimme meines Großvaters.

Ich zuckte zusammen. »Wieso hast du Dads Telefon? Bist du in Jasper?«

»Wir hatten vereinbart, dass du mich jeden Tag anrufst.«

Im Hintergrund hörte ich Dad schimpfen. Es klang, als versuche er Großvater das Telefon wegzunehmen.

»Wir hatten im Tal keinen Empfang. Ich bin mit Dave unterwegs …«

Er fiel mir ins Wort. »Das habe ich schon von deinem Vater erfahren. Du weißt ganz genau, was ich von deinen Ausflügen in die Wildnis halte. Dass du dich dann auch noch gleich mehrere Tage absetzt, zeigt mal wieder, wie wenig man sich auf dich verlassen kann.«

»Ich bin kein kleines Kind mehr. Was habe ich denn schon Schlimmes getan? Ich wollte dich ja anrufen, hatte aber keinen Empfang.«

»Und wieso hast du ihn jetzt plötzlich?«

»Wir sind aus dem Tal raus.«

»Wo bist du jetzt?«

»Beim Mount Edith Cavell …«

»Du bleibst, wo du bist. Ich komme dich sofort abholen.«

»Was? Nein.«

»Ich werde dich mit nach Vancouver zurücknehmen.«

»Das kannst du nicht machen. Morgen Abend kommen wir doch sowieso wieder nach Jasper. Und dann bleibe ich noch ein paar Tage bei Dad.«

»Du wirst dich jetzt nicht vom Fleck rühren!«

Meine Augen füllten sich mit Tränen. »Warum bist du so gemein? Es tut mir leid, dass ich dich nicht erreicht habe. Aber du kannst mir deswegen nicht den Urlaub bei Dad streichen.«

»Ich hole dich jetzt ab.«

»Nein!«

»Vivien«, brüllte er. Doch ich legte auf.

Mein Herz raste und Tränen rannen über meine Wangen. So heftig hatte ich mich noch nie mit Großvater gestritten. Aber wenn ich irgendwann wirklich auf eigenen Beinen stehen wollte, dann durfte ich mir seine Kontrollsucht nicht länger bieten lassen.

»Hey …« Liam kam näher.

Ich hatte gar nicht mitbekommen, wie weit ich mich während des Telefongesprächs von ihm entfernt hatte.

Als er mich weinen sah, hielt er kurz inne, kam dann aber umso schneller zu mir. »Was hast du? Geht es deinem Vater schlechter?«

»Ich habe nicht mit ihm gesprochen. Mein Großvater war dran.«

»Warum weinst du?«

»Es ist nichts weiter. Wir haben uns nur gestritten.« Liam hatte genug eigene Probleme, da brauchte ich ihn nicht auch noch mit meinen zu belasten. »Hast du die Daten an Dad geschickt?«

Er nickte.

Es blieb bestimmt nicht viel Zeit, bis Großvater mit dem Hubschrauber eintraf. »Dann lass uns jetzt bitte gehen.« Ich lief vor meinen Problemen davon – weg von dem Berg, weg von den Touristen.

Liam hatte mich schnell eingeholt. »Falls du doch noch darüber reden willst ...«

Ich schüttelte den Kopf. Alles, was ich jetzt wollte, war schnellstmöglich zurück in den Wald zu kommen. Wenigstens für ein paar Stunden konnte ich mich dort noch vor meinem Großvater verstecken.

»Vivien.« Liam hielt mich zurück. »Wo willst du denn hin?« Er stellte sich mir in den Weg. »Wir müssen auf Dave warten. Er will uns doch heute Abend am Wegweiser treffen.«

O nein, das hatte ich völlig verdrängt. Ich ließ die Schultern hängen.

»Willst du mir nicht sagen, was dich so traurig macht?«

Ich seufzte. »Das ist kompliziert.«

Er lachte. »Na, damit kenne ich mich doch bestens aus.«

Ich lächelte. »Können wir noch ein wenig im Wald spazieren gehen, bevor wir uns mit Dave treffen?«

Liam sah mich auf eine Art und Weise an, dass es in meinem Bauch zu kribbeln begann. »Na gut«, antwortete er schließlich. »Wir haben ja noch etwas Zeit.« Er nahm mir den Rucksack ab und lief zu einem Strauch. »Unser Gepäck brauchen wir aber nicht unbedingt mit uns herumzuschleppen.« Er verstaute die Rucksäcke und den kleinen Metallkoffer zwischen den Ästen und legte dann noch Reisig darüber. »Auf geht's. Bei einem Waldspaziergang führt man immer die besten Gespräche.«

»Als könntest du das beurteilen«, neckte ich ihn. »Du bist doch ständig allein unterwegs.«

Er rümpfte die Nase. »Da ist was dran.«

In diesem Moment wurde mir bewusst, dass ich am liebsten hierbleiben würde – in Jasper, im Nationalpark, bei Dad, bei Leslie, bei Liam. Doch ich musste wieder nach Vancouver und würde erst im nächsten Sommer hierher zurückkehren. Ich wünschte, ich könnte Liam noch besser kennenlernen.

Nicht weit von uns entfernt flog ein Hubschrauber über den Wald hinweg. Ich nahm Liams Hand und rannte los.

»Wovor laufen wir weg, Vivien?«

»Vor meinem Großvater.«

Er ließ es tatsächlich zu, dass ich seine Hand hielt, während wir durch den Wald rannten. Doch irgendwann brannte meine Lunge, ich hielt an und er machte sich augenblicklich von mir los.

»Ist das ein Wasserfall?«, fragte ich, als ich ein Rauschen vernahm. Ich stützte mich auf meinen Knien auf, um zu Atem zu kommen.

Liam nickte.

»Bring mich hin.«

»Okay, komm mit.« Er lief zu einem kleinen Abhang und begann ihn hinabzusteigen.

»Du kannst nicht zufällig riechen, wann der Helikopter wiederkommt?«

»Nein, aber ich kann ihn hören und dich rechtzeitig warnen.«

Der aufgeweichte Erdboden brach plötzlich unter unseren Füßen weg und riss uns von den Beinen. Ich schrie und hielt mich instinktiv an Liams Oberarm fest. Wir rutschten auf einer Schlammlawine den Abhang hinab. Es war pures Glück, dass wir die Hälfte der Böschung schon hinter uns gelassen hatten und nicht noch gegen einen Baum prallten.

»Bist du verletzt?« Liam zog mich auf die Beine, sobald wir unten zum Halten kamen.

Ich sah ihn mit großen Augen an und realisierte, dass wir von oben bis unten mit Schlamm besudelt waren. Ich schüttelte den Dreck von meinen Händen und trat einen Schritt vor Liam zurück, als es mir erneut die Beine wegzog und ich ungalant auf dem Hintern landete.

Liam presste die Lippen zusammen, um sich ein Lachen zu verkneifen. »Na ja, du musst das so sehen … Woanders bezahlen die Leute viel Geld für eine Schlammpackung.« Er zog mich hoch und strich mit dem Zeigefinger über meine Wange. »Soll gut für die Haut sein.«

Wir lachten beide los. Es war ein ehrliches, befreites Lachen. Mir war völlig egal, wie ich gerade aussah, weil es absolut keine Rolle spielte. Ich konnte mich nicht daran erinnern, jemals so einen Lachflash gehabt zu haben.

»Liam, hör auf.« Ich hielt mir den Bauch. »Mir tut schon alles weh.«

Er lachte und lachte. »Das gibt morgen einen ordentlichen Muskelkater.«

Wenn wir uns weiterhin musterten, bekamen wir uns gar nicht mehr ein. Ich lief los und folgte dem Rauschen, das schon ganz nah war. Der Schlamm auf meinem Gesicht und meinen Unterarmen begann bereits zu trocknen und spannte auf der Haut. In meinen Haaren bildeten sich Klumpen.

Als wir am Wasser ankamen, drehte ich mich zu Liam um, der sich sofort abwandte, um nicht erneut loszulachen. Er leerte seine Hosentaschen und sprang dann in voller Montur in den Fluss, in den der kleine Wasserfall mündete.

Ich ging in die Hocke und wusch mir die Arme.

»Komm ins Wasser. Oder willst du bis morgen so verdreckt herumlaufen?« Er zog sein T-Shirt aus und schmiss es in meine Richtung, ehe er untertauchte.

Hätte ich das geahnt, hätte ich mir ansehnlichere Unterwäsche angezogen. Ich trug nur meinen ausgewaschenen Sport-BH und einen einfachen schwarzen Slip. Aber da Liam auch mit seinen Sachen ins Wasser gegangen war, brauchte ich mich vielleicht gar nicht unbedingt auszuziehen. Obwohl … Sein Shirt hatte er inzwischen nicht mehr an.

Liam war der Inbegriff einer Versuchung. Er hätte locker die Titelseiten von Hochglanzmagazinen schmücken können. Ich wandte meinen Blick von ihm ab, bevor er bemerkte, wie ich ihn anschmachtete, und lief in das eiskalte Wasser. Es kostete mich große Überwindung, immer weiter hineinzugehen, doch da Liam mich nun nicht mehr aus den Augen ließ, biss ich die Zähne zusammen.

Wenn ich den Schlamm aus meinen Haaren herausbekommen wollte, blieb mir nichts anderes übrig, als unterzutauchen. Ich stand bis zur Hüfte im Wasser und zitterte vor Kälte am ganzen Körper.

»Bei drei«, sagte Liam, der mein Zögern bemerkte.

Ich lächelte ihn tapfer an, ohne dass ich mein Zähneklappern in den Griff bekam.

»Eins … zwei …«

»Zweieinviertel …« Ich fiel ihm ins Wort, um das Unvermeidliche noch etwas hinauszuzögern.

Liam lachte und hechtete in meine Richtung.

»O nein, nein, nein … Tu das nicht.« Ich versuchte vor ihm aus dem Wasser zu flüchten, aber ich kam nicht schnell genug vorwärts.

Im nächsten Moment hatte er mich erreicht, hob mich hoch und trug mich tiefer ins Wasser hinein.

»Ich werde gemeinsam mit dir untertauchen«, sagte er. »Und dann musst du schnell aus dem Wasser raus und in die Sonne.«

Er setzte mich langsam vor sich ab und ich schnappte nach Luft. Das Wasser reichte mir hier bis zur Brust.

»Jetzt.« Liam fasste mich an den Schultern und tauchte mit mir ab.

Mein Puls raste. Hastig fuhr ich mit den Händen durch meine Haare, damit der Schlamm sich löste und ich schnellstmöglich wieder auftauchen konnte.

Ich durchbrach die Wasseroberfläche. Meine Haut schmerzte wie von abertausend Nadelstichen, alles andere fühlte sich taub an.

Liam half mir schnell ans Ufer zu kommen. Im knöcheltiefen Wasser blieb er jedoch stehen, nahm eine Handvoll

Wasser und wusch letzte Reste des Schlamms aus meinen Haarspitzen. Er wollte nur höflich sein, aber mich machte diese Geste nervös. Als er nasse Haarsträhnen von meinen Wangen löste, musste ich unwillkürlich seufzen. Mit jeder noch so kurzen Berührung brachte er mich dazu, alles um mich herum zu vergessen.

Er strich mit dem Daumen über meinen Mund. »Deine Lippen sind ganz blau.«

Wasser tropfte aus seinen Haarsträhnen, perlte über die makellose Haut seines Gesichts und rann schließlich seinen Hals hinunter bis auf seine muskulöse Brust. Ich schluckte. Es machte den Anschein, als würden sich die Wassertropfen auf Liams Mal ansammeln.

Ich hatte den unnachgiebigen Drang, das Symbol zu berühren, und streckte meine Hand danach aus. Doch Liam wich augenblicklich zurück und schüttelte energisch den Kopf. Er flüchtete regelrecht aus dem Wasser und griff nach seinem Shirt.

»Ich gehe unsere Rucksäcke holen, damit wir uns umziehen können. Du musst aus den nassen Sachen raus und allein bin ich schneller.«

Es sah kurz zu mir zurück. In seinem Blick lag ein Ausdruck, den ich nicht deuten konnte. War es Wut oder Traurigkeit? Er öffnete die Lippen, als wollte er noch etwas sagen, überlegte es sich jedoch anders und rannte los.

Meine Beine zitterten und ich ließ mich haltlos ins Gras am Flussufer sinken. Liam hatte es gerade sehr eilig gehabt, von mir wegzukommen. Er hatte sich mir anvertraut, obwohl er mich kaum kannte, doch nun war ich einen Schritt zu weit gegangen. Wie war ich bloß auf die dumme Idee gekommen, sein Mal berühren zu wollen?

Wieder und wieder riss ich Grashalme aus der Erde und zerpflückte sie. Ich hatte keine Ahnung, wie ich Liam nun wieder gegenübertreten sollte.

Der aufkommende Wind zerrte an meiner Kleidung. Ich zog die Knie, so weit es ging, an meinen Körper und umschlang sie mit den Armen, während ich beobachtete, wie sich die Wasseroberfläche kräuselte. Da fiel mein Blick auf das gegenüberliegende Ufer, wo ein riesiger Grizzly gerade den Kopf senkte, um zu trinken.

Für einen Moment war ich wie gelähmt. Doch dann sah der Bär zu mir herüber und lief sogleich ins Wasser. Als ich realisierte, dass er genau auf mich zukam, sprang ich auf. Panisch drehte ich mich um die eigene Achse und suchte nach irgendetwas, das mich aus dieser Situation retten konnte.

Ich erspähte einen Felshang, der etwa fünfzig Meter von mir entfernt war, und rannte los.

Völlig außer Atem kam ich bei der steilen Felswand an. Ich hatte nicht den Mut, mich nach dem Bär umzudrehen. Obwohl ich die Höhe fürchtete, zögerte ich keinen Augenblick.

Es war schwierig, geeignete Stellen zu finden, an denen ich mich festhalten konnte. Außerdem waren meine vor Angst und Kälte schlotternden Glieder für eine Kletterpartie gänzlich ungeeignet, doch ich schaffte es zumindest so weit hinauf, dass der Bär mich nicht erreichen konnte.

Ich versuchte in meiner Position einigermaßen Halt zu

finden, und drehte meinen Kopf zur Seite, um nach dem Grizzly Ausschau zu halten. Als ich sah, dass er mir nicht gefolgt war, war ich gleichermaßen erleichtert und überrascht. Er war an der Stelle stehen geblieben, an der ich vorhin gesessen hatte.

Was sollte ich jetzt nur tun? Auf keinen Fall würde ich wieder hinunterklettern. Womöglich überlegte es sich der Bär noch anders und nahm mich wieder ins Visier. Allerdings musste ich mir eingestehen, dass meine Kräfte mehr und mehr schwanden. Ich konnte hier nicht ewig an der Felswand hängen.

Ich sah nach oben. Etwa die Hälfte der Strecke hatte ich schon hinter mich gebracht, da würde ich den Rest auch noch schaffen. Oben könnte ich mich dann hinsetzen und ausruhen.

Ich ermahnte mich, nicht nach unten zu blicken. Meine inzwischen aufgeschürften Hände begannen immer mehr zu zittern, als ich mich an einem kleinen Überhang hinaufzog und mit meinem linken Fuß vergeblich nach Halt suchte. Während sich mein Herz vor Panik überschlug, spürte ich, wie meine Finger sich ganz langsam von der Felswand lösten. Die Zeit schien stillzustehen, ließ mich alles verzögert wahrnehmen … Und dann stürzte ich in die Tiefe.

9. KAPITEL

Ein Piepton durchbrach die wohltuende Stille. Es machte mich wahnsinnig, doch ich konnte ihn nicht abstellen. Ich versuchte zu schlucken. Mein Hals schmerzte und mein Mund fühlte sich trocken an. War es Tag oder Nacht? Ein schwacher Schein schimmerte durch meine Lider, aber sosehr ich mich auch bemühte, sie blieben verschlossen. Wo war ich? Lebte ich noch? Liam …

Ich spürte eine Berührung am Handgelenk, ehe sich jemand an der fühlbaren Kanüle in meiner Armbeuge zu schaffen machte. Und dann wurde wieder alles schwarz …

Ich bekam keine Luft. Jeder Atemzug war vergeudet. In meinen Ohren rauschte es, als befände ich mich unter Wasser. Doch dann löste die Finsternis sich allmählich auf und wich einem blauen Himmel, der immer wieder vor meinen Augen verschwamm.

Und plötzlich war er da … Liam. Er sprach zu mir, doch ich konnte ihn nicht verstehen.

Er war kreidebleich, seine Augen voller Tränen. Weinte ich auch? In seinem Blick erkannte ich Angst.

Er streifte sein Shirt über den Kopf. Ich sah das Mal auf seiner Brust, verlor mich im Anblick des faustgroßen Symbols, das sich unter seiner Haut abzeichnete.

Liam führte meine Hand an sein Mal und die fünf Linien erglühten. Das Licht ging auf meine Hand über und brachte meinen Körper zum Beben. Meine Muskeln krampften und versanken in einer immer weiter anschwellenden Hitze.

Liam schrie meinen Namen und krümmte sich qualvoll. Ich spürte das Gewicht seines Körpers, als er über mir zusammenbrach, und ich versuchte eine Bewegung seines Brustkorbs wahrzunehmen. Doch da war nichts …

Verzweifelt kämpfte ich gegen meine Lähmung an. Ich wollte ihn rütteln, wollte ihn ins Leben zurückrufen. Alles verschwamm …

Tränen brannten in meinen geschlossenen Augen, als eine Tür aufschlug und sich Schritte näherten. Was war mit Liam und mir passiert? Wo war er?

»Sind das Tränen? Weint Vivien?«, vernahm ich Wandas Stimme.

Wanda? Was machte sie in Jasper? Sie hatte Vancouver noch nie verlassen.

»Ich habe ihr vorhin Augentropfen verabreicht«, erwiderte eine Frau, deren Stimme ich nicht kannte. »Machen Sie sich nicht so viele Sorgen.«

»Ich soll mir keine Sorgen machen? Vivien ist seit zwei Tagen bewusstlos und niemand sagt mir, was hier eigentlich los ist.«

Seit zwei Tagen? O mein Gott …

»Sie sind kein Familienmitglied«, erwiderte die Frau, vermutlich eine Ärztin. »Mr Campbell ist über alles informiert.«

Natürlich gehörte Wanda zur Familie, sie hatte mich schließlich mit großgezogen. Ich wollte etwas sagen, wollte das klarstellen, aber meine Lippen verweigerten ihren Dienst.

Wanda schwieg ebenfalls, doch ich ahnte, dass die Aussage der Ärztin sie schwer getroffen hatte.

»Sie sollten eine große Portion Schlaf nachholen. Wir werden Ihnen Bescheid geben, sobald Vivien aufwacht.«

Kurz darauf fiel die Tür ins Schloss. Offenbar hatten die beiden das Zimmer verlassen, denn ich konnte Wanda nicht mehr schluchzen hören.

Bis auf das nervtötende Piepen war es wieder still. Meine Glieder waren taub und ließen sich nicht bewegen. Ich wollte die Augen öffnen, wollte aufstehen und mich nach Liam erkundigen – aber ich döste immer wieder weg.

»Warum haben Sie mir nicht gleich Bescheid gegeben?«, hörte ich Großvater toben. »Ich wollte bei der kleinsten Veränderung von Ihnen informiert werden!«

»Sie waren in der Stadt und es gab keinen Anlass, Sie extra nach Hause zu beordern«, verteidigte sich die Ärztin.

Ihre Stimmen klangen gedämpft. Vermutlich stritten sie vor der Tür.

»Dass Vivien erste Reaktionen zeigt, ist für Sie kein Anlass?«, brüllte Großvater.

»Mr Campbell, bitte mäßigen Sie sich.«

»Ich bezahle Sie mehr als angemessen. Da wird es doch nicht zu viel verlangt sein, dass Sie meinen Anordnungen Folge leisten«, sagte er schroff.

Ich blinzelte. Nur das schwache Licht einer Nachttischlampe erhellte den Raum, doch es brannte trotzdem in meinen Augen.

»Ich habe Vivien heute Morgen den Tubus entfernt«, informierte die Ärztin meinen Großvater auf dem Gang. »Inzwischen atmet sie selbstständig und ihre Werte sind stabil.«

Mein Kehlkopf schmerzte also noch von dem Beatmungsschlauch. Vorsichtig drehte ich meinen Kopf zur Seite und schaute zur Tür. Erst jetzt nahm ich meine Umgebung wahr. Ich befand mich in meinem Zimmer in Vancouver. Wieso war ich nicht in einem Krankenhaus?

»War Vivien schon ansprechbar?«, erkundigte sich Großvater.

»Nein.«

»Wie lange wird es noch dauern, bis ich mit ihr reden kann?«

»Es wird ihr von Tag zu Tag besser gehen. Ich kann aber nicht genau sagen …«

»Sie rufen mich beim kleinsten Fortschritt. Haben Sie mich verstanden? Beim kleinsten!«

Einen kurzen Moment herrschte Stille, dann ging die Tür auf und die Ärztin betrat das Zimmer. Sie hielt kurz inne, als sie bemerkte, dass ich bei Bewusstsein war.

»Willkommen zurück.« Sie kam zu mir und fühlte am Handgelenk meinen Puls. Dann blendete sie mich mit einer kleinen Taschenlampe, woraufhin ich die Augen zukniff und mein Gesicht von ihr abwandte.

»Kannst du sprechen?«

Mein Mund war viel zu trocken. »Ich habe Durst …«

Die Ärztin stopfte mir das Kissen tiefer in den Nacken. Dann stützte sie meinen Kopf und hielt mir ein Glas Wasser an die Lippen. »Erst mal nur einen Schluck.«

Als ich es schaffte, endlich etwas Flüssigkeit zu mir zu nehmen, verschluckte ich mich und bekam einen Hustenanfall. Zu meiner Erleichterung gelang es mir immerhin, meine Arme und Beine zu bewegen, ohne dass ich Schmerzen hatte. Aber in meinem Kopf hämmerte es unnachgiebig.

Ich sah mich in meinem Zimmer um. Im Moment glich es mehr einer Intensivstation. Überall waren technische Apparate und Monitore. Direkt neben meinem Bett stand ein Tropf, dessen Schlauch in meine Armbeuge führte, und ein Beatmungsgerät, das nicht mehr gebraucht wurde. Über den ganzen Boden waren Stromkabel und Steckdosenleisten verteilt. All das machte einen provisorischen Eindruck, doch es schien zu funktionieren.

»Wo ist Liam?« Es war mehr ein Krächzen, jedoch besser als nichts.

»Ich kenne keinen Liam.«

Sie setzte sich seitlich auf mein Bett und sah mich über den oberen Rand ihrer Brillengläser an. Ihr graues dünnes Haar hielt sie in einem Dutt im Nacken zusammen, doch vereinzelte Strähnen hingen ihr ins faltenreiche, von Altersflecken gezeichnete Gesicht. Diese Frau konnte doch unmöglich eine noch praktizierende Ärztin sein?

»Er war bei mir.«

Sie runzelte ihre faltige Stirn. »Kannst du dich daran erinnern, was passiert ist?«

»Ich bin gefallen …«

Sie nickte. »Es ist ein Wunder, dass du den Sturz überlebt und dir nicht mal was gebrochen hast. Du hattest großes Glück.«

»Wer sind Sie?«, fragte ich. Das Sprechen fiel mir noch immer schwer.

»Mein Name ist Dr. Diane Meyers. Ich war früher leitende Chefärztin für Anästhesie im General Hospital.«

»Wieso bin ich nicht im Krankenhaus? Warum versorgen Sie mich hier?«

Ihr Gesichtsausdruck verhärtete sich. »Diese Frage kann nur Mr Campbell beantworten.« Sie schaltete den Monitor des Vitalparameters aus. »Ich weiß nicht, was das alles soll, aber ich hoffe, dass er mich nun gehen lässt, da du wieder bei Bewusstsein bist.«

Ich rieb meine Schläfe. »Das klingt so, als würde er Sie gegen Ihren Willen hier festhalten.«

Dr. Meyers wollte etwas erwidern, doch in diesem Moment kam Wanda zur Tür herein.

Als sie mich sah, gab sie einen quiekenden Laut von sich, raffte ihren langen Rock und kam auf mich zugeeilt. »Du bist wach.« Sie beugte sich über mich und küsste mich auf die Stirn. In ihren Augen glänzten Tränen.

»Hey, Wanda.«

Sie schluchzte auf und setzte sich auf den Stuhl neben meinem Bett. Unter ihren Augen waren dunkle Ringe. Sie sah sehr müde aus, ihre Haut wirkte im künstlichen Licht der Nachttischlampe richtig fahl.

»Wie geht es dir?« Sie streichelte unentwegt über meinen Unterarm.

»Es ging mir schon besser«, antwortete ich und versuchte mich an einem Lächeln. Wenn ich richtig darüber nachdachte, war ich noch nie zuvor in meinem Leben auch nur ansatzweise krank gewesen.

Dr. Meyers zog die schweren Vorhänge zur Seite und öffnete das Fenster. »Etwas frische Luft hat noch niemandem geschadet«, sagte sie.

»Wie spät ist es?«, fragte ich, da es draußen dunkel war.

Wanda warf einen Blick auf ihre Armbanduhr. »Es ist gleich Mitternacht.«

»Und damit schon längst Schlafenszeit«, erwiderte Dr. Meyers, lief zu ihr, fasste sie an den Schultern und zog sie langsam vom Stuhl hoch. »Vivien braucht noch viel Ruhe.«

Wanda tätschelte meine Hand. »Gute Nacht, Liebes. Ich komme gleich morgen früh und bringe dir Frühstück.«

»Immer mit der Ruhe«, ermahnte Dr. Meyers sie. »Vivien hat seit Tagen nichts gegessen. Wir müssen sie erst wieder langsam an feste Nahrung gewöhnen.«

Als Wanda die Tür öffnete und vom Flur Licht ins Zimmer drang, knipste die Ärztin meine Nachttischlampe aus. Sie folgte Wanda, blickte sich dann aber nochmals zu mir um. »Ich werde deinen Großvater morgen früh darüber informieren, dass du bei Bewusstsein bist. Jetzt schlaf erst mal und komme wieder richtig zur Besinnung.« Sie schloss die Tür und ließ mich in meinem dunklen Zimmer zurück.

Ich fühlte mich schwach und tatsächlich sehr müde, obwohl ich die letzten Tage ja komplett verschlafen hatte. Aber ich war viel zu aufgewühlt, um jetzt Ruhe zu finden.

Liam nahm den Großteil meiner Gedanken ein. Ich erinnerte mich noch an den Sturz in die Tiefe. Dann war alles schwarz. Hatte ich geträumt, dass Liam nach dem Unfall neben mir kniete? Ich atmete tief ein. Der Traum hatte sich so echt angefühlt. Was, wenn es tatsächlich passiert war? Liam war über mir zusammengebrochen ... Lag er womöglich auch im Koma? Oder noch schlimmer ... War er tot?

Ich konnte den Gedanken nicht ertragen. Ich wollte ihn sehen. Jetzt! Könnte mir bitte jemand sagen, dass es ihm gut ging?

Mein Blick schweifte zum Fenster und verharrte bei dem sichelförmigen Mond. Die Sterne waren bei weitem nicht so deutlich zu sehen wie in der Wildnis. Da bemerkte ich ein paar Glühwürmchen, die vor meinem Fenster umherschwirrten.

Mein Puls beschleunigte sich, als ich mich an den Abend mit Liam erinnerte. Eine fast unerträgliche Sehnsucht nahm von mir Besitz. Die Glühwürmchen waren inzwischen in meinem Zimmer. Hatte ich Halluzinationen oder flogen sie wirklich direkt auf mich zu? Sie ließen sich auf meiner Bettdecke nieder, während zugleich die Wärme in meinem Herzen zu einer glühenden Hitze anschwoll.

Instinktiv rieb ich mir über die Stelle, als im selben Moment ein Lichtschein durch mein Nachthemd drang ... Ich zuckte erschrocken zurück, woraufhin das Licht erlosch. Die Glühwürmchen ließen von mir ab und verschwanden hinaus in die Nacht.

Ich tastete panisch nach meiner Nachttischlampe und knipste sie an. Mein Atem ging laut und stoßweise. Was zur Hölle war hier los? Mit zittrigen Fingern streifte ich den

Halsausschnitt meines Nachthemdes beiseite und hielt dann die Luft an.

Direkt über meinem Herzen zeigte sich eine frische, gerötete Narbe. Sie befand sich nicht auf der Haut, sondern tief unter ihr. Es war eine ebenso wellenförmige Linie, wie Liam fünf davon auf seiner Brust trug. Ganz vorsichtig berührte ich mit meinem Zeigefinger die Narbe und sie erglühte augenblicklich wie ein Feuer.

* * * * *

Als Dr. Meyers am frühen Morgen mein Zimmer betrat, starrte ich schon seit Stunden an meine Zimmerdecke. Ich hatte nicht eine Minute geschlafen.

»Ich muss dringend telefonieren«, sagte ich bestimmt, noch ehe sie die Tür wieder geschlossen hatte.

»Du bist ja schon putzmunter«, erwiderte sie und klopfte mein Kissen auf. »Du solltest heute …«

Sie erschrak, als Großvater ungehalten ins Zimmer platzte.

Er sah uns abwechselnd an. Dann besann er sich und kam lächelnd auf mich zu.

»Vivien.« Er beugte sich zu mir herunter und streichelte mir über die Wange. »Schön, dass es dir besser geht.«

Dr. Meyers räusperte sich unbehaglich. »Ich werde hier nun nicht mehr gebraucht. Kann ich gehen?«

Er richtete sich auf. »Besteht die Gefahr, dass sich Viviens Zustand wieder verschlechtert?«

»Nein. Sie ist über den Berg.«

»Nun gut.« Großvater zog sein Telefon aus der Hosentasche und hielt es ans Ohr. »Dr. Meyers wird nicht mehr benötigt«, sagte er nach kurzem Warten. »Kümmere dich um sie.«

Er steckte das Telefon weg. »Mein Fahrer erwartet Sie unten in der Lobby.«

Sie machte einen Schritt auf mich zu, aber er stellte sich ihr den Weg. »Leben Sie wohl, Dr. Meyers«, herrschte er sie an.

»Gute Besserung, Vivien«, murmelte sie und eilte umgehend zur Tür.

»Vielen Dank für alles«, erwiderte ich, doch da hatte sie mein Zimmer bereits verlassen.

Großvater drehte sich langsam zu mir um und musterte mich aus zusammengekniffenen Augen.

»Warum warst du so unhöflich zu ihr?«

»Wie fühlst du dich?«, erkundigte er sich, ohne auf meine Frage einzugehen. Er setzte sich zu mir.

»Warum liege ich in meinem Zimmer und nicht im Krankenhaus?«

Er legte den Kopf schief. »Kannst du dich an alles erinnern?«

Ich atmete tief durch. »Du weichst mir aus.«

»Bevor ich dir antworte, muss ich wissen, ob du weißt, was passiert ist.«

Ich zögerte, aber da ich keine Ahnung hatte, worauf er hinauswollte, nickte ich.

Er ergriff meine Hand. »Dann wirst du verstehen, warum ich dich nicht ins Hospital bringen konnte.« Sein Blick war durchdringend. »Was hätte ich denen denn erzählen sollen?« Er deutete mit dem Finger auf meine Brust.

Mir blieb der Mund offen stehen. Woher wusste er …?

Ich tat ahnungslos. »Was meinst du?«

Er lehnte sich vor und sah mir tief in die Augen. »Deine Narbe. Berühre sie.«

O nein. Er hatte die Narbe gesehen und offenbar auch mitbekommen, dass sie aufleuchtete.

Großvater seufzte, als sein Handy klingelte. Doch nachdem er einen Blick auf das Display geworfen hatte, nahm er den Anruf entgegen.

»Was gibt's Neues?« Er stand auf und begann unruhig auf und ab zu gehen. »Seid ihr sicher?« Sein Mund verzog sich zu einem zufriedenen Lächeln. »Ich wusste, dass er kommen wird.«

Ich stützte mich auf meine Unterarme und setzte mich auf. Er presste das Telefon an seine Brust und strich mir über den Kopf. »Ich habe etwas Wichtiges zu erledigen. Sei ein braves Mädchen, bis ich wiederkomme.«

»Wohin gehst du?«, fragte ich, als er zur Tür lief.

Doch er hielt sich bereits wieder das Handy ans Ohr. »Behaltet ihn im Auge«, wies er seinen Gesprächspartner an. »Ich komme zu euch.«

Und dann knallte die Tür hinter ihm zu.

10. KAPITEL

Ich schwang die Beine aus dem Bett und hielt mir augenblicklich den Kopf. Was verabreichten sie mir hier eigentlich? Gegen Schmerzen konnte es unmöglich sein, denn ich fühlte mich, als würde mich jemand mit einem Presslufthammer bearbeiten.

Ich biss die Zähne zusammen und zog die Kanüle aus meiner Armbeuge, doch mir entwich trotzdem ein Stöhnen. Schnell drückte ich das Bettlaken auf die Einstichstelle, aus der augenblicklich Blut austrat.

Wo war mein Handy? Ich musste Dad anrufen. Nicht zu wissen, wie es Liam ging, machte mich fertig.

Da ich nun diese Narbe auf meiner Brust trug, war ich mir sicher, dass es kein Traum gewesen war – Liam hatte meine Hand zu seinem Mal geführt.

Ich ließ das Laken los, drückte den Zeigefinger aber weiterhin auf das kleine Loch in meiner Haut. Meine Hände waren feucht und kalt. Mir war schwindelig.

Was auch immer das war, das ich da jetzt über meinem

Herzen trug – es war unheimlich. Ich wollte es nicht haben und es erinnerte mich an Liams Wunsch, sich das Symbol am liebsten aus der Brust zu schneiden. Jetzt konnte ich annähernd nachempfinden, wie er sich fühlte. Diese Narbe gehörte nicht zu mir – sie war etwas Fremdes.

Ich stützte meine Ellbogen auf die Knie und fuhr mir mit den Händen durchs Haar. Großvater musste die Narbe aufgefallen sein, als ich bewusstlos gewesen war. Er hatte vermutlich bemerkt, dass sie bei Berührung erglühte, und mich deshalb nicht ins Hospital gebracht. Anders konnte ich mir sein Verhalten nicht erklären.

Es wäre nicht ohne Folgen für mich geblieben, wenn jemand von dieser Narbe erfahren hätte. Wahrscheinlich sollte ich Großvater sogar dankbar sein. Es war mehr als nur ein beunruhigender Gedanke, dass man wissenschaftliche Experimente an mir durchführte.

Ich stand langsam auf und wartete, bis das Schwindelgefühl etwas nachließ. Meine Beine fühlten sich an, als wären sie aus Gummi. Ich nahm meinen Bademantel, der über der Stuhllehne hing, und tastete mich dann an der Wand entlang zur Tür. Im Flur stützte ich mich am Geländer ab und schaute in die Lobby hinunter.

»Wanda?« Ich lauschte, doch es kam keine Antwort.

Es war viel zu still … Ich war ganz allein … Sie wollte mir doch eigentlich das Frühstück ans Bett bringen.

Im Schneckentempo stieg ich die Marmorstufen hinab. Mein Kreislauf schien wieder etwas in Schwung zu kommen, denn das Schwindelgefühl ließ deutlich nach.

Wo waren denn alle? Sie durften mich in meinem Zustand

doch nicht einfach allein lassen. Nicht einmal der Gärtner war vom Terrassenfenster aus zu sehen.

Normalerweise lag in jedem Zimmer ein Mobiltelefon herum, doch jetzt musste ich eine gefühlte Ewigkeit suchen, bis ich endlich in der hintersten Ecke der Küchenanrichte fündig wurde.

Ich wählte Dads Nummer. Großvater hatte ihn sicherlich nur mit spärlichen Informationen über meinen Gesundheitszustand versorgt. Außerdem konnte er mir hoffentlich über Liam Auskunft geben. Doch als ich den Hörer an mein Ohr hielt, ertönte nur ein lang gezogener Signalton.

Das durfte doch jetzt nicht wahr sein. Die Leitung war tot. Ich warf das Telefon zurück auf die Anrichte und schlurfte ins Wohnzimmer. Hoffentlich funktionierte der Internetanschluss, damit ich es über den Laptop versuchen konnte. Aber den musste ich auch erst mal finden.

Nach erfolgloser Suche gab ich auf. Ich warf einen Blick die Treppe hinauf, doch da Großvater sein Arbeitszimmer stets verschlossen hielt, konnte ich mir den Weg sparen. Ich legte mich aufs Sofa und wartete, ohne richtig zu wissen, worauf, und schlief irgendwann ein.

Als ich erwachte, verriet mir ein Blick auf die Uhr, dass es schon später Nachmittag war. Ich betastete die Einstichstelle meiner Armbeuge. Hoffentlich zählte die Müdigkeit zu den letzten Auswirkungen der Infusion, sonst verschlief ich noch mein ganzes Leben.

Ohne große Hoffnung lief ich wieder in die Küche, um den Signalton des Telefons nochmals zu überprüfen. Tatsächlich hatte sich nichts an der Situation geändert.

Ich schenkte mir ein Glas Wasser ein, aß ein paar Weintrauben und überlegte, was ich tun sollte. Obwohl ich zwei oder drei Tage nichts zu mir genommen hatte, verspürte ich keinen Hunger. Ich aß bloß, um wieder zu Kräften zu kommen.

Vielleicht sollte ich es beim Wachpersonal versuchen? Gut möglich, dass ich im Pförtnerhaus telefonieren konnte. Entschlossen schlüpfte ich in meine Chucks, lief zur vorderen Haustür und machte mich, so schnell es meine wackeligen Beine zuließen, auf den Weg.

Ich warf einen kurzen Blick zur Garage, die man eigentlich gar nicht mehr als solche bezeichnen konnte. Großvater besaß sieben Nobelkarossen, die stets blank poliert auf ihren Einsatz warteten. Hinter der Villa befand sich noch mal ein ähnlicher Bau wie dieser für seine Oldtimersammlung.

Das gesamte Anwesen wurde durch die regelmäßigen Kontrollgänge des Sicherheitspersonals und die zusätzlichen Videokameras überwacht. Kein Wunder bei dem ganzen Vermögen, das hier zur Schau gestellt wurde.

Bildete ich es mir nur ein oder folgte mir der Suchlauf einer Kamera, als ich den Weg zur Allee einschlug? Mir wurde wieder bewusst, dass ich nur mit einem Nachthemd und einem Bademantel bekleidet war. Doch ich war schon zu weit gekommen, um noch mal umzukehren. Ich blieb immerhin auf dem Grundstück und wollte nichts weiter als telefonieren.

Schon von weitem erkannte ich einen roten Mini-Van, der vor dem stählernen Gittertor stand. Zwei Wachmänner waren aus dem Pförtnerhaus getreten und diskutierten mit einer wild gestikulierenden Person mit knallpinken Haaren.

»Leslie …«, rief ich und beschleunigte meine Schritte. Was hatte sie denn in Vancouver verloren? Ihr Blick fiel auf mich und ich winkte ihr zu.

»Ich habe Ihnen doch gesagt, dass Vivien meine Freundin ist«, hörte ich sie undeutlich mit den Wachmännern schimpfen. »Jetzt lassen Sie mich endlich durch.«

Am liebsten wäre ich zu ihr gerannt, aber stattdessen wurde ich langsamer, weil mir wieder schwindelig wurde.

Leslie stand mit verschränkten Armen neben den Männern und warf ihnen verärgerte Blicke zu. Sie runzelte die Stirn, als ich schließlich bei ihr ankam und uns nur noch das Gitter voneinander trennte.

»Scheiße, siehst du fertig aus. Was ist denn mit dir passiert?«

Na, vielen Dank auch. Moment mal … Wusste sie etwa gar nicht, dass ich tagelang bewusstlos gewesen war?

»Machen Sie bitte das Tor auf«, wies ich die Männer an. Hatte Großvater das Wachpersonal gewechselt? Die Männer trugen gar nicht die übliche Dienstkleidung, sondern waren komplett in Schwarz gekleidet.

Ich war so erleichtert Leslie zu sehen. Sie ahnte ja nicht, wie sehr ich ihren moralischen Beistand gerade brauchte.

»Wie kommst du hierher?« Ungeduldig wartete ich darauf, sie in die Arme nehmen zu können, doch die Wachmänner kamen meiner Aufforderung nicht nach.

»Du hast es ja nicht für nötig gehalten, dich von mir zu verabschieden, als du so plötzlich abgereist bist.« Sie verzog missmutig den Mund. »Da dachte ich mir, ich schau mal spontan vorbei, weil ich mit meinen Eltern für zwei Tage meine Schwester in Vancouver besuche.«

Sie glaubte, ich wäre einfach so abgereist? Ich schüttelte ungläubig den Kopf und starrte dann die Wachmänner an. Sie verzogen keine Miene.

»Gibt es irgendein Problem?«, erkundigte ich mich.

Die Männer wechselten einen kurzen Blick, bevor einer von ihnen im Pförtnerhaus verschwand. Durch das große Fenster sah ich, wie er vor die vielen Überwachungsbildschirme trat und telefonierte.

Aha … Hier schien die Telefonleitung also zu funktionieren.

»Jetzt machen Sie doch endlich mal dieses blöde Tor auf«, forderte Leslie den Mann auf, der nach wie vor neben ihr stand.

Er betrachtete unverhohlen ihre Beine, die durch den karierten kurzen Faltenrock und die High Heels besonders gut zur Geltung kamen. »Wir dürfen niemanden hinein- oder hinauslassen«, entgegnete er.

Leslie entglitten die Gesichtszüge. »Was geht denn hier ab?«

»Das ist lächerlich. Ich bin doch keine Gefangene. Geben Sie mir das Telefon, damit ich das mit meinem Großvater klären kann.«

Er kratzte sich den Kopf und schaute zu seinem Kollegen, der immer noch telefonierte.

Ich wandte mich an Leslie. »Kann ich bitte mal dein Handy haben?«

Kaum kramte sie in ihrer Tasche, packte der Wachmann sie am Arm und drängte sie entschieden zurück.

»Was soll denn das?«, protestierte ich. »Lassen Sie meine Freundin los!«

Er stieß Leslie auf den Fahrersitz des Mini-Vans, obwohl sie sich mit Händen und Füßen wehrte. Doch plötzlich hielt er mitten in der Bewegung inne und starrte zur gegenüberliegenden Straßenseite.

Da die Sonne mich blendete, hielt ich mir zum Schutz die Hand über die Augen. Jemand stand dort im Schatten eines Baumes. Er hatte die Kapuze tief in die Stirn gezogen, verharrte regungslos und beobachtete uns.

Mein Herz begann wild zu schlagen und die wellenförmige Narbe darüber strahlte auf einmal eine angenehme Wärme aus.

»Liam …« Ich konnte nicht glauben, dass er wirklich hier war. Es ging ihm gut. Er war zu mir gekommen …

»Das ist er!«, schrie der Wachmann seinem Kollegen zu, der augenblicklich aus dem Pförtnerhaus geeilt kam.

»Er ist hier … Er ist hier!«, rief dieser in sein Telefon. Sie rannten auf Liam zu.

»Zugriff!«, brüllte der andere aus Leibeskräften, woraufhin vier Männer aus einem schwarzen Auto mit verdunkelten Scheiben sprangen, das in der Nähe parkte.

Liam sah zwischen den Männern und mir hin und her. Er schien wie ich völlig überrumpelt. Unentschlossen ging er einen Schritt vor, dann wieder zurück, bis er schließlich die Flucht ergriff.

Die Männer schrien durcheinander und setzten ihm

unverzüglich nach, während Leslie und ich fassungslos zurückblieben.

»Okaaay … Alles klar«, sagte Leslie theatralisch. »In was für einen Film bin ich denn hier hineingeraten?«

Ich umklammerte panisch das Gittertor. Liam und seine Verfolger bogen um die nächste Straßenecke und verschwanden aus unserem Blickfeld. Was wollten sie von ihm? Sie durften ihn nicht kriegen. Niemand durfte erfahren, dass er anders war.

»Ich muss hier raus. Wir müssen ihm helfen. Du musst den Schalter umlegen.« Die Worte sprudelten viel zu schnell aus mir heraus, so dass ich sie selbst kaum verstand.

»Was ist los?« Leslie schaute mich verwirrt an. »Seit wann sprichst du Chinesisch?«

»In dem Pförtnerhaus …« Ich wedelte hektisch mit meiner Hand herum. »Da ist ein großer grüner Schalter. Mach das Tor auf!«

Leslie lief hinein und kurz darauf war ein elektrisches Surren zu vernehmen. Das große zweiflüglige Tor wurde entriegelt. Sobald es sich einen Spaltbreit geöffnet hatte, schlüpfte ich hindurch und lief zu Leslies Auto.

»Schnell! Wir müssen ihnen folgen.«

Sie musterte mich von oben bis unten. »In dem Aufzug kannst du doch nicht unter die Leute.«

»Das ist jetzt egal. Komm, sie dürfen ihn nicht kriegen!«

»Wen denn? Was ist hier eigentlich los?«

Ich lief zu ihr zurück und zog sie am Ärmel zur Fahrertür. »Das ist kompliziert und für Erklärungen habe ich jetzt keine Zeit. Bitte, wir müssen ihm helfen.«

Leslie zog die Stirn kraus, setzte sich dann aber hinters Steuer. »Ich verstehe echt nicht, was hier läuft.«

Da waren wir schon zu zweit. Doch so angriffslustig, wie die Männer auf Liam zugerannt waren, hatten sie mit Sicherheit nichts Gutes im Sinn.

Ich lief um den Wagen und setzte mich auf den Beifahrersitz. Aber Leslie fuhr nicht los.

»Worauf wartest du?«

Sie sah mich streng von der Seite an. »Darauf, dass du dich anschnallst.«

Ich verdrehte die Augen und tat ihr den Gefallen.

»Hey, das Augendrehen habe ich gesehen«, sagte sie und fuhr rückwärts aus der Ausfahrt. »Mein Führerschein ist noch ganz frisch. Da werde ich es nicht riskieren, mit dir ohne Gurt erwischt zu werden.«

»Leslie, drück endlich aufs Gas«, bettelte ich. Hoffentlich hatten sie Liam noch nicht erwischt.

11. KAPITEL

Meine Schwester hat heute Geburtstag, aber die Party steigt erst am Abend. Ich hab Dad überredet mir für ein paar Stunden sein Auto zu überlassen, damit ich dich besuchen kann.«

Leslie redete ununterbrochen und folgte der Hauptstraße in Richtung Innenstadt. Ich hörte ihr gar nicht richtig zu, da ich zu sehr damit beschäftigt war, nach Liam Ausschau zu halten. Die Seitenstraßen waren durch parkende Autos nur schwer einzusehen.

Ich kaute auf meiner Unterlippe. »Kannst du die Männer irgendwo sehen?«

»Dort sind zwei von ihnen«, sagte Leslie und deutete in eine Nebenstraße. Sie bremste ab.

»Wo sind die anderen?« Ich schaute mich um, konnte Liam und die restlichen Verfolger aber nirgends entdecken.

»Vielleicht haben sie sich aufgeteilt.«

Die beiden Männer bogen um die nächste Straßenecke und verschwanden aus unserem Blickfeld.

»Soll ich denen jetzt hinterherfahren?«, fragte Leslie.

Meine Autotür wurde plötzlich aufgerissen und ich zuckte zusammen. Erschrocken starrte ich Liam an, der mich umgehend aus dem Wagen zog.

»Was ist hier los? Warum sind diese Männer hinter mir her? Hast du ihnen von mir erzählt? Wissen sie, dass ich …?«

»Nein, nein, ich habe gar nichts erzählt. Ich weiß nicht, was sie von dir wollen.«

Liam strich sich nervös durchs Haar.

»Wo sind die Wachmänner?«, fragte ich.

Er zuckte mit den Schultern. »Ich war schneller.« Er fasste mich an den Oberarmen. »Eigentlich wollte ich nur nach dir sehen. Geht es dir gut?«

»Wollt ihr noch länger quatschen oder steigt ihr jetzt ein?«, fragte Leslie. Sie war ebenfalls ausgestiegen und sah über das Autodach hinweg zu uns herüber. Als ein erboster Autofahrer hupend vorbeifuhr, weil sie auf der zweiten Spur parkte, zeigte sie ihm den Mittelfinger.

»Ja, steig ins Auto«, sagte ich zu Liam. »Wir bringen dich erst mal von hier weg und dann telefoniere ich mit Großvater. Irgendetwas stimmt hier nicht. Ich habe diese Typen noch nie gesehen.«

Ich stieg hinten ein, damit Liam auf dem Beifahrersitz Platz nehmen konnte. Doch er zögerte.

»Das ist vielleicht keine gute Idee. Ich sollte einfach verschwinden.«

Wieder hupte ein Auto im Vorbeifahren.

Leslie atmete tief durch. »Könntet ihr euch bitte mal einigen. Ich will wegen euch nicht noch einen Strafzettel kassieren.«

Ich wollte nicht, dass er mich schon wieder verließ, auch wenn es das Beste für ihn war. »Bitte, Liam. Wir können dich doch wenigstens zu deinem Auto bringen, damit du den Männern nicht noch mal vor die Füße läufst«, sagte ich. »Wo hast du geparkt?«

Er verzog den Mund. »Mit einem Auto kann ich nicht dienen. Ich bin gelaufen.«

»Von Jasper bis hierher?« Ich sah ihn mit großen Augen an.

Liam seufzte, warf noch einen letzten Blick über die Schulter und stieg dann doch neben Leslie ein. »Ihr könntet mich aus der Stadt rausfahren. Das wäre sehr nett.«

»Okay. Welche Richtung?«, fragte Leslie.

»Geradeaus und am Ende der Straße links«, erwiderte er.

Ich musste dringend mit ihm reden, wusste aber nicht, wie ich das vor Leslie zu Stande bringen sollte, ohne dass sie zu viel mitbekam.

»Hi, ich bin Leslie«, stellte sie sich vor, nachdem sie losgefahren war.

»Wir kennen uns bereits«, sagte Liam.

»Ach, echt?«

»Das ist Liam«, sagte ich. »Ihr kennt euch aus der Schule.«

Leslie betrachtete ihn von der Seite. »Liam? Ach du Scheiße … Du bist Liam Murray?« Sie klang, als würde sie singen. »Ähm …« Sie räusperte sich. »Ich habe dich gar nicht erkannt. Ist ja schon eine Weile her, dass du dich in der Schule hast blickenlassen.«

Meine Freundin und ich wechselten über den Rückspiegel einen vielsagenden Blick. Mit übertrieben zuckenden Augenbrauen gab sie mir zu verstehen, wie heiß sie ihn fand.

»Pass auf!«, rief Liam, woraufhin Leslie eine Vollbremsung hinlegte und ich unsanft gegen Liams Sitzlehne prallte.

Ein älterer Herr überquerte direkt vor der Motorhaube des Wagens die Straße. Er schimpfte und drohte Leslie mit dem Gehstock, bevor er seinen Weg schlurfend fortsetzte.

»O mein Gott.« Sie nahm die zitternden Hände vom Steuer und hielt sie in die Luft. »Ich hätte den fast überfahren.«

Hinter uns ertönte ein Hupkonzert. Liam stieg aus, lief um den Wagen herum und öffnete die Fahrertür. »Rutsch rüber«, wies er sie an. »Für meinen Geschmack ziehen wir gerade zu viel Aufmerksamkeit auf uns.«

Kaum hatte er es ausgesprochen, kam neben uns eine schwarze Limousine mit quietschenden Reifen zum Stehen und drei Männer stürmten aus dem Wagen.

Liam gab Leslie, die inzwischen halbwegs auf den Beifahrersitz geklettert war, einen Schubs, um Platz nehmen zu können. Die Tür stand noch offen, als er das Gaspedal bis zum Anschlag durchtrat. Einer der Männer bekam Liam am Jackenärmel zu fassen, doch der Stoff riss und wir fuhren schlingernd davon.

»Geht's noch«, schrie Leslie ihn an. Sie kniete auf ihrem Sitz, umklammerte panisch die Kopflehne und sah Liam mit weit aufgerissenen Augen an. »Der Wagen gehört meinen Eltern!« In diesem Moment driftete das Auto um eine Kurve und sie kreischte los.

»Schnallt euch an!«, forderte Liam uns auf. »Sie sind hinter uns her.«

Ich kämpfte unbeholfen mit meinem Gurt. Da Liam zwischen den fahrenden Autos Slalom fuhr, brauchte ich ewig, um mich anzuschnallen. Kaum hatte ich es geschafft, warf ich einen Blick durch die Heckscheibe und sah sofort die schwarze Limousine, die wie wir hastig die Spuren wechselte.

Leslie krallte sich mit beiden Händen am Armaturenbrett fest. »Der Typ ist doch wahnsinnig. Wenn ich geahnt hätte …« Sie schimpfte ununterbrochen und wurde schließlich völlig hysterisch. »Die Ampel ist rot … Sie ist *rot*!«

Dieses Mal schrie ich voller Panik mit ihr im Chor. Liam fuhr, ohne abzubremsen, über die Kreuzung, wich den quer fahrenden Autos jedoch gekonnt aus.

Unsere Verfolger, die trotz der roten Ampel hinter uns geblieben waren, hatten weniger Glück. Sie kamen bei vollem Tempo ins Schleudern und krachten dann seitlich gegen einen Transporter. Ich sah gerade noch, wie der Fahrer aus dem Wagen taumelte, bevor Liam an der nächsten Straßenkreuzung abbog.

Leslie gab keinen Ton mehr von sich. Wahrscheinlich stand sie unter Schock. Während ich am ganzen Körper zitterte, schaute ich unablässig durch die Heckscheibe. Als Liam aber nach einer ganzen Weile auf den Parkplatz des Oakridge Centre fuhr, war noch immer nichts von einer schwarzen Limousine zu sehen.

»Bist du sicher, dass das eine gute Idee ist?«, fragte ich. »Liam, hier wimmelt es von Menschen.«

»Wir sind hier schwerer zu finden als auf der Straße«, erwiderte er und brachte den Wagen zum Stehen. »Und außerdem brauchst du etwas anderes zum Anziehen.«

Ich verstand nicht, warum meine Garderobe jetzt wichtig war.

Er stellte den Motor ab und hielt Leslie ein paar Geldscheine vor die Nase. »Würdest du das bitte erledigen?«

Sie machte keine Anstalten, das Geld entgegenzunehmen. »Ich wusste schon immer, dass du einen an der Klatsche hast, aber wie schlimm es wirklich um dich steht, hätte ich nicht für möglich gehalten.« Sie wandte sich zu mir um. »Er hätte uns beinahe umgebracht.« Sie schnaufte auf.

»Bitte, Leslie«, flehte ich sie an.

»Na schön.« Sie riss ihm die Geldscheine aus der Hand. »Aber ich mach das nur für Vivien.« Leslie stieg aus und steuerte auf den Eingang des Einkaufscenters zu.

Liam drehte sich zu mir um. »Wir müssen dringend reden.« Deswegen hatte er Leslie also weggeschickt. Er sah mich eindringlich an. »Was wollen die von mir?«

Ich zuckte mit den Schultern. »Ich bin genauso ratlos wie du. Seit ich wieder bei Bewusstsein bin …«

Liam schloss einen kurzen Moment die Augen. »Ich hatte Angst, du könntest einfach aufhören zu atmen – ich dachte, du stirbst.«

»Du warst nach dem Absturz bei mir, stimmt's? Du hast mich gerettet, indem du meine Hand auf das Symbol gelegt hast.«

Er zog die Stirn in Falten. »Das kannst du doch gar nicht wissen.« Er stockte. »Du warst bewusstlos.«

Ich rieb mir die Schläfen. »Irgendwie habe ich es in einem Traum gesehen. Ich kann es mir selbst nicht erklären.«

Er erwiderte nichts.

»Was genau ist da passiert?«, fragte ich.

»Ich weiß es nicht. Es war wie ein Reflex. Tief in meinem Inneren wusste ich, dass ich dich retten kann.«

»Du hattest dabei Schmerzen«, flüsterte ich. »In dem Traum hat es sich für mich so angefühlt, als wärst du gestorben.« Meine Stimme brach.

»Als ich zu mir kam, warst du immer noch nicht ansprechbar«, berichtete er. »Ich habe dich bis zur Touristenstation vom Mount Edith Cavell getragen und dort hat jemand den Notruf gewählt.« Er seufzte. »Und dann hatte ich wieder einen dieser Schübe und bin zurück in den Wald gerannt, um mich zu verstecken.«

»Hat jemand etwas davon mitbekommen?«

»Ich hoffe nicht.« Er sah mich schuldbewusst an. »Als die Vision vorbei war, habe ich realisiert, dass es kein Rettungshubschrauber war, der dich wegbrachte.«

»Das war vermutlich mein Großvater.«

Wir verstummten, als Leslie die Tür öffnete und sich neben mich auf die Rückbank setzte.

»Hier muss ich unbedingt noch einmal rein, wenn ich mehr Zeit habe. Es ist das reinste Paradies. In einem Schaufenster habe ich ein Paar Schuhe entdeckt ...«

Liam unterbrach ihren Redeschwall. »Hoffentlich hast du in deinem Shoppingrausch nicht vergessen für Vivien Klamotten zu besorgen.« Er zog seine Jacke aus und warf sie neben sich auf den Beifahrersitz.

»Großvater …«, flüsterte ich gedankenverloren. Kurz sah ich zu Leslie. Ich durfte mich nicht vor ihr verquatschen. »Ich glaube, er hat an mir etwas gesehen, was er nicht hätte sehen dürfen. Doch er hat dafür gesorgt, dass es niemand sonst mitbekommt.«

Liam sah mich aus zusammengekniffenen Augen an.

»Hä …? Kapierst du selber, was du da faselst?« Leslie sah zwischen Liam und mir hin und her. »Hallo, ich bin wieder anwesend.« Sie wedelte mit ihrer Hand vor meinem Gesicht herum.

Liam wandte sich um und startete den Motor.

»Kann ich bitte mal dein Handy haben?«, fragte ich Leslie. »Ich muss dringend mit meinem Großvater telefonieren.«

»Ja, es wäre höchst interessant zu wissen, warum seine Wachmänner hinter mir her sind«, sagte Liam und trat das Gaspedal durch.

»Ich habe das Gefühl, dass das gar nicht seine Wachmänner waren.«

Leslie kramte in ihrer Tasche. Sie wollte mir das Telefon überreichen, zuckte aber zurück, als ihr Blick auf das Display fiel. »Auch das noch … Der Akku ist leer.«

»Liam, kann ich bitte deins haben.«

»Mein Akku ist auch leer«, erwiderte er.

Ich rollte mit den Augen. »Na schön, dann halte bitte an der nächsten Telefonzelle, an der wir vorbeikommen.«

»So solltest du aber nicht aussteigen«, sagte Leslie und zupfte an meinem Bademantel. »Komm, ich helf dir beim Umziehen.« Sie zog an meinem Ärmel, ohne meine Antwort abzuwarten. »Und nur zu eurer Information: Ich muss heute noch auf die Geburtstagsparty meiner Schwester. Wenn ihr also noch telefonieren wollt, dann sollten wir uns beeilen. Schließlich müssen wir Liam am Stadtrand absetzen und dich muss ich auch noch nach Hause bringen.«

Obwohl Leslie mir half, war es umständlich, den Bademantel im Sitzen auszuziehen. Außerdem war es auf der Rückbank total eng.

»Schickes Nachthemd.« Liam lächelte mich über den Rückspiegel schelmisch an.

Ich wollte gerade etwas erwidern, als Leslie mir einen hellblauen Stofffetzen reichte.

»Was ist das denn?«, fragte ich.

Sie verdrehte die Augen. »Das ist ein Jeansrock.«

Ich schüttelte den Kopf. »Vergiss es, den zieh ich bestimmt nicht an. Hast du den aus der Kinderabteilung?«

»Papperlapapp. Du hast Hammerbeine, die kannst du ruhig mal an die Luft lassen.«

»Eine Hose ist viel bequemer.«

»Ich habe dir aber einen Rock und keine Hose gekauft. Entweder du ziehst ihn jetzt an oder du tänzelst weiterhin als Nachthemdgespenst durch die Gegend.«

Sie streifte mir den Jeansstoff schon über das Bein. Jeder weitere Einwand war zwecklos. Als ich den Rock anhatte, der mir nicht einmal ansatzweise bis zu den Knien reichte, war ich schweißgebadet. Schließlich hielt Leslie mir noch ein knallbuntes T-Shirt entgegen.

»Gab es das auch in einer Farbe?«

»Was ist denn nun wieder? Graffiti ist zurzeit voll angesagt.«

Ich lächelte sie versöhnlich an. »Immerhin hat es die richtige Größe.« Bevor ich das Nachthemd über meinen Kopf zog, rutschte ich, so weit es ging, in meinem Sitz nach unten, um mich vor den Blicken der vorbeifahrenden Autofahrer zu schützen. Leslie schirmte mich noch zusätzlich ab, indem sie ihre Jacke in die Höhe hielt.

»Ach … Du trägst ja gar keinen BH«, kommentierte sie.

Ich vergewisserte mich, dass ihre Jacke mich ausreichend bedeckte, und sah sie dann grimmig an. »Ziehst du vielleicht einen BH unter deinem Nachthemd an?«, fragte ich.

»Ich trage keine Nachthemden – ich schlafe nackt.«

»Das will ich jetzt nicht unbedingt hören«, sagte Liam und stellte das Radio lauter.

»Es sitzt alles dort, wo es sitzen sollte«, ließ Leslie mich wissen, als ich an meinem neuen bunten Shirt hinuntersah. »Nur frieren solltest du nicht unbedingt.«

Ich warf ihr das Nachthemd an den Kopf, worüber sie nur kicherte.

»Seid mal leise«, forderte Liam uns auf, nachdem er einen anderen Radiosender eingestellt hatte.

»Vivien Scott ist die Enkelin des wohlhabenden Staatsanwalts Robert Campbell, weshalb die Polizei von einer Lösegeldforderung ausgehen muss«, ertönte die Ansage des Nachrichtensprechers. *»Die Entführung ereignete sich um siebzehn Uhr Ortszeit. Es ist äußerste Vorsicht geboten. Der Täter ist vermutlich bewaffnet …«*

»Ach. Du. Scheiße!«, sagte Leslie.

»… Die Bevölkerung wird um Mithilfe gebeten. Falls Sie den Gesuchten sehen sollten, dann melden Sie sich unverzüglich bei der

Polizei. Zuletzt wurde er mit einer vermutlichen Komplizin und dem besagten Opfer in einem roten Mini-Van mit dem Kennzeichen …«

»Waaas?«, kreischte Leslie. »O mein Gott, meine Eltern bringen mich um!«

Liam und ich sahen uns über den Rückspiegel beunruhigt an.

»Verdammter Mist«, fluchte er und fuhr viel zu schnell auf den Trans-Canada Highway.

12. KAPITEL

Jedes Fahrzeug, das wir überholten, konnte uns zum Verhängnis werden. Wenn einer der Autofahrer den Van nach der Durchsage im Radio erkennen sollte, dann war es nur noch eine Frage der Zeit, bis die Polizei aufkreuzen würde. Doch sie durften Liam auf keinen Fall in die Finger kriegen.

»Ich werde dieses Missverständnis aufklären.« Meine Stimme überschlug sich fast.

»Die glauben, wir haben dich entführt«, stotterte Leslie. Sie atmete schnell und abgehackt, was zum Teil wohl auch Liams rasantem Fahrstil geschuldet war. »Ich muss meine Eltern anrufen und ihnen alles erklären.«

»Vermutlich hat jemand die Polizei gerufen, als wir vor den Wachleuten geflüchtet sind«, sagte Liam.

»Oder es war Großvater«, entgegnete ich.

Es würde ihm ähnlich sehen, dass er direkt rot gesehen hatte, nachdem ich ohne Erlaubnis abgehauen war. Bei seinem Wachpersonal hatte es wahrscheinlich wirklich den falschen Eindruck erweckt.

Nicht weit hinter uns ertönte plötzlich eine Polizeisirene.

»Mist«, fluchte Liam. »Irgendjemand hat das Auto erkannt und unsere Position durchgegeben.«

Leslie und ich blickten panisch durch die Heckscheibe. Wir hatten gerade die Port Mann Bridge hinter uns gelassen, die über den Fraser River führte. Der Polizeiwagen holte mit hoher Geschwindigkeit immer weiter zu uns auf.

»Der Van fährt nicht schneller«, ließ Liam uns wissen.

»Das ist ja auch kein Rennwagen!«, schrie Leslie ihn an.

»Hat jemand eine Idee, was wir jetzt machen sollen?«, sagte ich, bevor die beiden sich noch weiter stritten.

»Da fragst du noch?« Leslie warf mir einen entgeisterten Blick zu. »Wir ergeben uns. Du kannst doch alles aufklären.«

»Hast du einen besseren Vorschlag?«, wandte ich mich an Liam. Auch wenn ich seine Unschuld beteuerte, würden sie ihn mit Sicherheit vorerst festnehmen. Das Risiko war einfach zu groß. Sie könnten hinter unser Geheimnis kommen.

Ich bekam eine Gänsehaut als mir richtig bewusst wurde, dass Liams Probleme von nun an auch meine waren. Denn auch ich trug jetzt eine glühende Narbe auf meiner Brust.

Liam rieb sich die Stirn. »Seid ihr angeschnallt?«

Ich nickte. »Ja.«

Leslie schnaubte auf. »Was auch immer du vorhast, vergiss es ganz schnell wieder.«

»Haltet euch gut fest«, rief er, bevor er den Wagen vor uns rammte.

Das Fahrzeug stellte sich quer, während Liam erneut

dagegenfuhr und das Auto dadurch komplett außer Kontrolle geriet. Wir konnten gerade noch rechtzeitig vorbeischlittern, als sich der Wagen im Kreis zu drehen begann und die Autos hinter uns unausweichlich auf ihn auffuhren. Reifen quietschten und wir hörten durchdringendes Hupen, bevor es abermals heftig krachte.

Wir rasten davon. Durch die Massenkarambolage war die Straße blockiert. Wir hatten die Polizei abgehängt.

»Bist du jetzt komplett durchgedreht?«, brüllte Leslie ihn an. »Wahrscheinlich hast du jetzt unschuldige Menschen auf dem Gewissen!«

Liam schüttelte den Kopf. »Nein, habe ich nicht. Ich habe sie vorher ausgebremst. Niemand ist lebensbedrohlich verletzt.«

»Das ist doch Schwachsinn.« Sie schaute uns abwechselnd an. »Das kann er doch gar nicht wissen.«

»Ich weiß es«, erwiderte er.

»Aber du hast in Kauf genommen, dass es Verletzte gibt!«, klagte Leslie ihn weiterhin an.

»In dieser Sache bin ich schuldig.«

»Und du hast das Auto meiner Eltern kaputt gefahren.«

»Wir müssen vom Highway runter«, sagte Liam zu mir.

Die nächste Abfahrt war schon in Sichtweite, doch wir saßen in der Falle. Der vor uns liegende Streckenabschnitt wurde gerade abgeriegelt. Mehrere Polizeiwagen stellten sich quer und versperrten uns den Weg.

»Echt jetzt?«, schrie Leslie. »Bitte sagt mir, dass ich das alles nur träume.«

Liam machte eine Vollbremsung. Dann legte er den Rückwärtsgang ein und trat das Gaspedal bis zum Anschlag durch, während Leslie und ich, so weit es ging, in unseren Sitzen nach unten rutschten.

»Was hast du vor?«, rief ich. »Wir können nicht zurück. Die Straße ist doch durch den Unfall blockiert.«

»Ich muss eine Stelle finden, an der wir von diesem verdammten Highway herunterkommen«, erwiderte er.

Im nächsten Moment flog ein Helikopter so dicht über uns hinweg, dass ich glaubte, er würde das Autodach streifen. Er bremste uns aus und schnitt uns den Weg ab, indem er einen Meter über der Fahrbahn schwebte.

Liam hielt an. Er schlug mit der Faust gegen das Lenkrad und fluchte. Dann drehte er sich zu mir um und sah mich einfach nur an. Die Art und Weise, wie er das tat, verunsicherte mich.

»Ich werde jetzt aussteigen und mich ergeben«, sagte er schließlich. »Ihr verlasst das Auto erst, nachdem sie mich festgenommen haben. Habt ihr mich verstanden?«

»Nein.« Ich schüttelte heftig den Kopf.

Sein Blick hielt mich nach wie vor gefangen. Meine Narbe begann zu prickeln und mein Herzschlag geriet mehr und mehr außer Kontrolle.

Der Hubschrauber machte den Anschein, als wollte er auf unserer Motorhaube aufsetzen. Da erst bemerkte ich, dass es der Hubschrauber meines Großvaters war.

Nervös schaute ich zwischen dem Helikopter, der jetzt neben uns auf dem Asphalt landete, und den vier Polizeiwagen hin und her. »Aussteigen, schnell«, wies ich Liam und Leslie an und stemmte meine Tür auf.

»Vivien …« Liam reagierte sofort. Er war viel schneller als ich und stand im nächsten Augenblick neben mir. »Du sturköpfiges …«

Ich fiel ihm ins Wort. »Das ist kein Polizeihubschrauber. Wenn ich Großvater erkläre … Wenn ich ihn bitte dich gehen zu lassen …«

Taylor winkte mir wild gestikulierend zu und öffnete die Helikoptertür.

»Na gut.« Liam warf noch einen letzten Blick zu den Polizisten und rannte dann mit mir zum Hubschrauber.

»Beeil dich, Leslie«, rief ich meiner Freundin zu, die augenscheinlich nicht wusste, was sie tun sollte. Sie klammerte sich an der Autotür fest und starrte uns verunsichert nach. Doch dann hielt sie ihre Tasche schützend über den Kopf und lief in geduckter Haltung los.

Liam half auch ihr in den Helikopter hinein und zog dann die Tür hinter uns zu.

Taylor startete den Helikopter und flog knapp über die Polizeiwagen hinweg.

»Das ist mir eindeutig zu viel Aufregung«, sagte Leslie. »Ich glaub, ich muss kotzen.« Sie schluckte und hielt sich die Hand vor den Mund.

»Unter den Sitzen findet ihr Kopfhörer und Spucktüten«, ließ Taylor uns wissen. Er brachte den Helikopter immer weiter auf Höhe.

Leslie schaffte es gerade noch rechtzeitig, eine Tüte in die Finger zu bekommen, bevor sie sich übergab.

Mir wurde nun allein von dem würgenden Geräusch schlecht. Deshalb wandte ich mich von ihr ab und versuchte neben Liam Platz zu nehmen, der sich uns gegenüber hingesetzt hatte. Da Taylor den Helikopter jedoch gerade in eine leichte Schräglage brachte, verlor ich das Gleichgewicht und landete ungalant auf seinem Schoß. Schnell rutschte ich auf den Sitz neben ihn. Ich vermied es, ihn anzusehen, als er Leslie und mir Kopfhörer reichte und sich ebenfalls welche aufsetzte.

Leslie würgte erneut. Sie hatte inzwischen jegliche Farbe im Gesicht verloren. Ich streichelte ihr über den Unterarm und sah dann nach vorn ins Cockpit. Zu meiner Überraschung war Großvater gar nicht im Helikopter, also bog ich das Mikrofon dicht vor den Mund und sprach zu Taylor: »Bitte ... Liam und Leslie haben mich nicht entführt. Ich kann das alles aufklären. Du musst die beiden gehen lassen und dann kannst du mich zu Großvater zurückbringen.«

Er drehte sich zu mir um. »Ich werde dich nicht zurückbringen«, hörte ich ihn über die Kopfhörer antworten. »Sie dürfen Liam nicht zu fassen bekommen – und dich auch nicht.«

Liam und ich wechselten irritierte Blicke.

»Ich habe den Auftrag, euch vor der Polizei in Sicherheit zu bringen.«

»Wessen Anweisung folgst du?«, fragte Liam. »Wo bringst du uns hin?«

»Du kannst mir vertrauen, Liam.« Taylor sah ihn eindringlich an. »Es ist mir eine große Ehre, dir zu begegnen.«

13. KAPITEL

Irgendwann hatte ich die Orientierung komplett verloren. Ich konnte nicht sagen, wie lange wir schon in der Luft waren. War es eine Stunde oder mehr?

Es dämmerte. Die Abendsonne hing wie ein großer Feuerball tief am Horizont und spiegelte sich im Wasser des Flusses. Ihr Licht ließ den wolkenverhangenen Himmel orangefarben erstrahlen. Selbst Liam, der mit der Stirn am Fenster lehnte und nachdenklich nach draußen blickte, wurde von dem atemberaubenden Farbspiel eingehüllt.

Ich musterte Taylor. Was wusste er über Liam?

Leslie atmete stoßweise in die Spucktüte. Der Helikopter drehte ab und hielt im Sinkflug auf einen Wald zu.

»Oh, bitte nicht«, klagte sie und hielt sich die Augen zu, da der Hubschrauber den Baumkronen gefährlich nah kam. Taylor manövrierte den Helikopter nur knapp über die Grasfläche einer Lichtung.

»Der Typ ist doch lebensmüde«, sagte Leslie. »Seinetwegen gehen wir noch alle drauf.«

»Kann mal jemand dieses Mädchen zur Ruhe bringen«, forderte Taylor Liam und mich auf. »Ich muss mich konzentrieren.«

Meine Knie zitterten unkontrolliert. Ich grub meine Nägel in das weiche Leder des Sitzes und gab mir Mühe, meine Panik einigermaßen unter Kontrolle zu halten.

Liam blieb trotz unseres waghalsigen Fluges gelassen. Er schien mit seinen Gedanken ganz weit weg zu sein. Sobald Taylor unsanft gelandet war, öffnete er die Tür, sprang hinaus und verschwand in der Dunkelheit.

Hastig stieg ich aus und starrte in die Finsternis des Waldes. Wo war er hingelaufen? Er würde sich doch nicht einfach aus dem Staub machen, ohne sich zu verabschieden, oder?

Ich fröstelte, als der Wind meine Haut streifte. Der Minirock und das T-Shirt waren für einen nächtlichen Waldspaziergang nicht besonders gut geeignet.

Es war mir unklar, wie Taylor es geschafft hatte, den Helikopter zwischen den Bäumen heil zu Boden zu bringen. Sie standen hier zwar nicht ganz so dicht, aber trotzdem grenzte es an ein Wunder, dass die Rotorblätter nicht mit den Ästen in Berührung gekommen waren.

»Habt ihr Handys dabei?«, fragte Taylor.

Leslie wühlte in ihrer Tasche. »Ja, aber der Akku ist leer.«

Taylor lief zu ihr, nahm ihr das Handy aus der Hand und warf es zu Boden. »Alles, was geortet werden kann, müssen wir zurücklassen«, erklärte er ungeachtet ihres Protests. Er verpasste dem Handy noch einen kräftigen Tritt und stampfte es in die Erde.

»Hey … Hast du sie noch alle?« Sie schubste Taylor beiseite und pulte die Überreste ihres Handys aus der Erde. »Ich muss zurück zu meinen Eltern. Das ist doch alles total irre.«

»Du musst dich entscheiden, ob unsere Wege sich hier trennen«, sagte Taylor zu ihr. »Wenn du jetzt allerdings zu deinen Eltern zurückkehrst, kannst du damit rechnen, dass die Polizei dort schon auf dich wartet. Sie werden dich wegen Beihilfe an Viviens Entführung vernehmen und dich vielleicht sogar festnehmen.«

»Es tut mir leid, Leslie.« Ich nahm sie in die Arme und drückte sie, so fest ich konnte. Meine beste Freundin war hier in etwas hineingeraten, das ich nicht einmal selbst verstand. Und jetzt steckte sie bis zum Hals mit drin.

Sie rümpfte die Nase und verzog griesgrämig den Mund.

»Ich werde das jetzt sofort wieder in Ordnung bringen«, versprach ich ihr und drehte mich zu Taylor um. »Kann ich im Helikopter telefonieren? Ich muss endlich klarstellen, dass ich nicht von Liam und Leslie entführt worden bin.«

Er zog mich zurück, als ich in den Hubschrauber steigen wollte. »Campbell lässt sämtliche Gespräche seiner Angestellten abhören. Und die Funkverbindung wird nun vermutlich auch von der Polizei überwacht.«

Wieso sollte Großvater seine Angestellten überwachen?

»Warum solltest wir dir vertrauen?«, fragte Liam plötzlich aus der Dunkelheit.

Mein Herz machte augenblicklich einen Salto. Ich war unsagbar erleichtert, dass er noch bei uns war.

»Im Moment bleibt euch doch gar nichts anderes übrig«, erwiderte Taylor und sah Liam entgegen, der nun langsam auf uns zukam.

Was wusste ich eigentlich über Taylor? Er war seit zwei Jahren bei Großvater als Pilot angestellt, nachdem sein Vorgänger in Pension gegangen war.

»Ich weiß, dass ihr viele Fragen habt«, sagte er. »Aber jetzt ist nicht der richtige Zeitpunkt, euch alles zu erklären.«

Ich konnte das flaue Gefühl in meinem Magen nicht ignorieren. Auch wenn ich Taylor immer gut leiden konnte und ihm eigentlich nicht zutraute, dass er uns reinlegte, war er nicht die Person, für die ich ihn gehalten hatte.

»In der Nähe ist eine kleine Stadt«, sagte er. »Ich muss auf meine nächsten Anweisungen warten. Sobald wir bei einem Münztelefon sind, werde ich in Erfahrung bringen, wie weiter vorzugehen ist.«

Liam wirkte hin- und hergerissen. Er rieb sich das Kinn und sah Taylor und mich abwechselnd an. »Also gut. Danach entscheiden wir, ob wir mit dir gehen oder ob sich unsere Wege trennen.« Er lief los.

»Ich sollte auch dringend meine Eltern anrufen«, sagte Leslie, die mit kleinen Schritten auf ihren High Heels neben Liam hertrippelte.

Taylor begutachtete Leslies Schuhe. »Zieh diese Knöchelbrecher aus. Mit denen kommst du im Wald keinen Kilometer weit.«

Sie kam seiner Aufforderung nicht nach, sondern stolzierte mit erhobenem Haupt weiter.

Taylor bedachte sie mit einem missbilligenden Blick.

»Der Hubschrauber kann geortet werden. Wir müssen also schnellstmöglich von hier weg.«

»Spätestens bei Tagesanbruch werden sie den Helikopter finden«, fügte Liam hinzu.

Wir liefen schweigend nebeneinander her. Nur der entfernte Ruf einer Eule durchbrach gelegentlich die Stille der Nacht.

Ich wusste, dass Liam sich im Jasper Nationalpark gut auskannte. Aber hier waren wir in British Columbia, mindestens hundert Kilometer davon entfernt. Und doch schien er genau zu wissen, in welche Richtung wir uns halten mussten.

»Da vorn ist Licht«, sagte Taylor. »Wir sollten nicht zu weit in die Stadt vordringen. Wenn wir in Waldnähe bleiben, haben wir bessere Chancen zu fliehen, falls es nötig ist.«

»Es ist lange her, seit ich das letzte Mal hier war«, sagte Liam, als wir aus dem schützenden Wald heraustraten. »Soweit ich mich erinnere, befindet sich zwei Querstraßen weiter eine Tankstelle. Dort wird es auch eine Telefonzelle geben.«

Wir überquerten eine Nebenstraße, die von in die Jahre gekommenen Laternen gesäumt wurde. Ihr Licht warf die Schatten der umstehenden Gebäude auf den groben Asphalt und beraubte uns der Sicherheit, die uns die Dunkelheit des Waldes gewährt hatte. Es war zwar weit und breit kein Mensch zu sehen, aber gelegentlich erhellte Fenster ließen erkennen, dass selbst um diese Uhrzeit nicht alle schliefen.

Beunruhigt schaute ich mich zu Liam und Leslie um, die sich wie ich an das Mauerwerk eines Hauses drängten und auf Taylors Anweisungen warteten. Dieser nahm die Umgebung genau in Augenschein, bevor er uns zu sich winkte und loslief.

»Verhaltet euch so unauffällig wie möglich«, wies er uns an. »Wenn ihr geduckt durch die Stadt schleicht, erweckt ihr nur Misstrauen.«

Es begann zu regnen, als wir in die nächste Straße einbogen und der Wald aus unserem Blickfeld verschwand. Das kleine Restaurant, an dem wir vorbeiliefen, trug auch nicht gerade zu meiner Beruhigung bei. Musik und Stimmengewirr waren zu hören und es roch nach Essen. Durch die großen Fenster erhaschte ich einen Blick auf den Fernseher. Gerade liefen die Nachrichten, in denen von meiner angeblichen Entführung berichtet wurde. Mein Foto nahm den ganzen Bildschirm ein und schließlich bekamen die Zuschauer Liams und Leslies Gesichter zu sehen.

Ich hielt die Luft an und wechselte mit den anderen besorgte Blicke. Doch dann lief Liam einfach weiter. Ich hatte kein gutes Gefühl und rechnete jeden Moment damit, von einem Passanten erkannt zu werden.

»Sobald wir telefoniert haben, werden wir die Stadt verlassen«, sagte Taylor. Er blieb abrupt stehen. »Mist, habt ihr Münzen dabei?«

»Ich hatte mein Geld in der Jackentasche. Aber die Jacke liegt auf dem Beifahrersitz des Mini-Vans«, entgegnete Liam.

»Das ist doch mal wieder typisch«, sagte Leslie und begann in ihrer überdimensionalen Tasche zu wühlen. »Männer wollen immer das Sagen haben, bekommen dann aber nichts auf die Reihe. Es wird Zeit, dass wir Mädels das

Kommando übernehmen.« Sie hatte ihr pinkfarbenes Portemonnaie gefunden und zählte die Münzen.

»Ist das eine Disneyfigur?« Taylor betrachtete amüsiert Leslies Geldbörse.

Sie zuckte mit den Schultern. »Na und? Ich steh auf Tinkerbell. Hast du ein Problem damit?«

»Ich hätte gedacht, aus dem Alter wärst du raus.«

»Du solltest das Denken lieber unterlassen, wenn nur Müll dabei herauskommt.«

»Hey, hey.« Taylor hob beschwichtigend die Hände. »Fahr deine Krallen wieder ein. Das ist doch mal wieder typisch. Warum werden Mädchen immer gleich zickig?«

Leslie trat an ihn heran. »Du solltest dich in Acht nehmen. Unsere Krallen sind spitz und lang – und meine sind außerdem pink lackiert.« Sie ließ ihn stehen und schritt mit schwingenden Hüften voraus. Ihr karierter, kurzer Faltenrock wippte bei ihrem federnden Gang zum Takt ihrer Stöckelschuhe.

Taylor hob die Augenbrauen und sah ihr grinsend nach. »Eins muss man ihr lassen. Sie trägt ihr Herz auf der Zunge.«

»Und vor allem hat sie genügend Geldstücke dabei«, erinnerte Liam an unser eigentliches Vorhaben.

Die Tankstelle, auf die wir nun zuliefen, war unbeleuchtet. Taylor nahm Leslie die Münzen ab, betrat die offene Telefonzelle neben dem Eingang und nahm den Hörer zur Hand.

»Dreht euch um, ihr dürft die Nummer nicht sehen«, wies er uns an, ehe er die Münzen einwarf.

Wir folgten seiner Anweisung.

»Ich brauche eine sichere Leitung … Identifizierung auf TAY null zwei.« Er wartete.

Leslie verdrehte die Augen. »Angeber.«

Ich war verwirrt. Mit wem telefonierte er da? Bei meinem Großvater würde er sich doch nicht mit einem Passwort melden.

»Das Paket ist vorerst in Sicherheit …« Er sah zu uns. »Ja, das komplette. Ich warte auf weitere Instruktionen …«

Liam schaute sich immerzu um. Doch bisher war alles ruhig.

»Ja, ich habe verstanden. Allerdings werde ich Schwierigkeiten haben, das Paket im Dachsbau abzuliefern, solange ich nichts preisgeben darf. Ich bitte um Erlaubnis …« Er stockte und lauschte, bevor er tief durchatmete. »Nicht zufriedenstellend aber besser als nichts.«

Da der Regen noch weiter zunahm, führte Liam Leslie und mich unter das Dach der Tankstelle. Er stand dicht neben mir, so dass ich seine Körperwärme spüren konnte, doch als er sich darüber bewusst wurde, trat er einen Schritt zur Seite.

Warum ging er auf Abstand?

Taylor hatte das Telefonat beendet und kam zu uns. »Die Polizei hat ihren Suchradius erweitert.« Er fasste mich am Arm, um mich mitzuziehen. »Wir müssen von hier verschwinden.«

»Wir können doch nicht ewig davonlaufen.« Ich versuchte mich aus seinem Griff zu befreien. »Ich muss das Missverständnis aufklären.«

»Das geht nicht. Jemand könnte unsere Position orten

und dieses Risiko dürfen wir nicht eingehen. Es hat jetzt oberste Priorität, Liam und dich in Sicherheit zu bringen.«

Er beschleunigte seinen Schritt, doch Liam überholte uns und stellte sich ihm den Weg. »Für wen arbeitest du? Wo bringst du uns jetzt hin?«

»Ich bringe euch zu Ray Lannister«, informierte er uns.

»Ich kenne keinen Ray Lannister«, beantwortete ich Liams unausgesprochene Frage, die ich deutlich in seinen türkisfarbenen Augen lesen konnte.

Er sah mich forschend an und wandte sich dann wieder an Taylor. »Wer ist dieser Mann? Woher sollen wir wissen, dass wir bei ihm sicher sind?«

Taylor ging ein paar Schritte auf Liam zu und sah ihn eindringlich an. »Ray Lannister ist dein Vater.«

14. KAPITEL

Wir waren in den Wald zurückgekehrt. Liam lief angespannt neben mir her. Er hatte die Hände zu Fäusten geballt. Der Regen prasselte unablässig auf uns herab und tropfte aus seinen Haarsträhnen. Kleine Rinnsale rannen über seine Wangen und ich musste all meine Beherrschung aufbringen, sein Gesicht nicht zu berühren.

Taylors Behauptung, dass dieser Ray sein Vater sein sollte, hatte ihn aus der Bahn geworfen. Alles war ein einziges Wirrwarr.

Ich hatte kein gutes Gefühl bei der Vorstellung, dass dieser Mann Daves Platz in irgendeiner Weise für sich beanspruchen würde. Wo hatte er denn all die Jahre gesteckt, als Dave seinen Sohn großgezogen hatte?

Durch die Nässe war mir inzwischen eiskalt. Ich rieb mir die Hände und warf mit einer vagen Vorahnung einen Blick auf mein Shirt, unter dem ich nichts trug. Sofort schlang ich meine Arme um mich. Mir blieb heute aber auch nichts erspart.

»Wir werden uns jetzt einen Unterschlupf suchen und eine Pause machen«, entschied Liam, als er mein Frösteln bemerkte.

»Nein. Wir müssen weiter«, sagte Taylor und zog Leslie hinter sich her. »Die Stadt ist noch zu nah.«

Liam schüttelte den Kopf. »Bei dem Suchradius macht es keinen Unterschied, ob wir hier oder zwei Kilometer weiter sind. Die Mädchen müssen aus dem Regen raus, sonst sind sie morgen krank. Wir können alle eine Pause gebrauchen.«

Er lief zu einem Baum, dessen Äste weit zum Boden reichten, und ließ sich direkt am Stamm nieder. Dort war er vor dem Regen einigermaßen geschützt. Leslie, Taylor und ich setzten uns zu ihm.

»Wir müssen zum Mount Robson. Am Ostufer vom Kinney Lake wird Ray uns entgegenkommen«, verkündete Taylor.

»Für die Strecke brauchen wir zwei Tage«, sagte Liam.

»Ja, deshalb sollten wir so wenig Pausen wie möglich einlegen.« Taylor sah sich wachsam um.

»Na super.« Leslie zog ihre Beine an den Körper und schloss den obersten Knopf ihrer bunten Strickjacke. »Meine Eltern bringen mich um, wenn sie tagelang nichts von mir hören. Den Schwachsinn mit der Entführung werden sie nicht glauben, schließlich ist Vivien meine beste Freundin. Aber ich sollte mir jetzt schon eine passende Erklärung zurechtlegen, warum Dads Auto Schrott ist.« Sie seufzte und pustete ihren Pony aus der Stirn. »Es ist vielleicht sogar besser, wenn ich ihm ein paar Tage nicht unter die Augen trete.

Ich sollte das Ganze als Urlaub ansehen, denn die nächsten Jahre werde ich wohl keinen einzigen Tag freibekommen, bis ich die Reparaturkosten für das Auto abgearbeitet habe.«

»Ich werde für den Schaden aufkommen«, sagte ich und nahm ihre Hand.

»Ach, Quatsch. Ich werde das mit meinem Vater schon irgendwie regeln. Im Grunde ist er ein feiner Kerl. Und außerdem war ich ein Wunschkind. Also, hey. Er wollte mich haben, sonst hätte er schließlich ferngesehen, anstatt sich mit meiner Mutter zu vergnügen.«

»Ob unsere Entführungsgeschichte bis nach Jasper durchgedrungen ist?« Liam sah Taylor an. »Falls ja, werden sich Viviens Dad und meine Eltern Sorgen machen.«

»Darum kümmern wir uns. Wir werden ihnen eine Erklärung liefern und sie beruhigen«, erwiderte er.

»Wer, Taylor?«, fragte ich. »Steckt Großvater da mit drin?«

Er lehnte sich zurück und schloss die Augen. »Ihr werdet es erfahren, wenn wir unser Ziel erreichen. Liams Vater wird …«

»Mein Vater …« Liam stieß die Luft aus. »Wo war er denn all die Jahre? Hat er gewusst, dass ich in Jasper lebe?«

Taylor gab ihm keine Antwort.

Ich fühlte mich mit einem Mal vollkommen erschöpft. Das musste alles ein schlechter Traum sein. Ich war viel zu müde, um noch klar denken zu können.

»Versucht ein wenig zu schlafen«, sagte Liam. »Ich halte Wache.«

Ich schmiegte mich an Leslie, die mich in ihre Arme schloss. Wir spendeten uns gegenseitig Wärme und mir fielen schnell die Augen zu.

*****

Irgendwann erwachte ich durch Leslies leises Schnarchen. Meine Glieder waren durch die Kälte und die unbequeme Position ganz steif, daher befreite ich mich vorsichtig aus ihrer Umklammerung und streckte mich.

Taylors Kopf war im Schlaf auf seine Brust gesunken. Er hielt die Arme verschränkt und atmete tief und gleichmäßig.

Als ich jedoch einen Blick auf Liam werfen wollte, bemerkte ich, dass sein Platz leer war. Mit einem Schlag war ich hellwach und stand auf, um mich umzusehen. Der Mond tauchte die Umgebung in ein schwaches Licht. Aber ich konnte Liam nirgends entdecken. Wo war er?

Ich entfernte mich ein paar Schritte von unserem Lager, hatte aber Angst, mich womöglich zu verlaufen. Doch dann bemerkte ich Glühwürmchen, die etwas weiter weg umherschwebten, und ich wusste, ich brauchte ihnen nur zu folgen.

Liam stand am Ufer eines kleinen Baches. Er hatte sein T-Shirt ausgezogen und verknotete es gerade an einem Ast.

Durch seine Bewegungen zeichneten sich seine Arm- und Rückenmuskeln im Mondlicht deutlich ab. Ich fragte mich, ob er auch eine Jeans besaß, die ihm richtig passte. Der Hosenbund lag meines Erachtens wieder viel zu tief auf seiner Hüfte. Obwohl er sich von mir abwandte, geriet mein Puls ins Stolpern.

»Ich weiß, dass du da bist.«

Ich biss mir auf die Unterlippe und ging zu ihm. »Was machst du?«

»Ich angle.« Er sah kurz zu mir. »Ihr seid bestimmt hungrig.«

Ich stand jetzt dicht neben ihm und betrachtete das Symbol unter seiner Haut.

Liam wich sofort einen Schritt zurück und hob abwehrend die Hände. »Denk nicht mal daran. Du wirst es nie wieder berühren.«

Mir stockte der Atem, als ich sah, dass eine von Liams wellenförmigen Linien sich von den anderen unterschied. Sie war nicht mehr blass und zart, sondern wie eine Wunde gerötet und angeschwollen.

Ich sackte auf die Knie. Nun trug ich sie auf dem Herzen – ich hatte sie ihm herausgerissen.

Liam ging neben mir in die Hocke. »Was ist mit dir?«

In meinem Traum hatte er geschrien, als das Licht seines Mals auf mich übergegangen war. Zweifelsohne hatte Liam gelitten.

»Was hast du nur getan?«, flüsterte ich und streifte den Halsausschnitt meines T-Shirts beiseite, um ihm zu zeigen, was sich unter dem Stoff verbarg.

Liams Gesichtszüge verhärteten sich, während er die frische Narbe betrachtete, die den Linien in seinem Symbol bis ins Detail glich. Ich fuhr mit dem Finger über die wellenförmige Linie und er wich vor mir zurück, als diese augenblicklich erglühte.

»Das ist nicht möglich!«, sagte er mehr zu sich selbst.

Wir zuckten beide zusammen, da die gerötete Linie unter seiner Haut ebenfalls zu leuchten begann.

»Mach das noch mal«, flüsterte er.

Ich schüttelte heftig den Kopf. Was hier passierte, war nicht normal. Es war unnatürlich. Wir waren so viel mehr als nur Freaks.

»Sag mir, dass ich mir das nur eingebildet habe«, forderte Liam mich auf. »Ich habe deine Berührung auf meiner Haut spüren können.«

Als er nun über seine gerötete Hautstelle strich, hielt ich die Luft an, weil meine Narbe dadurch abermals erstrahlte. Es fühlte sich so an, als streichelte er mir über die Haut. Ein Schauer lief mir über den Rücken.

Wir waren beide sprachlos. Es war beeindruckend und faszinierend … und es machte mir Angst.

»Was zur Hölle ist hier los?«, rief Leslie plötzlich und trat mit Taylor aus der Dunkelheit hervor. Sie sah Liam und mich abwechselnd mit weit aufgerissenen Augen an. Ich wollte gar nicht wissen, was ihr gerade im Kopf vorging. Hoffentlich zweifelte sie einfach nur an ihrem Verstand.

Schnell legte ich die Hände auf mein Shirt, unter dem die Narbe noch immer leuchtete. Sie verblasste allmählich, als Liam den Kontakt aufgab, uns hastig den Rücken zuwandte und sein T-Shirt vom Ast entknotete, um es überzustreifen.

Taylor massierte sich den Nacken, starrte uns an und bewegte die Lippen, als würde er ein stummes Selbstgespräch führen.

»Sind wir jetzt alle reif für die Klapsmühle oder was ist

hier los?«, schrie Leslie, als sie ihre Sprache wiedergefunden hatte. Sie stemmte die Hände in die Hüften und baute sich zur vollen Größe auf. »Und kommt mir jetzt nicht mit irgendwelchen Ausflüchten. Ich will endlich wissen, was hier gespielt wird, verdammt noch mal!«

Ich kämpfte gegen den Kloß in meinem Hals an. »Wir wissen es doch selbst nicht«, flüsterte ich.

Taylor kam zögernd näher. »Ich habe von deinem Vater erfahren, was du getan hast«, sagte er zu Liam. »Es nun mit eigenen Augen zu sehen ist sehr faszinierend.«

»Was habe ich denn getan?« Liam sprang auf. »Und woher weiß dieser Ray davon?«

»Er hat es in einer Vision gesehen«, erwiderte Taylor. »Seitdem Vivien dein Symbol berührt hat, weißt du, wie es sich anfühlt zu sterben, richtig?«

Liam schluckte.

»Habe ich Recht?«

»Worauf willst du hinaus?« Liam trat einen Schritt zurück.

»Stimmt es?« Taylors Stimme klang rau.

»Es hat sich zumindest so angefühlt, als wäre ich dem Tod sehr nah gewesen.«

Taylor nickte wissend. »Du hast Vivien eine Lebenslinie übertragen.«

Wir starrten ihn mit offenen Mündern an.

»Ihr seid wirklich alle übergeschnappt!« Leslie rannte los, floh regelrecht vor uns. Doch sie kam nicht weit. Sie schlug eine Richtung ein, hielt inne und lief dann in eine andere. Wir waren mitten im Wald und sie hatte keine Ahnung, wohin sie gehen sollte. Schließlich blieb sie stehen und wandte sich laut schnaufend zu uns um.

»Wir sind nicht übergeschnappt«, sagte Taylor zu ihr. »Du bist nur ahnungslos, wie alle anderen. Doch am Ende wirst auch du an das Übernatürliche glauben.«

15. KAPITEL

Die Sonne war inzwischen aufgegangen. Wir waren seit Stunden auf den Beinen, ohne auch nur die kleinste Pause eingelegt zu haben. Taylor beobachtete Liam und mich aufmerksam und wir wechselten gelegentlich Blicke. Was bedeutete es für mich, dass ich nun eine von Liams sogenannten Lebenslinien über dem Herzen trug? Allein der Gedanke war aufregend und beängstigend zugleich.

Wie kam Liam zu diesem Mal? Wer war er?

Leslie lief neben mir. Ich wünschte, sie würde mich näher an sich heranlassen, aber stattdessen hielt sie Abstand und sprach kein Wort mit mir.

Ich seufzte im selben Moment wie sie, woraufhin sie mich endlich ansah.

»Was läuft da zwischen Liam und dir?«, platzte es aus ihr heraus. »Wenn man euch beiden zusieht, bekommt man echt Gänsehaut.« Sie rieb sich über den Unterarm, als würde allein die Erinnerung an das, was sie gesehen hatte, ihr erneut einen kalten Schauer über den Rücken jagen.

»Ich würde es dir gern erklären«, antwortete ich. »Aber ich verstehe es selbst nicht.«

Leslie seufzte wieder. »Könntest du mich bitte trotzdem von einer Geisteskrankheit freisprechen. Ich mache mir nämlich Sorgen, dass ich nicht mehr ganz richtig im Kopf bin.«

»Bei dir ist alles gut, Leslie. Ich bin diejenige, mit der etwas nicht stimmt.«

»Hm … Ganz schön beängstigend, oder?«

Ich nickte. »O ja.«

»Wirst du dieses leuchtende Etwas nun für immer mit dir herumtragen?« Sie deutete auf mein Shirt, auf die Stelle, unter der sich die Lebenslinie befand.

Ich ließ die Schultern hängen. »Keine Ahnung.«

Zu meiner Erleichterung ergriff sie nun meine Hand. »Das ist total irre, Vivien. Wenn ich es nicht selbst gesehen hätte …«

»Vergiss ganz schnell wieder, was du gesehen hast«, sagte Taylor, der neben uns herlief.

»Mit dir redet keiner«, pfiff sie ihn an und schenkte mir schließlich ein versöhnliches Lächeln. »Nun ist eh alles egal. Ich habe mich ständig darüber beschwert, wie langweilig mein Leben ist, da kann etwas Abwechslung nicht schaden.« Sie drückte meine Hand. »Ich will aber verstehen können, was zwischen dir und Liam abgeht.«

»Das will ich auch.« Ich umarmte sie erleichtert.

Sie schmunzelte und deutete mit dem Kinn auf Liam, der etwas vorauslief. »Er hat sich ganz schön verändert, seit ich ihn das letzte Mal gesehen habe«, flüsterte sie. »Ein richtiges

Sahneschnittchen …« Sie zwinkerte mir zu. »Den würde ich gern mal …«

»Ich kann dich hören, Leslie«, sagte er, ohne sich nach ihr umzudrehen.

Sie presste die Lippen aufeinander und sah mich mit großen Augen an. Ich konnte nur mit Mühe ein Lachen unterdrücken.

Zum Glück hatten sich die dunklen Regenwolken verzogen. Dem Anschein nach wurde es heute ein sonniger Tag. Es war zwar noch früh am Morgen, aber der blaue Himmel stimmte mich zuversichtlich.

Meine Sachen waren immer noch klamm. Innerlich schimpfte ich über den kurzen Minirock und sehnte mich nach einer Hose.

»Wir müssen also zum Kinney Lake?«, fragte Liam Taylor.

Dieser nickte.

»Der See liegt in nördlicher Richtung. Da haben wir noch vierzig Kilometer reine Wildnis vor uns.«

»Du machst wohl Witze?« Leslies Stimme hörte sich an wie die eines Kleinkindes.

»Seid mal leise.« Liam blieb stehen und lauschte.

»Was ist los?«, fragte ich.

»Wir werden verfolgt.«

Taylor wirkte mit einem Mal bleich. »Was hörst du?«

Liam sah ihn stirnrunzelnd an. »Sie haben einen Suchtrupp mit Spürhunden auf die Beine gestellt.«

Taylor atmete tief durch. Er machte fast den Eindruck, als wäre er erleichtert. »Dann ist es vermutlich nur eine Hundestaffel der Polizei«, sagte er.

»Was heißt denn hier ›nur‹?«, fragte Leslie.

»Die Hunde haben unsere Fährte bereits aufgenommen«, sagte Liam.

»Dann sollten wir keine Zeit mehr verlieren«, erwiderte Taylor und warf einen missbilligenden Blick auf Leslies High Heels.

Sie musterte ihn skeptisch, als er ihr mit einer Handbewegung zu verstehen gab, dass sie ihre Schuhe ausziehen solle.

»Ich liebe diese Schuhe. Sie sind ein Teil von mir, und wenn ich wollte, könnte ich sogar mit ihnen schwimmen«, sagte sie, streifte sie aber von ihren Füßen.

Taylor nahm sie ihr weg. »Wir haben es eilig und mit diesen Stelzen bremst du uns nur aus.« Er trat an einen Baum und schlug sie gegen den Stamm, woraufhin die schmalen Absätze abbrachen.

Leslie stand der Mund offen, als er ihr die absatzlosen Schuhe zurückgab. Doch sie machte keinen Mucks.

»Wenn ihr dann endlich so weit seid, könnten wir aufbrechen«, sagte Liam und lief los.

Leslie und ich gaben wirklich unser Bestes, aber wir kamen nicht so schnell vorwärts, wie Liam und Taylor sich das gewünscht hätten. Laut Liam holten unsere Verfolger immer weiter zu uns auf. Dass er sogar sagen konnte, wie viele Männer es waren – zehn an der Zahl, dazu acht Hunde –, beeindruckte uns alle.

Ich nahm Leslies Hand und zog sie weiter, obwohl ich selbst am Ende meiner Kräfte war. Kalter Schweiß bedeckte meine Stirn und ich hatte einen bitteren Geschmack im

Mund. Ich hatte das Gefühl, jeden Moment ohnmächtig zu werden.

Leslie riss sich von mir los und ließ sich auf den Waldboden sinken. Ich war völlig außer Atem, bekam kaum noch Luft. Doch ich musste Leslie dazu bringen, weiterzulaufen. Mit viel Mühe versuchte ich sie auf die Beine zu ziehen, aber sie ließ sich erschöpft nach hinten fallen und starrte zum Himmel empor.

»Ich kann nicht mehr. Wenn ich auch nur noch einen Schritt weiterlaufe, falle ich tot um.«

»Und wenn du nicht weiterläufst, wirst du zu Hundefutter«, sagte Taylor, der zu uns zurückgekommen war. Er streckte ihr die Hand hin und sie ließ sich tatsächlich von ihm aufhelfen.

Meine Kräfte schwanden immer mehr. Mir war schwindlig und mein Puls rauschte in den Ohren. Außerdem machten meine Beine nicht gerade den Anschein, als könnten sie mich noch weiter tragen. Sie waren wie Fremdkörper, die nicht mehr zu mir gehörten.

Ich konzentrierte mich auf Liam, der am Ufer eines breiten Flusses stehen blieb. Immer weiter zwang ich mich vorwärts und lief auf die Lichtung zu, durch die sich der Fluss schlängelte. Zumindest versprach das Wasser mich von meinem Durst zu erlösen.

»Wir müssen ins Wasser«, sagte Liam, als wir bei ihm ankamen. »Es ist die einzige Chance, die Hunde von unserer Fährte abzubringen.«

Leslie und ich tranken gierig aus unseren hohlen Händen. Verdammt, war das Wasser kalt.

»Ich werde erfrieren, wenn ich hier reinspringen soll«, murrte Leslie. »Da wird man ja zum Eiszapfen, bevor man den ersten Schwimmzug getan hat.«

Meine Freundin verschwamm vor meinen Augen und alles um mich herum begann sich zu drehen. Ich kniff die Augen zusammen und rang nach Luft.

»Was ist los?« Liam stand direkt neben mir. »Du bist ganz blass.« Er legte seine Hand auf meine Stirn und fing mich auf, als ich haltlos vor ihm zusammensackte.

»Scheiße. Das hat uns gerade noch gefehlt«, fluchte Taylor, während Liam mich vom Wasser wegtrug und mich vorsichtig auf die Uferwiese legte.

»Es ist zu viel für sie«, sagte Liam. »Vivien hat im Koma gelegen. Sie ist einfach noch zu schwach.«

Leslie setzte sich zu mir, schaute mich besorgt an und ergriff meine Hand. »Ich dachte, du bist einfach abgereist, ohne dich von mir zu verabschieden. Dabei hast du stattdessen um dein Leben gekämpft.«

»Was machen wir denn jetzt?«, fragte Taylor.

»Es geht schon wieder«, flüsterte ich und versuchte mich aufzusetzen.

Liam hielt mich jedoch zurück und kniete sich neben mich. »Vergangene Nacht, als unsere Lebenslinien gleichzeitig aufgeleuchtet haben ... Irgendwie waren wir da miteinander verbunden.«

Ich nickte. Mich überkam ein wohliger Schauer, wenn ich auch nur daran dachte.

Er ergriff meine Hände. »Ich möchte etwas versuchen ...«

Ich spürte ihn augenblicklich, als er tief durchatmete und

meinen Blick suchte. Meine Narbe verströmte eine angenehme Wärme, die sich allmählich in meinem gesamten Körper ausbreitete. Auch Liams Mal erglühte unter seinem T-Shirt in einem orangen Licht. Gerade noch hatten seine Augen die Farbe eines Gletschersees, doch nun wurden sie immer dunkler, bis hin zu diesem faszinierenden Grün.

Irgendetwas passierte mit mir. Es war, als würde mein Körper sich von einer Minute auf die andere erholen. Liam nahm mir meine Erschöpfung. Meine schmerzenden Muskeln lösten ihre Verspannung. Ich war nicht mehr kraftlos und müde.

Als er meine Hände losließ, wich die wohlige Wärme aus meinem Körper und ließ eine Sehnsucht zurück, die ich fast nicht ertragen konnte.

Liam schloss die Augen. Er atmete schwer. »Es hat funktioniert, oder?«

»Was hat funktioniert?«, fragte Leslie.

Liams Kopf schnellte herum. Er fixierte den Waldrand. »Sie sind schon ganz nah.«

Im nächsten Augenblick vernahmen wir aufgeregtes Hundegebell, das aus der Ferne zu uns drang.

Liam stand auf. »Schaffe die Mädchen von hier weg«, wies er Taylor an. »Ich versuche unsere Verfolger aufzuhalten.«

Er wandte sich von uns ab und lief auf den Waldrand zu.

»Liam … Nein.« Schnell war ich auf den Beinen.

Taylor packte mich umgehend am Arm, um mich zurückzuhalten, doch ich riss mich von ihm los.

»Vivien, komm zurück«, rief Leslie.

Als Liam bemerkte, dass ich ihm folgte, kehrte er um. Eilig kam er mir entgegen, packte mich und warf mich über seine Schulter. »Du sturköpfiges Mädchen«, sagte er, als im selben Augenblick ein Rudel angriffslustiger Schäferhunde laut kläffend am Waldrand zum Vorschein kam.

Liam setzte mich ab, da die Hunde direkt auf uns zuhielten. Er drängte mich hinter sich, um mich zu schützen, und dann hatten sie uns auch schon erreicht.

Verzweifelt schrie ich auf, als ein Hund Liam mit gefletschten Zähnen angriff. Doch Liam bekam ihn zu packen und schleuderte ihn von uns weg.

Das Tier schlug unsanft auf dem Boden auf und jaulte. Sein Schmerzensgeheul schien seine Kameraden zu verunsichern. Die Hunde näherten sich uns bis auf wenige Meter, wahrten aber dennoch Distanz. Sie bellten, knurrten und umzingelten uns.

Ich konnte vor Aufregung kaum atmen. Liam breitete seine Arme aus und lief in Abwehrhaltung um mich herum. Er war bereit, falls es zu einem erneuten Angriff käme.

Was dann jedoch passierte, konnte ich nicht glauben … Unter Liams durchdringendem Blick begannen die Hunde sich allmählich zu beruhigen. Ihr Kläffen verstummte. Nach und nach wich ihre Angriffslust und sie sahen Liam aufmerksam an. Mit einem Mal wirkten sie nicht mehr wie fleischgewordene Höllenhunde, sondern wie brave Haustiere.

Als Liam seine Arme sinken ließ und mit den Handflächen auf den Boden deutete, nahmen die Tiere gehorsam Platz.

»Das wird mir sein Vater niemals glauben«, hörte ich Taylor in sicherer Entfernung sagen. Er machte einen ebenso faszinierten Eindruck wie Leslie, die hinter seinem Rücken Deckung gesucht hatte.

Die friedliche Stimmung wurde schlagartig unterbrochen, als in Tarnanzüge gekleidete Männer die Lichtung stürmten. Sie schrien sich gegenseitig Befehle zu und positionierten sich eilig um Liam und mich. Ihre gezogenen Waffen hielten sie auf ihn gerichtet.

»Nicht schießen …«, schrie ich.

Einige Männer warfen einen kurzen Blick zu Taylor und Leslie hinüber. Das Verhalten ihrer Hunde, die seelenruhig auf dem Boden lagen, schien sie zu verwirren.

»Bitte … Das ist alles ein großes Missverständnis.« Ich bemühte mich die aufgeheizte Stimmung zu entschärfen. »Liam und Leslie haben mich nicht entführt. Ich bin freiwillig mit ihnen gegangen.«

Die Männer wechselten irritierte Blicke.

»Wenn das so ist, dann gibt es keinen Grund, Widerstand zu leisten«, sagte einer von ihnen. Genau wie die anderen richtete er seine Waffe auf Liam. »Leg dich mit dem Gesicht nach unten auf den Boden und verschränke die Arme über den Kopf«, brüllte er Liam an.

»Nein. Liam ist kein Verbrecher«, redete ich weiter auf die Männer ein.

»Das wird der zuständige Richter entscheiden«, erwiderte der Mann. »Gegen ihn liegt ein Haftbefehl vor. Deshalb werden wir euch in Gewahrsam nehmen.«

Liam musterte den Mann eingehend und schüttelte den Kopf. »Ich werde nicht mitkommen«, sagte er ganz ruhig.

Die Hunde sprangen auf und begannen wieder zu knurren. Doch diesmal war es nicht gegen uns gerichtet. Sie pirschten sich mit gefletschten Zähnen an ihre Anführer heran, die sichtlich eingeschüchtert vor ihnen zurückwichen.

Die Tiere verteidigten Liam. Einer der Hunde blieb ganz dicht neben uns stehen. Wie selbstverständlich ließ er sich von ihm über den Kopf streicheln und schaute gehorsam zu ihm auf.

»Es muss niemand zu Schaden kommen«, sagte Liam, noch immer in einem ruhigen Ton. »Legt eure Waffen auf den Boden und dann verschwindet.«

»Was geht hier vor?«, fragte einer der Männer.

Liam ging langsam auf den Mann zu. Ich war wie gelähmt, rechnete jeden Moment damit, dass sie auf ihn schießen würden. Aber nach einem kurzen Zögern forderte der Mann die anderen überraschend dazu auf, die Waffen niederzulegen.

»Rückzug«, befahl er. Durch Liams durchdringenden Blick wirkte er wie hypnotisiert. Er ging in die Hocke und legte seine Pistole auf dem Boden ab, bevor er schließlich zurückwich.

Auch die anderen Männer starrten Liam geistesabwesend an, wurden ganz in seinen Bann gezogen. Sie führten nun ohne Widerrede den Befehl aus, legten die Waffen nieder und zogen sich ebenfalls zurück.

Ich stand wie angewurzelt da. Als die Männer außer Sichtweite waren, ging Liam in die Knie und redete behutsam auf die Hunde ein. Es wirkte, als würden sie zusammen spielen. Aufgeweckt liefen sie um ihn herum, stupsten ihn an und ließen sich von ihm streicheln.

Schließlich stand Liam auf und hob seine Hand. Die Tiere beobachteten die Geste aufmerksam und reagierten sofort, als er in Richtung des Waldes zeigte, in dem die Männer verschwunden waren. Lautlos liefen sie davon, um sich ihren Hundeführern wieder anzuschließen.

»Das ist ja wie im Film«, sagte Leslie, als sie mit Taylor bei uns ankam. »Liam könnte sein Geld als Hundeflüsterer verdienen.« Sie spielte mit einer Haarsträhne und schaute ihn verträumt an. »Kennst du den Hund von unserem Nachbarn?«, fragte sie. »Du solltest dir den Kläffer mal vornehmen. Der dreht immer durch, wenn ich auch nur in die Nähe des Zauns komme.«

Taylor seufzte. »Vielleicht solltest du dir mal darüber Gedanken machen, warum er das tut.«

Leslie verdrehte die Augen. »Jetzt fängt der schon wieder an zu stänkern.«

Liam sammelte die zurückgelassenen Waffen ein, während Leslie und Taylor sich einen Schlagabtausch lieferten. Er überraschte mich immer wieder aufs Neue. Obwohl mich inzwischen nichts mehr wundern sollte, war ich dennoch beeindruckt, als er zum Fluss lief, zum Wurf ausholte und die Pistolen weit entfernt im Wasser einschlugen.

»Wie hast du das gemacht?«, fragte ich, nachdem ich neben ihm stehen geblieben war und meine Sprache wiedergefunden hatte.

Er lächelte mich an. »Meine telepathischen Fähigkeiten sind ausgeprägter, als ich bisher angenommen habe.«

»Telepathische Fähigkeiten? Liam, die Hunde haben dir förmlich aus der Hand gefressen.«

Er trat ganz dicht an mich heran. Sein Lächeln wich aus seinem Gesicht, während er sich langsam zu mir herunterbeugte. »Wenn du dich noch einmal wegen mir in Gefahr bringst, hypnotisiere ich dich«, flüsterte er mir ins Ohr und sah mir dann tief in die Augen.

Mir wurde ganz heiß. Meinte er das ernst? Ich schaute zu ihm auf und versuchte seinem einnehmenden Blick standzuhalten.

»Ich bin echt gespannt, was als Nächstes kommt«, sagte Leslie, die zusammen mit Taylor auf uns zukam. »Wahrscheinlich unterhält er sich bald mit einem Grashalm.«

Liam machte ein paar Schritte zurück. Am liebsten hätte ich ihn festgehalten, doch stattdessen klammerte ich mich an Leslies Arm.

»Fühlst du dich dazu in der Lage, weiterzulaufen?«, fragte Liam.

Ich nickte.

»Besteht die Gefahr, dass sie uns weiter verfolgen?«, fragte Leslie.

»Die Polizei ist jetzt unser geringstes Problem«, stieß Taylor aus. »Sie werden Verstärkung anfordern und unsere Position durchgeben. Und dadurch werden auch die anderen erfahren, wo wir zu finden sind.«

Liam legte den Kopf schief. »Welche anderen?«

Taylor wandte sich Liam zu. »Nachdem du Vivien ein Leben übertragen hast, ist eine ganze Lawine ins Rollen geraten ...« Er verschränkte die Arme hinter dem Kopf, schaute zum Himmel und begann dann unruhig auf und ab zu gehen. »Deine Identität wurde aufgedeckt. Dabei hatte dein Vater die ganzen Jahre alles getan, was in seiner Macht stand, um sie geheim zu halten. Und Vivien ist nun ebenfalls involviert und in großer Gefahr.« Er trat einen Schritt auf uns zu. »Die Jagd hat begonnen.«

Liam packte ihn am Kragen. »Wer jagt uns?«

»Die anderen Lebensträger.«

16. KAPITEL

Liam starrte Taylor an und ließ sich dann ins Gras fallen. »Ich bewege mich hier keinen Millimeter mehr vom Fleck, bis du uns erzählt hast, was du weißt.«

Leslie und ich ließen uns ebenfalls auf der Wiese nieder. Am liebsten hätte ich Liams Hand gehalten, aber stattdessen achtete ich darauf, ihm nicht aus Versehen zu nah zu kommen. Die Kälte, die er gerade ausstrahlte, verunsicherte mich.

Taylor trat von einem Bein aufs andere. »In dem Moment, als du Vivien ein Leben geschenkt hast, haben dich die anderen Lebensträger in einer Vision gesehen.«

Liam legte unwillkürlich die Hand auf sein Mal. »Lebensträger?«, stieß er zwischen zusammengepressten Zähnen hervor. »Ist es das, was ich bin?«

Meine Narbe begann durch seine Berührung augenblicklich zu kribbeln, doch er ließ seine Hand schnell wieder sinken und ballte sie zur Faust.

»Dann bin ich also nicht allein … Es gibt noch mehr, die so sind wie ich …«, flüsterte er gedankenverloren.

»Warum jagen sie uns?«, fragte ich.

Taylor zögerte, setzte sich dann aber zu uns.

»Die Hüter der fünf Leben haben sich in zwei verfeindete Lager aufgespalten.« Er sah zu Liam. »Dein Vater gehört zu denjenigen, die noch nach dem alten Kodex leben und diesen ehren. Er ist nach wie vor ein Hüter, während andere inzwischen eigene Ziele verfolgen.«

»Und die wären?«, fragte Liam.

»Ray wird dir alles erklären. Er ist der Anführer der Hüter. Die gegnerische Verbindung setzt alles daran, ihn endlich in die Finger zu bekommen. Sie sehen in ihm den Ursprung der Rebellion gegen den ältesten Malträger. Und da du sein Sohn bist, sehen sie auch dich als ihren Feind an. Ray ist es gelungen, dich seit deiner Geburt vor ihnen versteckt zu halten, indem er dich unter ganz normalen Leuten aufwachsen ließ. Doch durch die Übertragung der Lebenslinie auf Vivien wissen sie nun, wo du bist, und werden nicht aufhören nach dir zu suchen. Denn wenn sie dich kriegen, ist Ray ein gebrochener Mann.«

Ich sah Taylor mit weit aufgerissenen Augen an. Das durfte nicht sein Ernst sein. Leslie ergriff meine zitternde Hand, während Liam tief durchatmete.

»Wenn überhaupt, dann seid ihr im Moment nur an einem Ort sicher«, sagte Taylor. Er stand auf und sah zu Liam herab. »Es ist fast eine Woche her, seit du Vivien ein Leben übertragen hast, und genauso lange werden die verfeindeten Malträger schon auf der Suche nach dir sein.« Er stockte. »Betet, dass wir vor ihnen verborgen bleiben, bis wir den Dachsbau erreicht haben.«

Leslie raffte sich auf und zog mich mit sich auf die Beine. »Worauf warten wir dann noch? Ich bin nicht besonders scharf darauf, diesen Typen zu begegnen.«

»Sei wachsam, Liam«, wies Taylor ihn an. »Wenn sie in unsere Nähe kommen, wirst du es wissen.«

»Und sie können uns dann ebenfalls wittern?«, flüsterte ich.

Taylor nickte. »Sie könnten Liam unter Tausenden ausfindig machen. Und dich nun auch.«

Ich schluckte.

Liam stand auf und ich spürte, wie er mich ansah. Doch ich konnte seinen Blick gerade nicht erwidern. Ich wollte das alles nicht wahrhaben.

Meine Narbe begann wie sein Mal plötzlich zu leuchten, als Liam mit der Faust über sein Shirt rieb. Seine grobe Berührung schmerzte auf meiner Haut. Tat er uns absichtlich weh?

Schließlich sah ich doch zu ihm auf. Sein Blick nahm mich gefangen. Ich trug eine von Liams Lebenslinien, trug einen Teil von ihm in mir. Und auf einmal konnte ich nicht nur seine Berührung, sondern auch seine Verzweiflung und Wut, ja, all seine Gefühle spüren.

»Deine Narbe macht dir Angst – ich mache dir Angst. Ich bin noch abgefuckter, als du bisher geglaubt hast«, sagte er, wandte sich abrupt von mir ab und lief los.

»Das glaubt mir kein Mensch«, sagte Leslie, die uns aufmerksam beobachtet hatte. Sie hob abwehrend die Hände, als Taylor und ich ihr gleichzeitig einen warnenden Blick zuwarfen. »Das soll nicht heißen, dass ich vorhabe es jemanden zu erzählen. Aber ihr müsst schon zugeben, wie …« Mit wedelnden Händen zeichnete sie Kreise in die Luft und suchte nach einer passenden Beschreibung. »Also echt jetzt … Könnt ihr die Dinger einfach so anknipsen wie eine Taschenlampe?«

Ich seufzte und machte mich auf, Liam zu folgen. Um keine Spuren zu hinterlassen, liefen wir am Flussufer im flachen Wasser. Es war so eisig, dass meine Füße schmerzten, doch nach einer Weile nahm ich die Kälte nicht mehr wahr.

Leslie und ich gingen Hand in Hand, um uns gegenseitig Halt zu geben. Es war nicht einfach, auf den unterschiedlich großen und glitschigen Steinen zügig vorwärtszukommen, wenn man ständig darauf achten musste, nicht auszurutschen und ins Wasser zu fallen.

»Ich habe echt keine Lust mehr auf den Scheiß«, schimpfte sie. »Meine Begeisterung, mit euch durch die Gegend zu wandern und jetzt neben der Polizei auch noch von zwielichtigen Typen verfolgt zu werden, hält sich echt in Grenzen.«

»Ich hätte dich da niemals mit reinziehen dürfen.«

»Das habe ich mir selbst eingebrockt. Du warst doch nicht darauf aus, mir Ärger zu machen.« Sie drehte sich nach Taylor um, der direkt hinter uns lief. »Wie geht es denn jetzt weiter? Wenn wir noch lange in dem kalten Wasser bleiben, sterben mir die Füße ab. Und außerdem brauchen wir auch mal etwas zu essen.«

»Wir haben alle Hunger«, ließ Taylor sie wissen. »Allerdings ist das im Moment zweitrangig.«

»Leslie hat Recht«, sagte Liam, ohne sich nach uns umzudrehen. »Wir können unsere knurrenden Mägen nicht länger ignorieren, schließlich haben wir noch einen langen Weg vor uns. Ich werde bei Einbruch der Dunkelheit auf die Jagd gehen.«

Er entfernte sich vom Fluss und wir folgten ihm wieder in den dichten Wald. Liam mied meinen Blick und ging sofort auf Abstand, wenn ich ihm zu nah kam. Ich wusste nicht, wie ich mit der Situation umgehen sollte, und ihm ging es offenbar genauso.

Nur zwei kurze Pausen legten wir im Verlauf des Tages ein, ansonsten trieb Liam uns unnachgiebig an. Als er unseren Gewaltmarsch nach Stunden vor einer Felsformation für beendet erklärte, ließ ich mich erschöpft neben Leslie nieder, zog meine Schuhe aus und massierte meine brennenden Füße.

»Ich habe mir unzählige Blasen gelaufen«, jammerte sie und streifte ebenfalls ihre Schuhe ab.

Liam zog ein Taschenmesser aus seiner Hosentasche und begann die Klinge an einem Stein zu schärfen.

»Willst du uns verarschen?«, fragte Leslie. »Damit willst du jagen gehen?«

»Falls du mir etwas anderes zur Verfügung stellen kannst, dann immer her damit.«

Sie stöhnte übertrieben auf. »Jetzt ist es also eine unabänderliche Tatsache – wir werden verhungern.«

Taylor lachte. »Liam macht das schon. Als Lebensträger braucht er das Messer eigentlich gar nicht.«

Liam schaute auf. »Ach nein?«

»Du wirst mit zunehmenden Alter noch mehr Fähigkeiten

dazugewinnen.« Taylor klopfte ihm auf die Schulter. »Warte ab, bis du dein erstes Jahrhundert hinter dir hast.«

»Was?«, stießen Liam, Leslie und ich gleichzeitig aus.

Taylors Haltung veränderte sich. Er stand fast regungslos da und sah Liam aufmerksam an. »Die fünf Lebenslinien, die du auf deiner Brust trägst, stehen für jeweils ein Jahrhundert, das du leben wirst.«

Liam wirkte wie versteinert. Es herrschte Totenstille. Leslie hatte meine Hand ergriffen und drückte diese so fest, dass es wehtat. Doch das war mir ganz recht, denn der Schmerz war das Einzige, was mir im Moment real vorkam.

»Du willst mir ernsthaft erzählen, dass ich fünfhundert Jahre alt werden kann?«, sagte Liam.

»Jetzt nicht mehr. Du hast nur noch vier Leben übrig.« Taylor setzte sich neben ihn auf den Waldboden. »Du wirst zwischen deinem dreißigsten und vierzigsten Lebensjahr aufhören zu altern.«

Liam sah mich verunsichert an. Dann stand er abrupt auf und ging davon.

»Er hat nicht gewusst, was er tut, aber er hat dir vertraut, sonst hätte er dir niemals ein Leben übertragen können«, sagte Taylor, während ich Liam nachschaute.

In meinem Kopf herrschte vollkommene Leere. Ich sagte nichts, ich tat nichts, ich starrte einfach nur vor mich hin.

Leslie quetschte mir die Hand ab. Ich hatte schon gar kein Gefühl mehr in den Fingern. Sie öffnete den Mund, als wollte sie etwas sagen, blieb aber stumm.

»Geh zu ihm«, sagte Taylor zu mir. »Ihr solltet darüber reden. Es betrifft schließlich euch beide.« Er reichte Leslie auffordernd die Hand und zog sie auf die Beine. »Und wir zwei machen inzwischen ein kleines Feuer.«

»Ist es nicht zu gefährlich?«, fragte sie, als sie mit ihm ging. »Wenn diese Typen wirklich hinter uns her sind …«

»Was auch immer Liam erlegt, ich habe nicht vor, das Fleisch roh zu essen«, erwiderte er. »Und ich muss eingestehen, dass wir bei Kräften bleiben müssen, sonst haben wir keine Chance zu entkommen.«

Meine Beine waren schwer wie Blei und brachten mich nur schleppend vorwärts. Das lag sicher daran, dass ich keinen Schimmer hatte, wie ich Liam gegenübertreten sollte.

Er stand regungslos zwischen den mächtigen Stämmen, als wäre er selbst mit dem Waldboden verwurzelt. Hatte er mich bemerkt? Wartete er auf mich?

Ich blieb neben ihm stehen, doch er zuckte nicht mit der Wimper, sah mich nicht einmal an.

»Darf ich dich auf die Jagd begleiten?«, bat ich.

Er seufzte. »Du solltest dich besser ausruhen.«

»Bitte.«

»Laufe ich Gefahr, dass du mir heimlich folgst, wenn ich es dir verbiete?«

»Du kennst mich inzwischen ziemlich gut«, antwortete ich.

»Dann komm, aber verhalte dich ruhig und bleib in meiner Nähe.«

Eine Weile liefen wir einfach nur nebeneinander her. Schließlich brach er das Schweigen. »Wenn du weiter so einen Lärm machst, bekommen wir kein einziges Tier zu sehen«, rügte er mich.

»Ich habe kein Wort gesagt.«

»Aber du stampfst herum, als wolltest du den ganzen Wald pflügen.«

Man müsste fliegen können, um geräuschlos vorwärtszukommen. Ich trug nur meine leichten Chucks, die beim Auftreten ein leises Knacken verursachten. Es war mir ein Rätsel, wie er es schaffte, sich so leise fortzubewegen.

»Der Robson River ist nicht weit entfernt«, sagte er. »Wir werden uns dort auf die Lauer legen und hoffen, dass ein Tier zum Trinken vorbeikommt.«

Er tat, als wäre alles beim Alten – als hätte sich unsere Welt nicht gerade auf den Kopf gestellt.

Ich genoss die Wärme seiner Hand, als er mich ungeduldig weiterführte und mich nicht mehr losließ, bis wir den Fluss erreichten. Wahrscheinlich hatte es für ihn keinerlei Bedeutung, aber für mich fühlte es sich vertraut an.

Die Abenddämmerung tauchte den Himmel in ein glühendes Orange. Die untergehende Sonne färbte auch die Wolken ein, die langsam über uns hinwegzogen. In Verbindung mit der Wildnis, die uns umgab, war es eine ganz besondere Atmosphäre.

»Du wirst die feindlichen Malträger doch wittern, sobald sie in unsere Nähe kommen, oder?«, fragte ich besorgt. Was würde geschehen, wenn sie uns fanden?

Er nickte nur.

Wir hielten uns in Ufernähe im hüfthohen Gras versteckt, mit dem der Wind spielte. Liam spitzte das Ende eines Astes mit dem Taschenmesser an, um ihn zu einem Speer umzufunktionieren. Ich beobachtete ihn von der Seite. Er hatte immer gespürt, dass er anders war. Doch hatte er an ein solches Ausmaß gedacht, wie Taylor es ihm nun offenbart hatte? Ich nicht.

Endlich hatte Liam etwas über sich erfahren. Doch nun wurde er von seinesgleichen gejagt, weil er mich gerettet hatte. Ich hatte ein schlechtes Gewissen und war gleichzeitig wütend – auf unsere Situation, auf seinen Vater, auf Liam, auf mich selbst.

»Liam?«

»Hm …«

»Es tut mir leid.«

Er hielt mitten in der Bewegung inne und sah mich an.

»Ich hätte einfach bei Dad bleiben sollen. Aber nein, ich musste ja unbedingt mit Dave losziehen.«

Liam legte den Ast und das Messer beiseite. »Vivien, du …«

Ich ließ ihn nicht zu Wort kommen. »Wären wir uns auf diesem Trip nicht begegnet, wäre ich jetzt wieder in Vancouver und du würdest weiterhin unerkannt durch die Wälder streifen.«

Er legte den Kopf schief. »Bereust du es, dass wir uns getroffen haben?«

Ich versuchte den Kloß in meinem Hals hinunterzuschlucken. »Ich weiß es nicht, Liam. Du bringst mich ganz durcheinander.«

Er legte seine Hände in meinen Nacken und brachte mich dazu, ihn anzusehen. »Du mich auch.« In seinem Blick lag eine Zärtlichkeit, die ich so noch nicht bei ihm wahrgenommen hatte.

Ich hielt mich an seinen Unterarmen fest und verlor mich im Farbspiel seiner Augen. Sein Mal begann gleichzeitig mit meiner Narbe zu leuchten und sofort beschwor sich das unsichtbare Band herauf, das mich an ihn fesselte. Ich fühlte mich plötzlich stark und doch verletzlich – allwissend, aber auch ahnungslos. Misstrauen – Vertrauen. Hoffnung – Verzweiflung. Angst – Mut. Ich begann zu zittern, als mir bewusst wurde, dass er seine Gefühle mit mir teilte. Ich spürte seine innere Zerrissenheit, als würde sie mich selbst beherrschen.

Mein Herz setzte zum Salto an, als er seine Stirn gegen meine lehnte. Ich vergrub meine Hände wie selbstverständlich in seinem Haar, das sich genauso seidig anfühlte, wie ich es mir immer vorgestellt hatte.

Langsam neigte er den Kopf. Seine Lippen strichen sanft über meine Wange und jagten mir einen wohligen Schauer über den Rücken. Und dann stand plötzlich die Zeit still. Seine Lippen legten sich auf meine und wir verloren uns in einem innigen Kuss.

Mein Körper reagierte auf ihn, wie ich es noch nie zuvor erlebt hatte. Mit all meinen Sinnen wurde ich von ihm angezogen. Er entfachte ein Verlangen in mir, das weit über diesen Kuss hinausging. Meine Lebenslinie pulsierte und verströmte eine angenehme Wärme auf meiner Haut, in meinem Herzen, in meinem ganzen Körper. Ich wollte, dass dieses Gefühl niemals aufhörte.

Liam gab meine Lippen viel zu früh wieder frei und verbarg das Gesicht in meinen Haaren. Wir rangen beide nach Atem.

»Ich habe die Kontrolle verloren«, flüsterte er und schob mich etwas von sich weg. Ein Sturm wütete in seinen Augen, deren Farben sich so schnell veränderten, wie ich es noch nie zuvor bei ihm gesehen hatte.

Liam schüttelte den Kopf, als würde er sich selbst für sein Handeln maßregeln. Er presste die Lippen aufeinander und sah mich ratlos an.

»Ich kann das nicht«, sagte er schließlich. Das Glühen unter seinem T-Shirt erlosch. »Ich hatte keine Ahnung, was ich da tat, als ich dir die Lebenslinie übertragen habe.« Seine Wangenmuskeln zuckten. »Meinetwegen bist du nun in Gefahr.«

»Du hast mir dadurch vermutlich das Leben gerettet.« Ich wollte ihn berühren, doch er rückte von mir weg.

»Ich bin ein Lebensträger«, flüsterte er. »Wenn du nicht weißt, wer du wirklich bist, dann kann das ganz schön beängstigend sein. Aber jetzt, wo ich eine vage Vorstellung davon bekomme … Ich glaube, ich hätte doch lieber auf diese Erkenntnis verzichtet.«

»Es ist noch zu früh, irgendwelche Schlüsse zu ziehen. Taylor hat uns kaum etwas darüber gesagt. Wir müssen es bis zu deinem Vater schaffen, um alles zu erfahren.«

»Das, was ich bis jetzt erfahren habe, reicht mir völlig.« Liam sah nachdenklich zu Boden. »Eine Sache weiß ich schon jetzt: Ich werde ein noch einsameres Leben führen, als ich es bisher getan habe. Wenn Taylor die Wahrheit sagt, dann werde ich jung bleiben, während ihr altert – werde noch am Leben sein, wenn ihr schon längst gestorben seid.«

»Du bist nicht allein, Liam. Sie sind wie du.«

Er lachte höhnisch. »Sie sind Fremde und ein Teil von ihnen jagt uns.«

Ich wollte etwas erwidern, doch Liam hielt mir den Mund zu und deutete auf eine entfernte Stelle, an der sich das hohe Gras bewegte und schließlich ein großes Tier zum Vorschein kam. Im ersten Moment war ich erleichtert, dass es keiner unserer Verfolger war, doch der Puma, der sich jetzt zur vollen Größe aufstellte, sorgte auch nicht gerade für Entspannung.

Die Raubkatze verließ das hohe Gras und pirschte sich an einen Hasen an, der vor ihm auf der Wiese fraß. Sein kurzes gelbbraunes Fell schimmerte durch das gedämpfte Licht der Abenddämmerung. Nur die dunkle Schwanzspitze bildete dazu einen Kontrast.

Der Puma stieß sich aus dem Stand mit seinen muskulösen Hinterbeinen ab und sprang auf den Hasen zu, der noch nicht einmal etwas von seiner Anwesenheit bemerkt hatte. Trotz mehrerer Meter Distanz machte der Puma nur einen Satz und landete schon auf dem Hasen. Er hatte sein Opfer totgebissen, ehe ich überhaupt begreifen konnte, was hier passierte.

Als Liam sich erhob, zog ich ihn am Ärmel und versuchte ihn wieder zu mir, in die Deckung des hohen Grases, zurückzuziehen. Doch es war zu spät – das Raubtier hatte ihn bemerkt. Der Puma wirkte einen kurzen Moment wie erstarrt. Er hielt seine Beute im Maul und schaute zu uns herüber.

Ich duckte mich noch weiter ab, als Liam sich meinem Griff entwand und langsam auf die Raubkatze zuging. Musste er das Tier denn auch noch provozieren? Liam näherte sich dem Puma immer weiter an und dieser beobachtete in einer lauernden Stellung jeden seiner Schritte.

Dieser Typ machte mich fertig. Seinetwegen bekam ich noch einen Herzinfarkt. Panisch ergriff ich den provisorischen Speer, den er bei mir zurückgelassen hatte. Da gab der Puma ein warnendes Fauchen von sich.

Liam war inzwischen bei dem Raubtier angekommen und ging allen Ernstes vor ihm in die Hocke. Der wachsame Blick des Pumas folgte Liams Hand, die er nach dem Hasen zu den Vorderpfoten des Raubtiers ausstreckte. Fauchend senkte das Tier den Kopf und ich rechnete damit, dass Liam seine nächste Beute war.

Aber er ließ sich nicht abschrecken. Als hätte er ein Anrecht darauf, packte Liam den Hasen und erhob sich dann zu seiner vollen Größe. Beständig sah er dem Puma direkt in die Augen. Der wandte sich ab und flüchtete blitzschnell zu einem Baum. Vom Boden aus sprang er auf einen starken Ast und ließ sich dort erst einmal nieder.

Während ich Liam mit offenem Mund anstarrte, kam er zu mir zurück und nahm den Speer an sich. »Wir sollten gehen«, sagte er seelenruhig. Er drängte mich vorwärts und blieb konsequent hinter mir, als rechnete er doch noch mit einem Angriff aus dem Hinterhalt.

Beunruhigt drehte ich mich nach dem Puma um. Aber er saß immer noch auf dem Baum und schaute uns hinterher.

»Sieh ihn nicht an. Das könnte ihn provozieren.«

»Ach, tatsächlich? Du bist doch derjenige, der seine Blicke sprechen lässt.« Ich wandte mich wieder nach vorn.

»Taylor sagte, ich bräuchte kein Messer für die Jagd. Also habe ich eine andere Möglichkeit ausprobiert, und wie du gesehen hast, hat es funktioniert.«

»Und was, wenn es nicht funktioniert hätte?« Meine Stimme klang härter als beabsichtigt.

»Ich hätte noch ein paar Leben übrig gehabt, falls etwas schiefgegangen wäre.«

17. KAPITEL

Taylor und Leslie hatten schon ein kleines Feuer gemacht, über dem wir das Fleisch braten konnten. Dank der Kräuter, die Liam und ich noch zusätzlich gesammelt hatten, schmeckte der Braten richtig gut.

Ob der Puma noch in unserer Nähe war? Leslie hatte ich extra nichts von der Raubkatze erzählt, damit sie keine Angst bekam.

»Schlaft jetzt«, sagte Liam. Er legte den Kopf in den Nacken und atmete tief ein. »Momentan droht keine Gefahr. Außer ein paar Tieren ist niemand in der Nähe.« Er setzte sich ein Stück von uns weg und kehrte uns den Rücken zu.

Leslie legte sich neben mich und sah mich an. »Ihr verhaltet euch irgendwie komisch, seit ihr von der Jagd zurückgekommen seid«, flüsterte sie. »Ist irgendwas zwischen euch gelaufen?«

»Nicht, was du gleich wieder denkst.«

Sie hob die Augenbrauen. »Was denke ich denn?«

»Es ist kompliziert …«

»Ist das die Liebe nicht irgendwie immer?« Sie zwinkerte mir zu. »Du hast dich in Liam verliebt, stimmt's?«

In den letzten Tagen war so viel passiert. Meine Gefühlswelt war das reinste Chaos. Liam sah unverschämt gut aus, doch das war längst nicht alles … Mir wurde bewusst, wie wichtig er mir inzwischen geworden war, wie sehr ich mir wünschte ihm trotz der Umstände noch näherzukommen. Ich brauchte mir nichts mehr vorzumachen. Es war nicht nur eine Schwärmerei, die ich für Liam empfand.

»Ach, komm schon«, hakte Leslie nach. »Das sieht doch ein Blinder, dass ihr scharf aufeinander seid.«

Ich erwiderte ihren forschenden Blick und sie stieß triumphierend die Faust in die Höhe.

»Und warum ziehst du dann ein Gesicht wie auf einer Beerdigung?«, fragte sie.

»Du hast doch selbst mitbekommen, dass Liam nicht so ist wie die anderen Jungs. Wie soll das denn funktionieren? Ich weiß nicht, was es für ihn bedeutet, ein Lebensträger zu sein – was es für mich bedeutet. Und ich kann nicht wirklich einschätzen, wie er zu mir steht.«

»Hm … Ich bin bestimmt keine Expertin, die große Reden schwingen sollte. Aber wenn du mich fragst, fährt er voll auf dich ab. Manchmal seid ihr zwei mir richtig unheimlich. Es kommt mir dann so vor, als wärt ihr in eurer eigenen Welt, zu der niemand anderes Zugang hat. Allein die Art und Weise, wie er dich ansieht …« Sie drehte sich auf den Rücken und schloss die Augen. »Ich hoffe, irgendwann werde ich auch mal von jemandem so wahrgenommen.«

Ich stieß sie an der Schulter an. »Denkst du da an einen Bestimmten?«

Als Leslie ein Auge öffnete, deutete ich zu Taylor, der auf der gegenüberliegenden Seite der Feuerstelle lag und offenbar bereits eingeschlafen war.

Sie schnappte nach Luft. »Spinnst du?« Missbilligend verzog sie den Mund und drehte sich auf die Seite. Es dauerte nicht lange, bis sie leise vor sich hin schnarchte.

Der harte unebene Waldboden machte mir zu schaffen. Ich drehte mich ebenfalls auf den Rücken und betrachtete den Mond. Als Kind hatte ich ihn oft lange durch mein Zimmerfenster angeschaut und mir ausgemalt, dass Dad im selben Moment in Jasper zu ihm hinaufblickte und an mich dachte. Ich seufzte. Seit ich aus dem Koma erwacht war, hatte ich keinen Kontakt mehr zu ihm. Er machte sich sicher große Sorgen.

Ich starrte in die Glut des erloschenen Feuers und bald darauf schlief auch ich ein.

❊ ❊ ❊ ❊ ❊

Ich vernahm Vogelgezwitscher, das immer weiter in mein Bewusstsein vordrang. Tageslicht schien durch meine geschlossenen Lider und gewährte der Wirklichkeit die Oberhand. Ich öffnete die Augen.

»Guten Morgen«, sagte Taylor. Er lächelte mich an, ehe er Leslie sanft an der Schulter rüttelte, um sie zu wecken.

Leslie zog sich ihre Strickjacke übers Gesicht. »Du hast sie doch nicht mehr alle. Es ist noch nicht einmal richtig hell.«

»Komm schon, du Schlafmütze.« Taylor nahm ihr die Jacke weg. »Der frühe Vogel fängt den Wurm.«

»Warum muss dieser Kerl immer so nerven?« Sie rappelte sich mühselig auf.

Taylor lachte. »Sag bloß, du bist ein Morgenmuffel?«

»Zumindest bräuchte ich jetzt dringend einen Kaffee.«

»Gegen einen Kaffee hätte ich auch nichts einzuwenden«, entgegnete er.

Liam saß noch immer an der Stelle, an der er sich abends niedergelassen hatte, und lehnte mit dem Rücken an einem Baumstamm. Hatte er überhaupt geschlafen?

Sein müder Blick war zum Dahinschmelzen. Ob er auch nur im Geringsten ahnte, was er für eine Wirkung auf mich hatte?

Er stand schlagartig auf, hielt sein Gesicht in den lauen Wind und atmete tief ein. »Die Malträger sind in der Nähe!«

»Was …? Wo …?« Taylor drehte sich um seine eigene Achse und sah sich beunruhigt um.

Liam kam zu mir, nahm meine Hand und wir rannten los.

»Wie nah sind sie?«, rief Taylor, der Leslie mit sich zog und uns hinterherhastete.

»Noch ungefähr zwei Kilometer von uns entfernt. Aber sie haben unsere Witterung aufgenommen.«

»Es ist irgendwie eklig, dass die uns riechen können«, stieß Leslie keuchend aus.

»Wie viele sind es?«, rief ich.

Liam drückte meine Hand noch fester. »Zu viele.«

Ich gab wirklich mein Bestes – ebenso wie Taylor und Leslie, aber es war unmöglich, Liams Tempo dauerhaft durchzuhalten. Dabei war mir durchaus bewusst, dass er auf uns Rücksicht nahm.

Ab und zu schaute ich mich nach Taylor und Leslie um, die immer weiter den Anschluss verloren. Kalter Schweiß bedeckte meine Stirn, obwohl mir unsagbar heiß war. Ich spornte mich in Gedanken an, versuchte meine Beine schneller zu bewegen. Doch stattdessen wurde ich langsamer, da mich immer mehr die Kraft verließ. Als Taylor uns schließlich zurückrief, weil Leslie gestürzt war, gab auch ich auf.

»Es hat keinen Zweck«, sagte Liam und ging neben mir in die Hocke. »Wir sind zu langsam.«

Er war kein bisschen aus der Puste, während wir anderen nach Atem rangen. Ich zitterte vor Erschöpfung. Leslie war gut fünfzig Meter hinter mir, aber ich erkannte deutlich ihr hochrotes Gesicht. Sie wehrte Taylor ab. Er redete auf sie ein und versuchte sie hochzuziehen, aber schließlich sah auch er ein, dass es keinen Sinn hatte. Wir konnten den Lebensträgern nicht entkommen.

Taylor richtete sich langsam auf und sah zu Liam und mir herüber. »Lauf, Liam! Wenn du es bis zum Treffpunkt schaffst, wirst du in Sicherheit sein.«

Mir war nach Weinen zu Mute, doch ich kämpfte gegen die Tränen an. Die feindlichen Malträger konnten jeden Moment bei uns eintreffen und ich wollte nicht, dass Liam uns allein ließ. Aber genauso wenig wollte ich, dass ihm etwas zustieß.

Ich sah mich panisch um, vermutete hinter jedem Baum einen Schatten. Was auch immer hier gleich geschehen würde, Liam konnte sich noch retten.

»Du musst jetzt gehen.« Meine Stimme zitterte, aber ich sah ihn mit erhobenem Haupt an. »Flieh, solange du noch kannst.«

Liam kniff die Augen zusammen und musterte mich. Er kam näher – viel näher. Sein durchdringender Blick verursachte einen schmerzhaften Stich in meinem Herzen. Das Gefühl, ihn jetzt gehen lassen zu müssen, war fast unerträglich.

Er schob mein Kinn nach oben, damit ich ihm in die Augen sah. »Glaubst du wirklich, ich würde dich hier einfach zurücklassen?«

Über uns ertönte der grelle Ruf eines Adlers. Der Raubvogel rauschte mit ausgebreiteten Flügeln herab und hielt genau auf uns zu, als wolle er uns angreifen.

Liam zog mich an sich und hielt seine Arme über meinem Kopf zusammen, um mich vor dem Adler zu schützen. Ich spürte den Luftzug, als der Vogel ganz dicht über uns hinwegflog und sich dann mit seinen kräftigen Schwingen wieder in die Lüfte erhob, bis er schließlich durch die Baumwipfel aus unserem Blickfeld verschwand.

»Gott sei Dank«, stieß Taylor aus. »Dieser Adler gehört zu Ray.«

Leslie war inzwischen wieder auf den Beinen und kam zu uns gelaufen. »Ich mach mir gleich vor Angst ins Höschen«, sagte sie, umklammerte meinen Arm und presste sich an mich.

»Er muss in der Nähe sein«, flüsterte Taylor und sah sich um.

»Ich nehme nur den Geruch von Wölfen und den der

Malträger wahr. Sie kommen von Osten her«, ließ Liam ihn wissen.

Er hatte kaum ausgesprochen, als plötzlich ein Wolfsheulen zu hören war.

»Seine Tarnung scheint zu funktionieren, sonst hättest du ihn wittern können«, sagte Taylor. Er schmunzelte, bevor er den Ruf des Wolfes nachahmte.

»Was soll das denn?« Leslie packte meine Hand und begann sie unruhig zu kneten.

Liam trat ganz dicht neben uns. Er starrte gebannt in den Wald. »Bleibt an meiner Seite«, flüsterte er.

Die Zeit verstrich und nichts passierte, bis Taylor schließlich erleichtert aufseufzte und wie aus dem Nichts ein groß gewachsener Mann auftauchte.

Das musste Ray Lannister sein. Mit schnellen Schritten kam er auf uns zu. Er hatte schulterlange braune Haare und war ganz in Schwarz gekleidet. Ich hatte mir schon ausgemalt, wie Liams Vater wohl aussehen würde – ob Liam ihm ähnelte. Doch niemals hätte ich damit gerechnet, dass er blind war. Ein dunkles Lederband verdeckte seine Augen und trotzdem lief er sicheren Fußes zu uns.

Er trug mehrere Gürtel über seiner Schulter und warf uns diese vor die Füße, sobald er uns erreicht hatte.

»Schnell, schnallt sie euch um«, befahl er. »Wir haben keine fünf Minuten mehr, bis die anderen Lebensträger hier sind.«

Mit seiner tiefen, kratzigen Stimme und der stolzen Haltung strahlte er Autorität aus. Taylor und Leslie taten umgehend, was er sagte, doch Liam und ich waren wie erstarrt.

Nun war der Augenblick gekommen, in dem er seinem leiblichen Vater, der für ihn ein völlig Fremder war, von Angesicht zu Angesicht gegenüberstand.

»Igitt«, stieß Leslie aus. Sie musste würgen, als Taylor ihr den Gürtel umschnallte. »Der stinkt ja widerlich!«

»Das ist der Sinn der Sache«, entgegnete er. »Die Gürtel sind mit Wolfsurin präpariert, um unseren eigenen Geruch zu überdecken.«

Leslie verzog angewidert den Mund. »Die sind mit Wolfspisse eingeschmiert?«

»Liam konnte mich durch den intensiven Wolfsgeruch nicht wittern«, sagte Lannister. »Wenn er es nicht kann, dann können es die anderen Lebensträger auch nicht.«

Liam rieb sich nachdenklich die Stirn, hob dann aber einen Gürtel auf, um ihn mir umzuschnallen.

Der Geruch, den das Leder verströmte, war so penetrant, dass ich die Luft anhielt. Doch ich bemühte mich, mir meinen Ekel nicht anmerken zu lassen, da Liams Vater sich in diesem Moment zu uns wandte. Ich schluckte. Dieser Mann war mir unheimlich. Obwohl er blind war, hatte ich den Eindruck, dass er bis ins Tiefste meiner Seele blicken konnte.

»Los jetzt«, sagte er, als wir die Gürtel angelegt hatten. Er rannte mit hohem Tempo los.

»Seh ich aus wie eine Sprinterin?«, jammerte Leslie.

»Gib dein Bestes, Mädchen«, ermahnte Lannister sie.

»Ich bin nun mal nicht so sportlich«, erwiderte sie schwer atmend.

»Das ist kein Spiel. Also renn um dein Leben, sonst wirst du es mit großer Wahrscheinlichkeit verlieren.«

»Aber sie sind doch nur hinter Liam und mir her«, rief ich in Taylors Richtung. »Oder?«

»Sie werden keine Zeugen zurücklassen«, antwortete Lannister an Taylors Stelle.

Ich sah zu Leslie, die sich anhörte, als würde sie jeden Moment kollabieren. Ihr Gesicht war schweißgebadet und knallrot. Sie bemühte sich wie wir alle darum, den Anschluss an Liams Vater nicht zu verlieren.

Meine Lunge brannte und ich bekam Seitenstechen. So schnell, wie Liam mich unermüdlich vorwärtsdrängte, kam ich gar nicht zum Luftholen.

»Dort entlang«, rief Lannister. »Sie sind vermutlich irritiert, weil sie euch plötzlich nicht mehr riechen können. Aber wir müssen von der Anhöhe runter.«

Er rannte die Böschung hinab. Der weiche, von Wurzeln durchzogene Waldboden ging in einen steinigen Untergrund über, auf dem es sich besser vorwärtskommen ließ.

Ungebremst stürzten wir uns schließlich hinter die mannshohen Felsen eines Berghanges. Das unsanfte Aufkommen auf dem harten Gestein tat höllisch weh und brachte mir ein offenes Knie und viele Hautabschürfungen an Händen, Armen und Beinen ein. Leslie lag direkt neben mir.

»Hört auf zu keuchen! Das hört man ja kilometerweit«, schimpfte Lannister. »Und haltet die Köpfe unten!«

Liam drängte mich noch weiter an den grauen Stein und achtete darauf, dass auch die anderen sich ausreichend verbargen.

Es fühlte sich an, als hätte man mir sämtliche Luft aus den Lungen gepresst. Ich brauchte dringend mehr Sauerstoff. Doch als Lannister den Zeigefinger auf seine Lippen legte und uns bedeutete ruhig zu sein, hörte ich auf zu atmen.

Leslie hatte die Augen weit aufgerissen und starrte mich an, jedoch hatte ich den Eindruck, sie sah einfach durch mich hindurch. Die blanke Angst war deutlich in ihrem Gesicht abzulesen. Wir waren uns darüber im Klaren, dass die Malträger nun ganz in unserer Nähe waren.

Die Minuten vergingen, ohne dass wir uns auch nur einen Zentimeter bewegten. Meine Muskeln begannen schon zu krampfen und verlangten dringend nach einer anderen Liegeposition. Aber ich durfte diesem Verlangen nicht nachgeben.

»Sind sie weg?«, flüsterte Taylor, als Lannister sich vorsichtig aufsetzte.

»Sie gehen nach Westen«, erwiderte dieser ebenfalls flüsternd und stand auf. »Kommt. Der südliche Eingang des Dachsbaus ist schon ganz nah. Wir müssen ihn erreichen, bevor die Malträger umkehren.«

18. KAPITEL

Der hohe Berg, dessen schneebedeckter Gipfel vor uns aufragte, wirkte gigantisch. Am Himmel hingen nur vereinzelte Schleierwolken, die sich um die Bergspitze ansammelten.

Der milde Wind wehte mir den intensiven Geruch des Gürtels immerzu in die Nase. Hoffentlich wurde ich den Gestank jemals wieder los. Momentan hatte ich den Eindruck, er haftete bereits in meinen Poren. Aber solange er uns die anderen Lebensträger vom Hals hielt, würde ich damit klarkommen.

Keiner von uns sprach ein Wort. Ich musterte Lannister immerzu, ebenso wie Liam es tat. Was er wohl für einen Eindruck von seinem Vater hatte? Auf mich wirkte dieser Mann irgendwie einschüchternd. Ich konnte nicht genau sagen, woran das lag. Er war auf jeden Fall riesig. Und so muskelbepackt, wie er war, stemmte er vermutlich regelmäßig schwere Gewichte. Aber es war nicht mal sein Aussehen, das mir Respekt einflößte. Es war seine selbstsichere Art, seine ganze Ausstrahlung. Obwohl er blind war, hatte er uns vor unseren

Verfolgern in Sicherheit gebracht und er hatte offensichtlich auch keine Probleme, den richtigen Weg zu erkennen.

Ich rannte, um zu ihm aufzuschließen. »Darf ich Sie etwas fragen, Mr Lannister?«

Er drehte sich kurz in meine Richtung und nickte. »Aber nur wenn du aufhörst mich zu siezen. Nenn mich einfach Ray.«

Ich räusperte mich. »Du trägst ein Lederband über den Augen, aber bewegst dich ohne die kleinste Unsicherheit. Wie ist das möglich?«

Ray zog sich das Lederband auf die Stirn, um mir einen Blick auf seine Augen zu gewähren.

Ich erschauderte beim Anblick der großen Narbe, die sein linkes Auge in Form einer Wulst verunstaltete. Sein rechtes Augenlid fehlte gänzlich und die hellblaue Iris wirkte milchig, als würde ein weißer Schleier über ihr liegen.

Er streifte sich das Band wieder über die Augen. »Durch jahrelange Übung habe ich meine Sinne so weit geschult, dass sie mir ein selbstständiges Leben ermöglichen. Mein Geruchssinn und mein Gehör sind inzwischen stärker ausgeprägt als bei den übrigen Lebensträgern. Und außerdem bin ich heute dazu in der Lage, eine so tiefe Verbindung zu anderen einzugehen, dass ich durch ihre Augen sehen kann.«

»Wie meinst du das?«, fragte Liam.

»Wenn du zum Beispiel Vivien ansiehst, sehe ich sie auch aus deiner Perspektive.«

»Euch ist schon klar, wie schräg sich das anhört?«, warf Leslie ein.

Ray lachte. »Unsere telepathischen Fähigkeiten machen es möglich.« Er wandte sein Gesicht Liam zu. »Deine Visionen basieren praktisch auf derselben Methode.«

»Der denkt doch nicht ernsthaft, wir würden ihm das glauben?«, flüsterte Leslie in meine Richtung.

»Ich habe in den letzten Tagen gelernt, dass es Dinge gibt, die ich bisher für unvorstellbar gehalten habe«, erwiderte ich.

Leslie hob die Hände. »Okay, ich sollte es endlich kapieren. Sie sind Lebensträger. Ich speichere das jetzt ab, auch wenn es völlig gegen die Natur geht.« Sie musterte Ray aus zusammengekniffenen Augen. »Wenn du uns wirklich durch unsere Gedanken sehen kannst, dann sag mir doch bitte mal, welche Haarfarbe ich habe«, forderte sie ihn auf.

»Rosa«, antwortete er, ehe sie ausgesprochen hatte.

»Ha …« Leslie klatschte in die Hände. »Meine Haare sind nicht rosa, sondern pink.«

»Ähm … Leslie.« Ich musste es meiner Freundin so schonend wie möglich beibringen. »Deine Haarfarbe hat sich mittlerweile etwas ausgewaschen. Momentan sehen sie tatsächlich eher rosa aus.«

Ihre Augen weiteten sich. »Ist das dein Ernst?« Sie betastete ihren Kopf. »Meine Sachen sind schmutzig, meine Schuhe sind kaputt, mein kaum noch vorhandenes Make-up ist ein Desaster und nun auch noch das«, nörgelte sie. »So langsam geht mir jegliches Selbstwertgefühl verloren.«

Taylor verdrehte die Augen und zog sie weiter.

Ray legte den Kopf in den Nacken, als schaute er nach oben. Er streckte den Arm aus.

Ich sah zum Himmel und entdeckte den Weißkopfseeadler, der allmählich zu uns herabglitt und schließlich sicher auf seinem Arm landete.

»Ich habe ihn großgezogen und lange mit ihm trainiert, um auch mit ihm eine Verbindung eingehen und durch seine Augen sehen zu können.« Ray streichelte dem Raubvogel übers Gefieder, entließ ihn dann wieder in die Lüfte und straffte das Tempo. »Er hat sie erspäht. Sie haben vermutlich eine Spur gefunden, denn sie sind wieder in unsere Richtung unterwegs.«

Leslie seufzte. »Na toll. Und die Polizei ist uns bestimmt auch bald wieder auf den Fersen.«

»Nein. Eure Fahndung wurde inzwischen eingestellt. Zwei unserer Männer arbeiten verdeckt als ranghohe Offiziere. Sie haben sich darum gekümmert.« Kaum hatte Ray ausgesprochen, begann er wie ein Wolf zu heulen.

Ich bekam Gänsehaut. Auch wenn es sich sehr echt anhörte, so waren es sicher keine Tiere, die ihm umgehend mit ihren Rufen antworteten.

Ray blieb so abrupt stehen, dass Liam und ich auf ihn aufliefen. Ein paar Schritte vor uns vernahm ich ein Geräusch, als würde jemand eine eiserne Tür entriegeln. Der Waldboden hob sich langsam an und gab eine Luke zu erkennen, die so mit Erde, Gras und Moos bedeckt war, dass man sie niemals wahrgenommen hätte.

»Schnell, rein hier!«, forderte Ray uns auf. »Und zieht den Kopf ein.«

Taylor drängte Leslie an mir vorbei, die verängstigt in das Loch starrte, das sich vor uns aufgetan hatte. »Ich will da nicht rein«, flüsterte sie. »Da drinnen ist es stockfinster!«

»Macht schon«, rief Ray herauf, der bereits in die Tiefe gestiegen war. »Wir dürfen die Luke nicht länger als nötig offen halten.«

Liam führte mich hinter Leslie eine steinerne Treppe hinab, die einfach in einem dunklen Loch endete. Taylor verriegelte die Luke hinter uns und wir fanden uns schließlich in tiefster Finsternis wieder.

»Warum fühle ich mich gerade wie auf meiner eigenen Beerdigung?«, fragte Leslie. Sie atmete laut und stoßweise. »Wenn hier nicht gleich jemand Licht macht, drehe ich durch.«

Es ertönte ein dumpfes Geräusch und an der Wand zeigte sich durch einen Spalt ein Lichtschein, ehe sich eine schwere Felstür öffnete.

Zum Vorschein kam eine junge Frau, die Militärkleidung trug. Sie hielt eine Laterne hoch und musterte unsere Gesichter, als müsse sie noch abwägen, ob wir wirklich vertrauensselig waren.

»Versetzt alle in Alarmbereitschaft«, wies Ray sie an, während er auch schon an ihr vorbeilief. »Die Eingänge zum Dachsbau müssen gesichert werden – vor allem dieser hier.«

Nach einem kurzen Zögern trat sie beiseite, um auch uns durchzulassen. Sie legte ihre Hand auf einen großen Stein in der felsigen Wand und drückte diesen nach innen, woraufhin sich die schwere Tür wieder verschloss.

Nun befanden wir uns in einer Röhre, die gerade hoch genug war, dass ich aufrecht darin stehen konnte. Die Männer mussten die Köpfe einziehen, um sich an der Decke nicht zu stoßen. Der Tunnel bestand aus Beton oder aus einer bestimmten Art von Lehm. Teilweise drangen Wurzeln durch die Wände, von denen Wassertropfen abperlten.

Liam und ich konnten gerade so nebeneinander laufen. Wir folgten der jungen Frau, die ich auf Anfang zwanzig schätzte. Ihre langen blonden Haare hatte sie zu einem Pferdeschwanz zusammengebunden, der ihr fast bis zur Hüfte reichte. Sie war wirklich hübsch. Doch mit ihrem unfreundlichen Blick, den sie mir gelegentlich zuwarf, wirkte sie auf mich eher unsympathisch.

»Geht es nur mir so oder bekommt ihr hier drinnen auch Angstzustände?«, fragte Leslie hinter mir. »Mir ist es eindeutig zu eng.«

»Nur noch ein Stück, dann wird es besser«, sagte Taylor.

»Du klingst ja richtig besorgt«, zog die junge Frau ihn auf. »Seit du nicht mehr im Dachsbau lebst, entdeckst du wohl deine weiche Seite?«

Taylor lachte. »Vielleicht ist das so, liebe Mia. Aber ich wüsste nicht, was dich das angeht.«

Mia stieß verächtlich die Luft aus und schwieg.

»Kann uns hier der Sauerstoff ausgehen?«, erkundigte sich Leslie.

»In den Tunneln gibt es ausreichend Luftschächte«, antwortete Ray. Er lief voraus und führte uns in eine andere Röhre, die von diesem Gang abzweigte.

Bisher war die Laterne die einzige Lichtquelle, die uns den Weg gewiesen hatte, doch jetzt schien uns am Ende des Tunnels helleres Licht entgegen und zudem wurde er deutlich höher und breiter. An den mit Bruchsteinen gemauerten Wänden waren Glühbirnen angeschraubt, die den gesamten Tunnel ausleuchteten.

Wir befanden uns augenscheinlich in einem weit verzweigten System unter der Erde. Ich hätte nie gedacht, dass uns etwas von diesem Ausmaß hinter der kleinen Luke erwarten würde.

Wir stiegen eine Treppe hinauf, die zu einer schweren Gittertür führte. Hinter ihr verbarg sich ein Raum, der als Abstellkammer für allerlei Gerätschaften wie Schaufeln und Äxte diente. In der Decke klaffte ein Loch, durch das ein Windzug zu uns drang.

»Ich kann ja verstehen, dass wir den jüngsten Lebensträger verstecken müssen, aber was die beiden hier zu suchen haben, ist mir ein Rätsel.« Mia deutete in unsere Richtung.

»Die Mädchen waren zur falschen Zeit am falschen Ort«, sagte Taylor. »Es hat sich eben so ergeben. Und außerdem wäre Liam ohne Vivien niemals zu uns gekommen.«

»Sie ist doch an allem schuld«, fauchte Mia, ohne mich aus den Augen zu lassen. »Ihretwegen laufen wir noch Gefahr, dass unser Versteck auffliegt.« Sie verzog missbilligend den Mund.

Ich erwiderte ihren Blick, wusste aber nicht, was ich zu meiner Verteidigung vorbringen konnte.

Taylor drehte sich zu mir um und zuckte resigniert mit den Schultern. »Herzlich willkommen im Dachsbau.«

19. KAPITEL

»Liege ich mit meiner Vermutung richtig, dass wir uns im Inneren des Berges befinden?«, fragte Liam.

»So ist es«, antwortete Mia.

Hinter einer Edelstahltür verbarg sich ein Fahrstuhl. Ich konnte es nicht fassen. Was genau war dieser Dachsbau eigentlich? Mia wartete, bis wir eingestiegen waren, und gab dann eine Zahlenkombination ein, woraufhin sich der Lift in Bewegung setzte.

»Wir treffen uns später in der Kommandozentrale«, sagte Ray. »Jetzt braucht ihr erst mal eine Dusche, saubere Sachen und etwas zu essen.«

Als der Aufzug stoppte, nickte er Mia auffordernd zu und ließ uns bei ihr zurück.

Da es keine Etagenanzeige gab, konnte ich nicht einschätzen, ob wir nun nach unten oder nach oben fuhren. Leslie hielt meine Hand und schaute sich mit ruckartigen Kopfbewegungen im Lift um. Ihre Nervosität machte die Situation nicht gerade angenehmer.

Wir seufzten gleichzeitig erleichtert auf, als der Fahrstuhl abermals zum Halten kam, die Tür sich öffnete und wir einen großen Raum betraten. Durch den weiß gefliesten Fußboden und die geraden Wände bekam man den Eindruck, man befände sich in einem normalen Gebäude. Der weitläufige Umkleideraum war mit Bänken und Spindschränken zugestellt und es roch nach Seife.

Mia deutete nach links. »Dort sind die Frauenduschen. Legt eure schmutzigen Sachen einfach auf den Boden. Ich besorge euch neue.«

»Die Männerduschen sind da drüben«, sagte Taylor zu Liam und lief voran.

Wir warfen uns noch einen kurzen Blick zu, während Leslie mich bereits in den Nebenraum drängte. Sie verteilte den Gürtel und ihre Klamotten unbedacht auf dem Boden. Ich war noch nicht einmal dazu gekommen, meine Schuhe abzustreifen, da stand sie schon unter der Dusche.

»Eigentlich müsste ich mich dringend von oben bis unten kultivieren«, stellte sie fest. »Da wird ja die Rasierklinge stumpf, wenn ich das nächste Mal dazu komme.«

Ich lächelte und beeilte mich ebenfalls, meine Sachen loszuwerden. Das warme Wasser tat wahnsinnig gut. Eine Weile hielt ich mein Gesicht direkt in den Wasserstrahl und ließ mich berieseln. Erst als Mia zurückkam und uns frische Sachen brachte, griff ich zu Seife und Shampoo, um mich zu waschen.

»Na, in Mode ist dieser Pullover ja nicht gerade«, stellte Leslie fest. Sie hielt ihn zwischen Daumen und Zeigefinger hoch und betrachtete ihn sorgfältig.

»Ihr bekommt eure eigenen Sachen zurück, sobald sie sauber sind«, teilte Mia uns mit, ehe sie ging.

Nachdem ich mich abgetrocknet hatte, schlüpfte ich in eine olivfarbene Militärhose, die mir geschätzte zwei Nummern zu groß war. Der graue Pullover kratzte zwar ein wenig, aber damit konnte ich leben. Von mir aus konnten sie meinen Minirock und das knallbunte Shirt liebend gern behalten.

Notgedrungen kämmte ich meine Haare über Kopf mit den Fingern durch, da ich keinen Kamm und keine Bürste finden konnte.

»Ich bekomme den Knopf nicht zu«, beklagte sich Leslie, die auf den Zehenspitzen stand und sich mit ihrer Hose abmühte.

»Dann lass ihn doch einfach offen«, schlug ich vor. »Der Pullover ist so lang, dass es niemand bemerken wird.«

Leslie hielt nochmals die Luft an und startete einen neuen Versuch. Ich drängte sie zur Eile und machte mich inzwischen auf den Weg nach draußen. Doch noch in der Tür hielt ich abrupt inne, als ich Liam vor einem der Spinde stehen sah. Er trug ebenfalls eine olivfarbene Hose, die ihm im Gegensatz zu seiner Jeans gut passte. Er rubbelte sich mit einem Handtuch das nasse Haar trocken, wobei sich seine Arm- und Rückenmuskeln deutlich abzeichneten.

Mia trat an Liam heran und reichte ihm ein weißes T-Shirt. Ich schluckte. Der Blick, mit dem sie ihn dabei bedachte, war nach meinem Geschmack viel zu intensiv. Flirtete sie etwa mit ihm? Liam war doch eindeutig jünger als sie.

»Alter Falter … Für den brauchst du einen Waffenschein«, flüsterte Leslie hinter mir. Sie trat neben mich und beobachtete Liam fasziniert, bevor sie ihre neue Garderobe nochmals in Augenschein nahm.

»Diese Schuhe sind mir mindestens zwei Nummern zu groß, die Hose ist zu klein und der Pullover ist ein Sack«, stellte sie fest. »So kann ich mich doch nirgends sehen lassen.«

»Na, ihr zwei.« Liam kam zu uns gelaufen. »Ihr riecht ja wieder wie richtige Menschen.« Er zwinkerte Leslie zu und stützte sich lässig mit einem Arm auf meiner Schulter auf.

Ich wusste gerade nicht, wie ich mich ihm gegenüber verhalten sollte, und trat deshalb einen Schritt von ihm zurück.

»Was ist los?« Seine Augen verdunkelten sich. Er kam mir ganz nah und hinderte mich daran, erneut zurückzuweichen, indem er mich sanft an den Oberarmen festhielt.

Ich presste die Lippen aufeinander. Auf keinem Fall würde ich zugeben, dass ich eifersüchtig war.

»Oha, zwischen euch sprühen schon die Funken.« Leslie legte uns beiden eine Hand auf die Schulter. »Ihr zwei solltet endlich zusammen in die Kiste springen. Danach geht es euch bestimmt besser.«

Sie lachte, als wir sie gleichzeitig mit unseren Blicken abstraften.

»Aber vorher könntet ihr mir bitte noch etwas zu essen besorgen, ich bin nämlich am Verhungern.«

»Wir können wohl alle eine Mahlzeit vertragen«, sagte Taylor, der mittlerweile neben Mia stand. Er winkte uns zu sich.

Ich lief schnell zu ihm und betrat vor allen anderen den

Fahrstuhl. Liam beobachtete mich die ganze Zeit aus zusammengekniffenen Augen, bis wir den Lift wieder verließen.

Wir fanden uns in einem hellen Flur wieder, der mich an ein modernes Bürogebäude erinnerte. Der Boden war grau gefliest und die Wände waren aus Glas. Hinter den Scheiben arbeiteten Männer an Schreibtischen. Als wir den langen Gang entlangliefen, sahen sie von ihren Computerbildschirmen auf. Es war klar, dass ihre Aufmerksamkeit allein Liam galt.

Da alle ihre Arbeit niedergelegt hatten und schwiegen, begleitete uns eine bedrückende Stille. Draußen war man viele Nebengeräusche gewohnt und nahm sie gar nicht mehr wahr. Doch hier in diesem Berg vermisste ich sie. Einzig das Hallen unserer Schritte war zu hören.

»Die brauchen hier dringend ein Radio«, flüsterte Leslie, die offenbar genauso empfand. »Man traut sich ja gar nicht aufzutreten.«

Die gläserne Schiebetür am Ende des Ganges öffnete sich automatisch, als wir uns näherten. Wir betraten einen riesigen Raum, der mit allerlei technischen Geräten ausgestattet war. In der Mitte befand sich eine große durchsichtige Projektionswand, auf der gerade eine Art Landkarte mit blinkenden Lichtern zu sehen war. Ein Podest führte um den zentralen Bildschirm herum, auf dem etwa zwanzig Männer unzählige Knöpfe, Schalter und zusätzliche Computer bedienten.

»Das ist doch die Stadtrandvilla meines Großvaters«, stellte ich überrascht fest, als die Anzeige zu einer Satellitenaufnahme des Anwesens wechselte.

»Ich werde nie mehr dorthin zurückkehren«, sagte Taylor. »Nachdem meine Tarnung aufgeflogen ist, wird es uns vermutlich nicht noch mal gelingen, einen Spion bei Campbell einzuschleusen. Er wird zukünftig noch vorsichtiger sein.«

Mir blieb der Mund offen stehen. »Du hast meinen Großvater ausspioniert?«

Ray kam von dem Podest herunter und stellte sich vor Taylor. »Es ist äußerst bedauerlich, dass deine verdeckten Ermittlungen ein so rasches Ende gefunden haben.«

Ich baute mich neben den beiden auf. »Verdeckte Ermittlungen?«

Es wurde ruhig. Alle Anwesenden ließen von ihrer Arbeit ab und sahen mich an. Ich konnte spüren, wie mir die Hitze in den Kopf stieg und mein Herz schneller zu schlagen begann. »Warum?«, flüsterte ich.

Das Klingeln eines Telefons durchbrach die unangenehme Stille.

»Es gibt Neuigkeiten von Dr. Meyers«, sagte ein Mann, der Ray das Telefon reichte.

»Dr. Diane Meyers?«, fragte ich. »Die ehemalige Anästhesistin aus dem General Hospital?«

Der Mann nickte und Ray nahm das Gespräch entgegen.

»Habt ihr die Ärztin gefunden?«, erkundigte er sich. Während er seinem Gesprächspartner zuhörte, zog er die vernarbte Stirn in Falten und gab dem Mann das Telefon schließlich mit einem tiefen Seufzer zurück. »Dr. Diane Meyers gilt nicht länger als vermisst. Sie wurde eliminiert.«

»Wie bitte?« Ich sah ihn mit großen Augen an.

»Wir sind zu spät gekommen«, sagte er.

Taylor verzog bedauernd den Mund. »Das habe ich vermutet. Irgendwann hätte sie mit jemandem über Viviens Behandlung in der Villa gesprochen. Dieses Risiko geht Campbell nicht ein.«

Das konnte nicht sein, ich konnte das unmöglich glauben. Leslie stand neben mir. Da ich zitterte, streichelte sie meine Hand.

»Ihr beschuldigt meinen Großvater der Ärztin etwas angetan zu haben?«

»Er hat sich sicherlich nicht selbst die Hände schmutzig gemacht, aber er hat den Mord in Auftrag gegeben«, erwiderte Taylor.

»Das würde er nicht tun.« Ich schüttelte den Kopf.

Ray trat auf mich zu. Trotz seiner Augenbinde hatte ich wieder mal den Eindruck, als würde er mir direkt in die Augen sehen. »Campbell ist nicht annähernd der Mann, für den du ihn hältst.«

20. Kapitel

Ray drehte sich zu den Männern um, die auf dem Podest standen und die Bildschirme unter Beobachtung hielten. Ob sie auch Lebensträger waren?

»Sind alle in Alarmbereitschaft?«

Sie nickten.

»Sobald ihr an einem der Eingänge auch nur die kleinste Bewegung wahrnehmt, möchte ich umgehend darüber informiert werden«, wies er sie an und wandte sich uns zu. »Folgt mir. Ihr müsst etwas essen und in der Zwischenzeit werde ich euch einige Fragen beantworten.«

Taylor lief an meiner Seite. Ich musterte den Mann, der jahrelang als verdeckter Ermittler bei uns ein und aus gegangen war. Er hatte Großvater und somit auch mich ausspioniert und ich fürchtete mich vor den Gründen, warum er das getan hatte.

Leslie verwickelte ihn in ein Gespräch, während meine Gedanken zu Dr. Meyers schweiften. Ich erinnerte mich vage an das Gespräch mit ihr – sie hatte den Eindruck erweckt,

Großvater würde sie gegen ihren Willen festhalten. Er war ihr gegenüber unfreundlich und bestimmt gewesen, aber das hieß doch noch lange nicht, dass er sie aus dem Weg räumen ließ. Das musste ein großes Missverständnis sein.

Wir bogen vom Flur ab und betraten einen Speisesaal, in dem die langen Tische und Bänke zum Teil schon besetzt waren. Ich war fassungslos. Es waren nicht nur Männer, sondern auch Frauen und Kinder, die hier beisammensaßen.

Liam schien ebenfalls überrascht zu sein. Er legte den Kopf schief und betrachtete ein kleines Mädchen, das auf dem Schoß ihrer Mutter saß. Sie konnte nicht älter als vier Jahre alt sein. Durch ihre langen, blonden Locken wirkte sie wie ein kleiner Engel. Liam zwinkerte ihr zu und sie schenkte ihm ihr strahlendstes Lächeln.

Die Leute verstummten allmählich, als sie uns bemerkten. Ein paar junge Männer erhoben sich und kamen auf uns zu.

»Da ist er ja endlich«, sagte einer von ihnen und hielt Liam die Faust entgegen.

Liam hob irritiert die Augenbrauen, bevor er seine Faust gegen die des Jungen stieß und anschließend auch die anderen vier Männer auf diese Weise begrüßte.

»Das sind Flynn, Jace, Ron, Linus und Jamie«, stellte Ray die jungen Männer vor, während er der Reihe nach auf sie zeigte. »Sie sind ebenfalls Malträger.«

»Schön euch wiederzusehen, Jungs«, sagte Taylor, woraufhin sie sich gegenseitig auf die Schulter klopften.

»Hi, ich bin Leslie.« Meine Freundin drängte sich an Taylor vorbei und schüttelte den Typen die Hand.

»Bei ihr müsst ihr vorsichtig sein. Sie fährt gern ihre pink lackierten Krallen aus«, warnte Taylor die fünf Lebensträger.

Zu meiner Verwunderung verkniff Leslie sich einen schlagfertigen Kommentar. Sie zeigte Taylor nur ein aufgesetztes Lächeln, zog ihren Pullover am Saum in die Breite und vollführte einen grazilen Knicks.

»Und wer bist du?« Der Malträger namens Jamie, dessen dunkle kurze Haare ganz zerzaust waren, trat an mich heran und lächelte freundlich.

»Das ist Vivien«, sagte Leslie, noch bevor ich zum Antworten kam. Sie stellte sich neben mich, musterte Jamie von oben bis unten und drehte eine Haarsträhne um ihren Zeigefinger.

Er hielt seinen Blick jedoch nach wie vor auf mich gerichtet. »Du bist also Campbells Enkeltochter.«

»Setzt euch und esst«, forderte Ray uns auf und lief zu einem Tisch.

Als Liam ihm folgte, ging er so dicht an mir vorbei, dass er mich streifte.

Leslie und ich setzten uns nebeneinander. Liam nahm uns gegenüber Platz und Mia ließ sich unvermittelt neben ihm nieder. So nah, wie sie an ihn heranrückte, konnte sie sich ja gleich auf seinen Schoß setzen. Dass sie dann auch noch ihren Pferdeschwanz löste und sich durch ihre hüftlangen blonden Haare fuhr, setzte dem Ganzen die Krone auf.

Taylor brachte einen großen Topf an den Tisch und begann Erbsensuppe in tiefe Teller zu füllen, von denen sich Leslie den ersten sicherte.

»Mmh … Die Suppe müsst ihr unbedingt probieren«, sagte sie und biss dann in ein Stück Kuchen.

Taylor beobachtete sie mit hochgezogenen Augenbrauen. »Als Beilage für den Kuchen ist die Erbsensuppe bestimmt köstlich«, murmelte er, da sie sich den nächsten Löffel Suppe genehmigte, bevor sie hinuntergeschluckt hatte. Er setzte sich neben sie.

»Ich habe nicht damit gerechnet, dass im Dachsbau Familien leben«, sagte Liam.

»Ausschließlich Männer werden mit dem Mal geboren und besitzen übermenschliche Fähigkeiten«, erwiderte Ray. Er hatte sich mit den anderen Malträgern ebenfalls zu uns an den Tisch gesetzt. »Die Frauen sind für die Bildung und Erziehung der Kinder zuständig und geben unsere Werte weiter.«

»Die Malträger bleiben gesund und leben Jahrhunderte, müssen aber mit ansehen, wie ihre Lieben im Lauf ihres Lebens gegen Krankheiten kämpfen«, erzählte Taylor. »Die wenigsten werden so alt, dass sie letztendlich an Altersschwäche sterben. Deshalb ergründen die Hüter den Ursprung ihrer Fähigkeiten, um zum Wohl ihrer Angehörigen die Forschung weiter voranzubringen. Und davon profitieren dann natürlich alle Menschen.«

»Die Hüter der fünf Leben hatten nur Gutes im Sinn und lebten nach dem uralten Kodex. Er besagt, dass wir unsere Lebenserfahrung und unser Wissen achten müssen«, berichtete Jamie. »Wir waren ehrenhaft und selbstlos. Doch dann kam der Zeitpunkt, als die fünf Jahrhunderte des ältesten Malträgers fast aufgebraucht waren. Er konnte seinen bevorstehenden Tod nicht akzeptieren und kam vom rechten Weg ab.«

Ray nickte. »Er hat eigenständig die Gesetze geändert und eine Hierarchie mit ihm an der Spitze aufgebaut. Die anderen Malträger sind ihm seitdem untergeordnet.«

»Zu welchem Zweck?«, fragte Liam.

Ray stützte sich mit den Unterarmen auf dem Tisch auf und lehnte sich vor. »Nach dem Gesetz des Ältesten darf er von einem untergebenen Malträger eine Lebenslinie einfordern – für sich selbst, um den Erhalt seiner fünf Leben zu sichern, oder für jemanden, den er dazu auserwählt hat.«

»Moment mal«, meldete sich Leslie zu Wort. »Heißt das, dass der Typ dadurch noch älter als fünfhundert Jahre werden kann?«

»Er wird dadurch unsterblich«, antwortete Ray.

Leslie pfiff durch die Zähne. »Und die Malträger geben ihm einfach eines ihrer Leben ab?« Sie kräuselte die Nase. »Also ich würde meine Leben alle selbst behalten wollen.«

»Die Lebensträger werden von klein auf dazu erzogen, welch große Ehre es ist, dem Ältesten in diesem Maße dienen zu dürfen. Die meisten hoffen sogar, dass sie auserwählt werden, da derjenige dann im Ansehen der Gemeinschaft aufsteigt und mehr Befehlsgewalt erhält.«

»Und diejenigen, die hier im Dachsbau leben, leisten dem Ältesten also Widerstand?«, fragte Liam.

Ray nickte. »Ich habe dem Ältesten meinen Gehorsam verweigert und mich mit anderen Lebensträgern, die auf meiner Seite sind, deutlich von ihm distanziert. Wir haben bei weitem andere Moralvorstellungen und können uns mit reinem Gewissen weiterhin als die Hüter der fünf Leben ansehen – die Gemeinschaft des Ältesten hat diese Bezeichnung nicht mehr verdient.«

»Na schön.« Ich räusperte mich. »Und welche Rolle spielt mein Großvater in dem Chaos?«

Ray hob das Kinn. »Campbell dient dem ältesten Malträger.«

»Das ist doch Blödsinn. Mein Großvater ist Staatsanwalt und führt die größte Kanzlei Vancouvers. Er hat nichts mit den Lebensträgern zu tun. Davon hätte ich sonst etwas mitbekommen.«

»Wie denn? Du hast ihn doch nur am Wochenende zu sehen bekommen«, mischte Taylor sich ein. »Ansonsten arbeitete er im Campbell Tower.«

Ich verschränkte die Arme vor der Brust. »Nehmen wir also mal an, er weiß über die Lebensträger Bescheid. Wie kann er dem Ältesten denn dienen?«

»Die Kanzlei deines Großvaters erweckt in der Öffentlichkeit den Eindruck einer normalen Firma«, erklärte Ray. »Doch in Wirklichkeit unterwandert er andere Unternehmen, kontrolliert sie und erpresst Schutzgelder. Er beschäftigt Spezialisten der unterschiedlichsten Art, darunter natürlich auch fähige Anwälte, die in Ordnung bringen, wenn etwas schiefgelaufen ist. Und wenn etwas aufzufliegen droht, dann schickt er seine Auftragskiller.«

Ich senkte den Kopf und starrte auf die Tischplatte. »Das kann nur ein Irrtum sein«, flüsterte ich.

»Campbells illegale Geschäfte sind sehr lukrativ. Durch ihn wurde der Älteste unermesslich reich und gewann zudem gute Kontakte zu Politikern, Behörden und Wirtschaftsvertretern, die in seinem Interesse handeln.«

»Er und seine Untergebenen sind also im Grunde nichts weiter als eine kriminelle Bande, die sich durch Erpressung, Betrug, wenn nicht sogar Mord bereichert?«, brach es aus Liam heraus.

Ray legte die Hände auf den Tisch und ballte sie zur Faust. »Ja. Aber wir, die hier im Dachsbau leben, wollen nichts mit diesen Machenschaften zu tun haben.«

Liam atmete tief durch. »Ihr habt uns hierhergebracht, um uns vor unseren Verfolgern in Sicherheit zu bringen. Wie soll es denn jetzt weitergehen?«

»Vorerst hoffen wir, dass sie den Dachsbau nicht finden«, erwiderte Ray. »Und dann sehen wir weiter.«

Die Anwesenden waren mittlerweile verstummt und lauschten unserem Gespräch. Nur das gelegentliche Glucksen eines Kleinkindes war zu hören.

Liam stand auf und sah sich um. »Seit wann haltet ihr euch hier vor dem Ältesten versteckt?«

Ray zuckte kaum merklich zusammen. Die Halsschlagader an seinem Hals trat hervor und pulsierte. »Seit jenem verhängnisvollen Tag, an dem du geboren wurdest und deine Mutter starb.«

Liam riss die Augen auf.

»Als der Älteste von mir ein Leben forderte, habe ich ihm dies verwehrt. Als Strafe nahm er mir mein Augenlicht und ich wurde offiziell aus der Gesellschaft ausgeschlossen. Doch obwohl er mich verbannt hatte, hielten sie mich ständig unter Beobachtung, aus Angst, ich könnte etwas über unsere Existenz verraten.« Er ließ die breiten Schultern hängen und seufzte. »Der Älteste stand mit Campbell und zwei seiner untergebenen Malträger am Tag deiner Geburt vor unserer Tür und forderte deine Herausgabe. Er wollte kein Risiko eingehen und deine Erziehung selbst in die Hand nehmen, weil er fürchtete, ich könnte dich gegen ihn aufbringen.«

»Ich war damals dabei, als deine Mutter durch die Hand des Ältesten starb«, sagte Jamie.

Wie alt war er eigentlich? Er wirkte nicht viel älter als Liam.

Rays Atmung ging stockend. Die Erinnerung machte ihm nach all den Jahren noch sichtlich schwer zu schaffen. »Wir haben um dich gekämpft, mein Sohn.«

Liam wirkte wie versteinert. Ich wollte zu ihm gehen, doch da es nun gespenstisch still war und ihn alle anstarrten, blieb ich sitzen.

»Ich war schwer verletzt und kann nicht mehr sagen, woher ich die Kraft genommen habe … Aber ab dem Moment, als es mir gelungen war, dich wieder den Händen des Ältesten zu entreißen, bin ich um unser Leben gerannt«, berichtete Ray. Er fuhr sich mit beiden Händen durch das schulterlange braune Haar. »Ich flüchtete in den Wald, doch ich konnte damals noch nicht so gut mit meiner Blindheit umgehen, wie ich es zu dem heutigen Zeitpunkt kann, und mir war bewusst, dass ich dich nicht länger vor dem Ältesten beschützen konnte. Rein zufällig stieß ich dann auf die Waldhütte, hörte die Murrays durchs Fenster reden und ließ dich deshalb schweren Herzens vor der Hütte zurück.

Das Einzige, was ich noch tun konnte, war die Spuren zu verwischen und meine Verfolger auf eine andere Fährte zu führen.« Er ließ den Kopf hängen und schwieg.

Liam war ganz blass. Er drehte sich von seinem Vater weg und wandte uns den Rücken zu.

Ich legte meine Handfläche auf meine Lebenslinie, woraufhin er mich augenblicklich ansah. Ich hielt ganz still, wollte ihm nur zu verstehen geben, dass ich mit ihm fühlte. Als er den Blick wieder abwandte, ließ ich die Hand sinken.

»Hast du auch nur einmal in Erwägung gezogen, mich zu dir zurückzuholen?«, fragte Liam nach langem Schweigen.

»Ich hatte kein Zuhause mehr und durch meine Erblindung war ich jahrelang nicht dazu in der Lage, auf mich selbst aufzupassen. Hätte ich nicht unverhofft Unterstützung durch andere Lebensträger gefunden, hätte der Älteste mich mit großer Wahrscheinlichkeit schon längst aufgespürt.«

»Durch deine Geburt und die daraus erfolgten Konsequenzen erkannten wir, dass der Älteste uns gegeneinander ausspielt«, sagte Jamie. »Rays Schicksal brachte einige von uns zum Umdenken und letztendlich auch dazu, uns auf seine Seite zu schlagen.«

»Was ist jetzt eigentlich mit ihr?«, fragte Mia und deutete mit dem Kinn in meine Richtung. »Campbell hat zu der Spaltung unserer Gesellschaft beigetragen. Und jetzt lasst ihr sie in den Dachsbau, obwohl sie seine Enkelin ist.«

»Vivien hatte bisher keine Ahnung, in was sie da verstrickt ist«, antwortete Taylor.

Mia stand auf. »Dann wäre es interessant zu erfahren, auf welcher Seite sie jetzt steht, nachdem sie es weiß.«

Sofort waren alle Augen auf mich gerichtet. Selbst Liam schaute mich fragend an.

Mir war schlecht. Ich fühlte mich einfach nur leer. Mein bisheriges Leben war eine einzige Lüge. Wenn Großvater tatsächlich ein Krimineller war, dann wollte ich nicht zu ihm zurückkehren. Doch er war neben Wanda auch nach wie vor derjenige, der mich großgezogen hatte.

»Keine Antwort ist wohl Antwort genug«, stieß Mia aus.

Taylor legte mir eine Hand auf die Schulter. »Bevor Vivien eine Entscheidung trifft, sollte sie erfahren, warum ich ihren Großvater lange Zeit ausspioniert habe.«

21. KAPITEL

Wir liefen zum Fahrstuhl. Mia wich nicht von Liams Seite. Bei ihren Flirtversuchen zog sich der Knoten in meinem Magen immer fester zusammen. Deshalb stellte ich mich im Aufzug so weit wie möglich von den beiden weg.

Warum nur hatte Taylor Großvater meinetwegen ausspioniert? Ich verstand es einfach nicht. Immerhin führte ich ja so ziemlich das langweiligste Leben, das man sich vorstellen konnte.

»Du siehst deiner Mutter sehr ähnlich«, sagte Jamie, der direkt neben mir stand. Er strich mir unvermittelt eine Strähne hinters Ohr und ich war von dieser vertraulichen Geste so überrascht, dass ich nicht darauf reagierte. »Selbst deine Haare sind genau wie ihre.«

Ich schluckte. »Du hast meine Mum gekannt?«

Er nickte. »Ich habe sie sehr gemocht.«

»Dann wusste sie also von euch …?«

Die Fahrstuhltür öffnete sich und Jamie verließ als Erster die Kabine. Er antwortete mir etwas, doch ich konnte ihn nicht mehr verstehen, weil Liam sich mir in den Weg stellte. Er hielt mich zurück und sah Jamie mit einem undefinierbaren Ausdruck nach.

Mia bemerkte, dass wir zurückblieben, aber ehe sie reagieren konnte, hatte sich die Tür bereits wieder geschlossen. Liam gab eine Zahlenkombination ein, die er sich vermutlich abgeschaut hatte, und der Lift setzte sich in Bewegung.

»Was hast du vor?«

»Ich muss mit dir reden.«

»Worüber?«

Er atmete tief durch. »Über uns.«

Ich ging in die Hocke, lehnte mich mit dem Rücken gegen die Kabinenwand und stützte meinen Kopf in die Hände. »Ich habe keine Ahnung, wie es jetzt weitergehen soll.«

Liam lehnte sich an die gegenüberliegende Wand und beobachtete mich. »Ich kann nicht mehr nach Jasper und zu meinem alten Leben zurückkehren – aber du kannst es. Im Grunde sind sie nur hinter mir her. Und außerdem ist Campbell dein Großvater. Deshalb wirst du in der Gesellschaft des Ältesten nicht in Gefahr sein.«

Der Fahrstuhl kam zum Stehen und Liam gab erneut eine Zahlenkombination ein.

»Du willst, dass ich gehe?« Ich stand auf und machte einen Schritt auf ihn zu.

»Ich will, dass du in Sicherheit bist.«

Liam streckte seinen Arm aus, fasste mich am Pullover und zog mich zu sich heran. Er nahm mein Kinn zwischen Daumen und Zeigefinger, damit ich ihm in die Augen sah – in einen Strudel aus Blau, Türkis und einem dunklen Grün.

»Ich wünschte, ich könnte dir das alles ersparen. Trotz allem wäre ich sofort bereit dir noch ein weiteres Leben von mir zu geben. Du kannst sie alle haben.«

Für einen kurzen Moment war ich sprachlos. Da ich von seinem Blick ganz weiche Knie bekam, schaute ich stattdessen auf seinen Mund. Die Sicht auf seine sinnlichen Lippen machte es aber auch nicht besser. Ich atmete tief durch, um mich wieder in den Griff zu kriegen. Warum musste er auch so wahnsinnig gut aussehen, dass mein Körper allein schon bei seinem Anblick außer Kontrolle geriet? In meinem Bauch schien ein ganzer Schmetterlingsschwarm unterwegs zu sein und mein Herz raste.

Liam sah mir weiter tief in die Augen, senkte dabei den Kopf und näherte sich quälend langsam meinem Gesicht. Meine Lebenslinie begann zu kribbeln. Ich war mir sicher, dass sie unter dem grauen Pullover leuchtete, genau wie Liams Mal, das ich durch sein weißes Shirt deutlich sehen konnte.

Ich hielt die Luft an, als seine warmen Lippen sich auf meine legten und sie mit einem köstlichen Spiel umwarben. Meine Hände wanderten zu seinem Nacken und vergruben sich in seinem Haar. Wie Magnete wurden wir voneinander angezogen. Liam hielt mich in seinen Armen, und Raum und Zeit – alles verlor seine Bedeutung. Da war nur noch Liam …

Ich biss ihm aus Versehen leicht in die Unterlippe, als der Fahrstuhl anhielt.

Als die Tür sich öffnete, standen wir Taylor gegenüber, der uns mit hochgezogenen Augenbrauen begutachtete. »Was haben diese Fahrstühle nur an sich?«, sagte er schmunzelnd.

Ich löste schnell meine Hände aus Liams Nacken und er trat einen Schritt zurück.

Taylor wandte sich von uns ab. »Kommt, die anderen sind schon vorausgegangen.«

Liam schenkte mir ein zurückhaltendes Lächeln.

Taylor hielt uns eine schwere Tür auf, hinter der wir uns in einer großen Höhle wiederfanden. Flutlichter waren an den rauen Felswänden angebracht und gewährten uns einen Blick auf den reißenden Fluss, der sich einen Weg durch das Berginnere bahnte und sich schließlich ohrenbetäubend laut in einen mächtigen Wasserfall ergoss.

Wir standen auf einer Art Podest, neben dem die Wassermassen etwa fünfzig Meter in die Tiefe stürzten. Dort floss das tosende Wasser weiter und trieb drei große Wasserräder kraftvoll an, ehe der Fluss durch eine Felswand ins Nichts verschwand.

»So gewinnt ihr also euren Strom«, sagte Liam.

Taylor begann, in den Felsen geschlagene Stufen hinabzusteigen, und deutete auf große Maschinen, die direkt neben dem Fluss bei den Wasserrädern standen. »Wir nutzen die Wasserkraft, um die Generatoren anzutreiben. Die wandeln dann mechanische Energie in elektrische Energie um«, erklärte er.

Der Weg nach unten wurde immer steiler. Zudem waren die Stufen ungleichmäßig hoch und uneben. Obwohl ich fror, bildeten sich Schweißperlen auf meiner Stirn. Am liebsten wäre ich einfach umgekehrt, aber ich entdeckte Leslie, die unten mit Ray, Jamie und Mia auf uns wartete.

Mein Rücken war klitschnass, als wir endlich unten ankamen. Hatten meine Hände die ganze Zeit gezittert oder taten sie es nun vor Erleichterung?

Leslie ergriff meine Hand, legte den Kopf in den Nacken und schaute zu dem Podest hinauf, auf dem wir vor einigen Minuten noch gestanden hatten. »Sagt mir bitte, dass wir da nicht wieder hochmüssen«, rief sie über das tosende Wasser hinweg.

»Das ist der einzige Weg zurück«, schrie Taylor.

Ray forderte uns mit einer Handbewegung dazu auf weiterzugehen und führte uns durch eine schmale Felsspalte tiefer ins Berginnere.

Leslie und ich mussten uns schließlich loslassen, da es so eng wurde, dass wir nicht nebeneinanderlaufen konnten. Als wir den Durchgang schließlich hinter uns gebracht hatten, blieb uns vor Staunen der Mund offen stehen. Hier war es taghell, da große Löcher in den Felswänden den blauen Himmel freigaben. Die Sonne schien herein und erfüllte die gigantische Halle mit Leben.

Der Boden war nicht aus grauem Stein, sondern bestand aus einem grünen Teppich aus Moos und Gras. Hier wuchsen Laubbäume, die bis zu der weit oben gelegenen Decke hinaufreichten. Kleine Vögel flogen zwischen den Baumkronen umher und zwitscherten vergnügt. Ich entdeckte ein Gemüsebeet und gleich daneben eine Fläche mit farbenprächtigen Blumen. Eine Siedlung mit weiß gestrichenen Holzhäusern ließ erkennen, dass die Hüter an diesem Ort wohnten. Es war eine richtige kleine Stadt, die sich hier im Berginneren verbarg. Kinder rannten auf einem Spielplatz fröhlich umher, ihre Mütter saßen auf Bänken und unterhielten sich.

»Das ist ja der Wahnsinn«, schwärmte Leslie.

»Willkommen in unserem Zuhause«, sagte Ray. Er wandte sich zur gegenüberliegenden Felswand und streckte den Arm aus.

Ich sah hinüber und entdeckte den Weißkopfseeadler, der auf dem Sims einer der großen Felsöffnungen saß. Er spannte seine Flügel, glitt zu uns herab und landete sicher auf Rays Arm. Seine gelben Fänge waren fast so groß wie Männerhände.

»Bevor es dunkel wird, sollte der Adler sich draußen noch etwas die Umgebung anschauen. Falls er die Malträger sichtet, werde ich sie auch sehen können.« Ray entließ den Raubvogel in die Lüfte, der durch ein Loch der Felswand nach draußen verschwand.

»Sind die Wölfe noch im Wald unterwegs oder inzwischen im Dachsbau angekommen?«, erkundigte sich Mia.

»Die Wölfe?« Leslie sah sie fragend an.

»So nennen wir diejenigen, die für die Bewachung und Verteidigung des Dachsbaus zuständig sind«, erwiderte Ray. »Ich habe alle hierherbeordert, gleich nachdem wir eingetroffen waren.«

»Kann ich dich kurz unter vier Augen sprechen?«, fragte Liam seinen Vater.

»Natürlich.« Ray machte sich mit ihm zu einem der Holzhäuser auf den Weg.

»Du kannst dich schon mal an seine Rückenansicht gewöhnen«, flüsterte Mia, als ich ihm enttäuscht nachsah. Sie blinzelte übertrieben und zeigte mir ein Lächeln, das ihre Augen nicht erreichte.

»Es scheint dich ja ganz schön zu belasten, dass Liam nichts von dir wissen will«, sagte Leslie zu ihr. »Schlag ihn dir aus dem Kopf. Er ist schon vergeben. Und außerdem steht er nicht auf Mädchen mit so dünnen Stelzen.«

»Besser Stelzen als Beine, die aussehen, als wären sie in einen Hagelschlag gekommen«, erwiderte Mia und lief davon.

»So eine arrogante Ziege ist mir noch nicht untergekommen.« Leslie schnaufte auf. »Ich muss das kurz veratmen …« Sie schloss die Augen, holte tief Luft und stieß mich dann an der Schulter an. »Warum lässt du zu, dass sie Liam schöne Augen macht?«

»Ich bin nicht in der Situation, um Ansprüche stellen zu können.«

»Das sehe ich anders. Ihr beide gehört zusammen.« Sie rempelte Taylor, der direkt neben ihr stand. »Sag doch auch mal was dazu.«

Er hob abwehrend die Hände. »Halt mich da raus. Das müssen sie untereinander ausmachen.«

»Komm schon. Du hast selbst gesagt, dass da was zwischen den beiden läuft.«

Ich schaute Taylor mit großen Augen an.

Er fuhr sich durch das dunkle Haar und seufzte. »Damit meinte ich aber nichts Körperliches, sondern eher die Aura, die die beiden umgibt, wenn sie zusammen sind.«

»Machst du jetzt einen auf spirituell?«, fragte sie.

»Du machst mich fertig, Mädchen. Manchmal musst du auch einsehen, dass du keinen Einfluss auf eine Sache hast. Also hör auf dich einzumischen.«

Ich massierte meinen schmerzenden Nacken und kämpfte gegen die Erschöpfung an. Erst jetzt merkte ich, wie müde ich war. Ich schaute zu Mia, die beim Spielplatz stehen blieb und Jamie beobachtete, der mit einem kleinen Kind herumalberte. Da begann meine Lebenslinie plötzlich zu pulsieren.

Ruckartig drehte ich mich zu Rays Haus um, wo Liam auf der Veranda stand und zu mir herübersah. Als sich unsere Blicke trafen, nahm er die Hand von seinem Mal und winkte mich zu sich.

Meine Lebenslinie war wieder erloschen. Aber die Wärme, die für einen kurzen Moment von ihr ausgestrahlt wurde, trug ich noch immer in mir, als ich mich auf den Weg zu ihm machte.

Liam hatte mich zu sich gerufen. Mit niemandem sonst konnte er auf diese Weise Kontakt aufnehmen.

Ich warf einen kurzen Blick in Mias Richtung. Es bereitete mir eine gewisse Genugtuung, dass sie den stummen Dialog zwischen Liam und mir offenbar mitbekommen hatte. An ihrer versteinerten Miene konnte ich ablesen, wie sehr sie sich gerade ärgerte.

Ich verlangsamte meine Schritte, als ich mich Liam näherte. Sein Blick beunruhigte mich. Er wirkte irgendwie traurig.

Kurz bevor ich bei ihm war, lief er zur Tür, um sie mir aufzuhalten. Da er kein Wort sagte, trat ich zögernd ein.

22. KAPITEL

Eine Landkarte sowie zahlreiche Fotos, die gegenüber vom Eingang an einer Pinnwand hingen, fielen mir als Erstes ins Auge, als ich das Haus betrat. Ich hielt inne, weil ich darauf unter anderem die Villa meines Großvaters erkannte. Doch am meisten überraschte mich, dass auch Fotos von mir dabei waren.

Ray saß an einem runden Tisch in der Mitte des Raumes und bedeutete uns ebenfalls Platz zu nehmen.

»Ich verstehe nicht, warum Vivien dabei sein muss«, sagte Liam.

Ich runzelte die Stirn. »Wovon sprichst du?«

»Du wirst es verstehen, wenn wir fertig sind«, entgegnete Ray ihm, ohne auf mich einzugehen. »Und nun konzentriere dich. Wenn wir es zulassen, können wir von überall auf der Welt mit unseresgleichen über Visionen in Verbindung treten.« Er legte die Handflächen auf den Tisch. Es wirkte, als würde er nun in sich ruhen. »Lass mich dir zeigen, was es bedeutet, ein Lebensträger zu sein.«

Kaum hatte er ausgesprochen, zuckte Liam zusammen und berührte seine Schläfen.

»Du musst die Vision zulassen«, redete Ray ruhig auf ihn ein. »Wehr dich nicht dagegen.«

»Und wie soll ich das machen?«, presste Liam zwischen zusammengepressten Zähnen hervor.

»Entspann dich. Löse deine Blockaden und lasse die Bilder zu dir durchdringen. Du musst sie sehen wollen, anstatt dich vor ihnen zu verschließen. Die Visionen sind ein Teil von dir. Akzeptiere, wer du bist.«

Liam atmete tief durch. Ich konnte es auf den ersten Blick kaum erkennen und doch veränderte sich seine Haltung. Seine zu Fäusten geballten Hände öffneten sich und die Sehnen auf seinen Armen traten zurück. Er verharrte nun regungslos.

Ich traute mich nicht, den leisesten Ton von mir zu geben, um die Verbindung der beiden nicht zu unterbrechen. Es war faszinierend, sie dabei zu beobachten, und am liebsten hätte ich jetzt ebenfalls gesehen, was sie sahen.

Ich hatte den Gedanken noch nicht zu Ende gedacht, da spürte ich, wie meine Lebenslinie wieder pulsierte. Und dann sah ich plötzlich nichts mehr, außer helles Licht, das mich blendete.

In meinem Kopf durchfuhren mich abertausend Stiche. Meine Lider zuckten unkontrolliert, als unzählige Bilder wie ein Film vor meinem inneren Auge abliefen. Sie wechselten so schnell, dass ich sie nicht erfassen konnte. Ich wollte wegsehen, wollte sie anhalten, aber ich war nicht dazu im Stande. Sie raubten mir die Sinne. Gleich verlor ich den Verstand. Doch mit einem Mal sah ich alles klar und deutlich vor mir, als würde ich mittendrin in diesem seltsamen Szenario stehen.

Ich erspähte einen dunklen Schatten, der sich an einer Felswand abzeichnete. War es mein eigener? Nein, es war ein Mann. Es war düster, aber ich konnte Wasser erkennen, das an dem Stein hinabrann und auf mich zufloss. Es schien kochend heiß zu sein, da es verdampfte und die Höhle mehr und mehr in einen feuchten Nebel hüllte. Binnen weniger Sekunden konnte ich nichts mehr sehen. Ich spürte die Feuchtigkeit auf meiner Haut. Sie brannte in meinen Augen. Ich taumelte rückwärts.

Der Boden wurde zunehmend weicher, bis meine Füße in einem Teppich aus Moos versanken.

Warum war es hier plötzlich so hell? Da bemerkte ich an der felsigen Wand eine Lichtquelle – ein leuchtendes Symbol.

Je weiter ich mich näherte, umso heller erstrahlte der Kreis, von dessen Mittelpunkt fünf wellenförmige Linien zum äußeren Rand verliefen. Ich verspürte keine Angst, sondern erlag vollkommen seiner Anziehungskraft. Voller Ehrfurcht berührte ich das Symbol, fuhr mit dem Zeigefinger über die funkelnden Linien. Das Licht ging auf meinen Arm über und brachte meinen Körper zum Zittern. Meine Muskeln krampften und eine immer weiter anschwellende Hitze nahm von mir Besitz. Als es wieder dunkel wurde, war das Symbol von der Wand verschwunden, nur das heiße Pochen über meinem Herzen erinnerte an das, was gerade geschehen war. Und dann fiel ich plötzlich in die Schwärze, die sich unter mir auftat und mich wie in einem Sog mit sich riss.

Mein Schrei hallte in meinem Inneren wider. Doch plötzlich waren da starke Arme, die mich beschützend umfingen.

Liams Körper war wärmer als meiner. Ich spürte seinen Atem in meinem Haar. Als wäre er mein Rettungsanker, klammerte ich mich an ihn. Wenn ich gekonnt hätte, wäre ich in ihn hineingekrochen. Meine Anspannung legte sich allmählich und ich lauschte mit geschlossenen Augen seinem Herzschlag.

Die Vision war vorbei, doch ich musste erst die Kontrolle über mich zurückgewinnen und begreifen, was Realität und was Illusion war. Ich bemühte mich um eine gleichmäßige Atmung, bevor ich langsam die Augen öffnete.

Ray stand direkt neben uns, und obwohl er die Augenbinde trug, hatte ich das Gefühl, dass er mich anstarrte – genau wie Liam, nachdem er sich von mir gelöst hatte.

»Geht es wieder?«, flüsterte er.

Ich schüttelte energisch den Kopf. »Es hat sich angefühlt, als wäre ich wirklich dort.«

Er nickte und wandte sich dann an seinen Vater. »Was zum Teufel geht hier vor? Wieso hatte Vivien auch eine Vision?«

Ray rieb sich die Schläfe. »Eigentlich war es nur ein Versuch. Bis gerade eben war ich mir nicht sicher, ob es funktioniert. Doch Vivien hat tatsächlich gesehen, was wir gesehen haben.«

»Wer war das in der Höhle?«, erkundigte ich mich.

»Der älteste Malträger.«

Ich hatte Gänsehaut und rieb mir über die Unterarme. »Erlebt ihr die Visionen immer so … intensiv?«

Liam ließ die Schultern hängen und sah mich an. »Wir werden mehr und mehr zu einer Gefahr für dich.«

»Was? Nein. So schlimm war es nun auch wieder nicht.« Ich verschränkte meine Finger ineinander, um dem unnachgiebigen Drang, ihn zu berühren, widerstehen zu können. Ich hätte mich so gern an ihn geschmiegt und meinen Kopf auf seine Schulter gelegt, aber stattdessen achtete ich darauf, ihm nicht zu nah zu kommen. Er ging eindeutig auf Abstand.

»Hat die übertragene Lebenslinie damit zu tun, dass Vivien unsere Visionen teilen kann?«, fragte er Ray.

Dieser zuckte mit den Schultern. »Sie wird eine Rolle spielen, aber ich vermute, es war nicht das erste Mal, dass Vivien eine Vision hatte.« Er legte den Kopf schief. »Oder?«

Ich war verwirrt. »Wie meinst du das? Natürlich hatte ich noch nie zuvor eine Vision.«

Liam atmete tief durch. »Anscheinend schon«, flüsterte er. »Du wusstest, dass ich nach dem Absturz bei dir war, obwohl du bewusstlos warst ...« Er rieb sich unbehaglich den Nacken.

Ich sah ihn mit großen Augen an. Eine Hitzewelle brandete von innen gegen meinen Brustkorb, als mich die Erkenntnis wie ein Schlag traf. Ich hatte sogar gesehen, wie Liam meine Hand zu seinem Mal geführt hatte – und zu diesem Zeitpunkt hatte er mir die Lebenslinie noch gar nicht übertragen. Als ich mich auch noch an den aufwühlenden Traum erinnerte, in dem ich Liam mit den Glühwürmchen gesehen hatte, bevor ich überhaupt nach Jasper gekommen war, kämpfte ich voller Panik um jeden Atemzug.

»Du wolltest mir erzählen, warum Taylor mich ausspioniert hat«, stieß ich in Rays Richtung aus, wobei die Wörter nur schwer verständlich über meine Lippen kamen. Meine Stimme versagte. »Was weißt du über mich?«, krächzte ich.

Ray erstarrte. Jedoch lag das offensichtlich nicht an meiner Frage, denn er stützte seine Stirn mit der Faust und presste die Zähne zusammen. »Sie haben den Adler abgeschossen«, rief er.

»Was?« Liam trat einen Schritt auf seinen Vater zu. »Woher wissen sie denn, dass er zu dir gehört?«

»Ich habe nun keine Möglichkeit mehr, zu sehen, was draußen vor sich geht.« Ray umklammerte die Stuhllehne, bis das Weiß seiner Knöchel zum Vorschein trat. »Ihnen ist klar, dass wir uns hier irgendwo aufhalten, und sie suchen nach dem Eingang. Falls sie uns nicht finden, werden sie geduldig warten, bis uns die Vorräte ausgehen und wir aus unserem Loch gekrochen kommen.«

Mein Puls raste. Eine Weile herrschte Schweigen.

»Und was machen wir jetzt?«, fragte ich, als ich die Anspannung nicht mehr aushielt.

Liam lief zum Fenster und beobachtete zwei Kinder, die draußen vergnügt spielten. Ihr sorgloses Lachen stand im Widerspruch zu unserer aussichtslosen Lage.

»Ich dachte erst, dieser Ort wäre für euch nur ein Versteck – ein Gefängnis«, sagte er gedankenverloren. »Aber ich habe mich geirrt. Es ist tatsächlich euer Zuhause.«

»Wir möchten an keinem anderen Ort der Welt mehr leben«, erwiderte Ray.

Liam drehte sich zu uns um. »Und jetzt sind die feindlichen Malträger gekommen, weil der Älteste mich will.«

Er kam ganz langsam auf mich zu. Seine Augenfarbe veränderte sich, färbte sich zu dem dunklen Grün, das ich so mochte. Das Strahlen darin zog mich völlig in seinen Bann, ehe ich bemerkte, dass es das Leuchten meiner Narbe war, das sich in seiner Pupille widerspiegelte. Ich spürte wieder die Verbundenheit, die mir den Atem raubte, als unsere Narben immer heller leuchteten.

Liam nahm mir meine Müdigkeit und schenkte mir neue Kraft. Meine Lebenslinie pulsierte und ich spürte all seine Gefühle – ebenso wie er meine. Ich fühlte seine Verzweiflung und erschrak vor seiner Entschlossenheit. Liam war gerade dabei, sich von mir zu verabschieden.

»Was hast du vor?«, fragte ich.

Liam wandte sich an seinen Vater. »Vivien und die Bewohner des Dachsbaus werden erst wieder in Sicherheit sein, wenn ich nicht mehr bei euch bin. Ich muss schnell von hier weg, bevor sie einen Eingang finden, und dann werde ich dafür sorgen, dass sie meine Fährte aufnehmen, um sie von hier fortzulocken.«

»Das ist doch Wahnsinn«, rief ich.

»Und was ist, wenn dein Plan nicht aufgeht – wenn sie dich kriegen?«, fragte Ray.

Liam gab ihm keine Antwort, sondern senkte nur den Kopf.

Ray seufzte. »Ich spüre, dass ich dich nicht umstimmen kann.« Er trat auf Liam zu und zog ihn unvermittelt in eine Umarmung. »Es tut mir leid, mein Sohn.« Seine Stimme brach. »Ich hatte so sehr gehofft dich vor ihrer Verfolgung bewahren zu können.«

Liam gab seine angespannte Haltung nach und nach auf

und erwiderte die Umarmung seines Vaters, bevor er sich an mich wandte.

»Ich muss jetzt gehen«, sagte er und lehnte seine Stirn gegen meine.

»Nein!«

»Solltest du in Gefahr sein, dann berühre die Lebenslinie und ich werde es spüren.«

Heiße Tränen brannten in meinen Augen und ich schüttelte unentwegt den Kopf, als Liam sich langsam vor mir löste.

»Wenn ich ihnen entkomme, werde ich dich wiederfinden«, flüsterte er.

Ich streckte meine Hand nach ihm aus, aber er wich mir aus, nickte seinem Vater zu und verließ schließlich fluchtartig das Haus.

Ich lief zur Tür. Doch Liam war viel zu schnell. Er hatte bereits die gegenüberliegende Felswand erreicht, wo ich ihn gerade noch in einer Felsspalte verschwinden sah.

»Liam …« Mein Ruf hallte an den Felswänden wider, während ich ihm hinterherrannte. Ich ignorierte, dass Taylor, der wie viele andere von dieser Szene mitbekommen hatte, mir lautstark fluchend folgte. Meine ganze Konzentration lag einzig und allein auf der Felsspalte, durch die Liam mich verlassen hatte.

Kaum hatte ich mein Ziel erreicht, quetschte ich mich hinein. Es war so eng, dass ich kurz innehielt und nach Luft schnappte. Wie konnte Liam hier hindurchpassen, wenn ich es kaum schaffte? Je weiter ich mich vorwärtsschob, desto schmaler schien der Durchgang zu werden. Ich hatte das

Gefühl, die Felswände wollten mich erdrücken. Doch ich heftete meinen Blick auf den Lichtschein auf der anderen Seite und kämpfte mich weiter.

»Vivien …«

Taylor hatte noch nicht aufgegeben. Er zwängte sich seitlich durch den Felsgang und bekam mich am Arm zu packen. Ich hatte gerade den Ausgang der Felsspalte erreicht, doch ich konnte nicht nach draußen treten. Ich befand mich in einer Steilwand des Mount Robson. Die Höhe war schwindelerregend und ich schloss die Augen. Wenn ich auch nur noch einen Schritt weiterging, würde ich in die endlose Tiefe stürzen.

»Komm zurück«, flehte Taylor mich an. Seine Hand, mit der er mich am Arm festhielt, zitterte. Oder war es mein Körper, der vor Angst erschauderte?

Ich atmete stoßweise. Mir schlotterten die Knie, aber Taylor schaffte es, mich Stück für Stück zurückzuziehen.

Es kam mir ewig vor, bis wir aus der Felsspalte wieder herausgefunden hatten, und ich war dankbar, dass Leslie schon auf uns wartete und mich gleich in ihre Arme zog. Ich legte meinen Kopf auf ihre Schulter und sie streichelte mir tröstend übers Haar.

»Er kann uns doch nicht einfach zurücklassen«, flüsterte sie Taylor zu.

»So rettet er uns wahrscheinlich das Leben«, erwiderte er.

23. KAPITEL

Seit etwa einer Stunde hatte ich mich nicht vom Fleck gerührt. Noch immer saß ich neben der Felsspalte und wünschte mir, Liam würde zurückkommen. Ich wollte nicht wahrhaben, dass er mich einfach so verlassen hatte.

Leslie war mir nicht von der Seite gewichen und streichelte mir unentwegt über den Rücken.

»Das ist mal wieder typisch Mann«, sagte sie. »Liam kann angriffslustige Hunde zähmen und wittert eine Maus auf zehn Kilometer Entfernung. Aber dass er dir das Herz bricht, wenn er dich einfach so zurücklässt, kapiert er nicht.«

»Er versucht das Richtige zu tun und die Malträger von uns fernzuhalten«, sagte Taylor, der neben uns saß und mich nicht aus den Augen ließ.

»Hey, Taylor«, rief Mia ihm zu. »Kommst du mit in die Kommandozentrale oder willst du weiter babysitten?«

»Was bist du nur für ein Biest?«, ging Leslie sie an. »Dass du dich überhaupt noch selbst leiden kannst …«

»Bleib cool, Mädchen«, erwiderte Mia.

»Ich bin so cool – hinter mir schneit es. Aber du solltest es nicht darauf anlegen, dass ich auftaue.«

»Oh, jetzt nimmst du den Mund aber ganz schön voll. Dabei dachte ich, du hast ihn nur, um deine Backen vollzustopfen.«

Leslie stand abrupt auf und stürmte auf sie zu. »Ich stopf dir gleich deine.«

»Hey, hey …« Taylor ging dazwischen und zog Leslie von Mia zurück. »Reißt euch gefälligst zusammen. Habt ihr gerade keine anderen Probleme?« Er schüttelte missbilligend den Kopf.

»Natürlich haben wir andere Probleme – sehr große sogar«, zischte Mia. »Und sie ist daran schuld.« Sie zeigte mit dem Finger auf mich.

»Schluss jetzt«, schimpfte Ray, als er sich näherte. »Bring die Mädchen in ihre Unterkunft und schlafe auch selbst ein wenig«, wies er Taylor an.

Dieser zog mich umgehend auf die Beine. Wir folgten ihm, wobei Leslie mehr schlurfte als lief. Einen kurzen Moment lang blickte ich mich noch einmal zu der gigantischen Halle um, deren Felsen mit den Bäumen, Gräsern und Blumen zu einer Einheit verwachsen waren. Die Abendsonne, die durch die Felsöffnungen hereinschien, tauchte alles in ein rötliches Licht und zauberte Schattenspiele an die rauen Steinwände. Es war eine ganz eigene Welt.

Wir näherten uns der hohen Felswand, von der die Wassermassen mit enormer Kraft herabstürzten. Vor dem steilen Aufstieg graute mir, doch ich brachte ihn ohne große Probleme hinter mich. Ich kam gar nicht dazu, über die Höhe nachzudenken, da ich mir so große Sorgen machte. Ich konnte nur an Liam denken. Und ich fragte mich wieder und wieder, warum ich offenbar schon vor der Übertragung der Lebenslinie Visionen gehabt hatte. Was stimmte nicht mit mir?

Im Nachhinein konnte ich nicht mehr sagen, wie wir in den Gang und schließlich in den Fahrstuhl gekommen waren. Ich lief komplett neben der Spur, war gar nicht richtig anwesend, sondern funktionierte einfach nur.

»Wenn du nicht bald etwas sagst, verlernst du das Reden«, sagte Leslie, als wir den Fahrstuhl verließen.

Ich bemühte mich um ein verhaltenes Lächeln.

»Sag mir, was in deinem hübschen Kopf vorgeht«, forderte sie mich auf.

»Ich mache mir Sorgen um Liam. Und ich kann einfach nicht glauben, dass Großvater mich all die Jahre getäuscht hat und ich nichts von seinem Doppelleben mitbekommen habe«, brach es aus mir heraus.

Leslie musterte mich. »Glaubst du Taylor und Ray nicht?«

Ich seufzte. »Bisher kannte ich nur das Leben an seiner Seite. Er war streng zu mir – aber kein schlechter Mensch. Ich bin bei ihm groß geworden, war bei ihm zu Hause.«

Leslie runzelte die Stirn. »Verstehe …«

Ich schüttelte den Kopf und kämpfte gegen die Tränen an. »Nein, du verstehst es nicht. Er war dabei, als ich mein erstes Wort gesprochen habe, meine ersten Schritte gelaufen bin. Er hat mir das Gefühl gegeben, ihm wichtig zu sein, deshalb konnte ich ihm auch seinen Kontrollzwang verzeihen. Er gehört zu meiner Familie – zumindest der Mann, für den ich ihn gehalten habe.«

Leslie kaute nachdenklich auf ihrer Oberlippe. Offenbar wusste sie nicht, was sie dazu sagen sollte, doch das war auch gar nicht nötig. Sie war für mich da, legte mir den Arm um die Schultern und zog mich an sich.

Taylor war die ganze Zeit vor uns hergelaufen, doch nun blieb er stehen und drehte sich zu uns um. »Das kann nicht dein Ernst sein. Sind dir seine Machenschaften denn völlig egal?«

Ich schluckte den Kloß in meinem Hals hinunter. »Beantworte mir bitte eine Frage«, erwiderte ich. »Du hast zwei Jahre für meinen Großvater gearbeitet – du hast ihn mit mir zusammen erlebt.« Ich stockte. »Glaubst du, dass ich ihm auch nur ein klein wenig bedeute?«

Taylor blickte mich aus zusammengekniffenen Augen an. Er fragte sich wohl, worauf ich hinauswollte, nickte dann aber schließlich. »Ich glaube, du bist die Einzige, für die dieser Mann etwas empfindet.«

Ich hatte die Luft angehalten und atmete nun hörbar aus. »Das denke ich auch. Und deshalb muss ich mit ihm sprechen.«

»Was soll das bringen?« Taylor sah mich an, als hätte ich den Verstand verloren.

»Wenn ich wieder bei ihm bin und ihn darum bitte, mit dem Ältesten zu reden, damit sie Liam in Ruhe lassen, dann …«

»Vivien …« Taylor schüttelte den Kopf. »Selbst wenn Campbell deiner Bitte nachkommen würde, so tut er das nicht, ohne eine Gegenleistung von dir zu erwarten. Er wird dich auf Lebenszeit an sich knebeln.«

Ich straffte die Schultern. »Du hast uns ausspioniert und bist bei uns zu Hause ein und aus gegangen. Du hättest mich schon viel eher dort rausholen können. Aber du hast es nicht getan, denn du hast gesehen, wie er sich um mich kümmert – du hast ihn mit mir zusammen erlebt.«

Er setzte zu einer Antwort an, doch ich ließ ihn nicht zu Wort kommen.

»Ich bin ihm schon immer nah gewesen. Falls jemand dazu in der Lage ist, ihn zur Vernunft zu bringen, dann ich. Und falls ich es schaffe, wird er den Ältesten vielleicht überreden sich von Liam, Ray und den anderen Lebensträgern im Dachsbau fernzuhalten. Lass es mich versuchen.«

Taylor drehte sich um und lief weiter. »Dieses Gespräch ist beendet.«

Leslie drückte meine Hand und zog mich weiter. Ihre hängenden Schultern und die tiefen Schatten unter ihren Augen machten deutlich, wie müde sie war – ebenso wie Taylor. Die Strapazen der letzten Tage zehrten an ihren Kräften. Ich für meinen Teil hatte dank Liam wieder einigermaßen Energie zurückgewonnen, als meine Lebenslinie im Einklang mit seinem Mal bei unserem Abschied geleuchtet hatte.

»Ich brauche deine Hilfe«, flüsterte ich Leslie zu. »Könntest du Taylor eine Weile ablenken?«

Sie machte große Augen. »Was? Wieso?«

»Ich muss nach Vancouver zurückkehren und mit Großvater sprechen. Vielleicht liegt genau darin meine Chance, den Streit zwischen den Lebensträgern zu schlichten und die zwei Lager miteinander zu versöhnen.«

»Wie willst du das denn schaffen? Du weißt doch gar

nicht, wie du hier rauskommst, und in der Wildnis findest du dich auch nicht zurecht.«

»Ich werde es schaffen – weil ich es muss. Bitte Leslie, glaube an mich. Ich tue das Richtige.«

Taylor entging nicht, dass wir hinter seinem Rücken tuschelten. Er drehte sich kurz zu uns um, bevor er in einen weiteren Gang einbog und auf eine Tür zusteuerte.

Leslie sah mich stirnrunzelnd an. »Ich finde deinen Plan alles andere als gut. Aber ich werde dir trotzdem helfen und hoffe, dass ich damit keinen Riesenfehler begehe.«

Ich blieb stehen und zog sie in meine Arme. »Du bist ein Schatz, weißt du das eigentlich?« Ich gab ihr einen Kuss auf die Wange.

Sie schmunzelte. »Ich habe schon eine Idee, wie ich ihn ablenke.«

»Hey. Wo bleibt ihr denn?« Taylor öffnete die Tür und sah zu uns zurück.

Leslie lächelte ihn übertrieben an und lief auf ihn zu. »Habe ich dir eigentlich schon gesagt, dass du mir manchmal ganz schön auf die Nerven gehst?« Sie drängte sich an ihm vorbei und baute sich im Türrahmen theatralisch vor ihm auf.

»Geh aus dem Weg, Leslie«, fuhr er sie ungeduldig an.

»Entschuldige bitte, aber ich verschönere hier nur den Raum«, erwiderte sie zuckersüß, schmiss sich ihm an den Hals und küsste ihn direkt auf den Mund.

Ich war vermutlich genauso überrascht wie Taylor, zögerte aber keinen Moment länger, drehte mich hastig um und rannte los.

Bis zum Fahrstuhl konnte ich ohne Schwierigkeiten zurückfinden. Dort eilte ich ins Treppenhaus und stürmte die Stufen hinauf. Taylor würde mir bestimmt bald folgen oder jemanden über meine Flucht informieren. Wenn ich es jetzt nicht schaffte, dann hatte ich meine Chance verspielt.

Mein Gesicht glühte vor Hitze. Wie viele Stockwerke hatte dieser Dachsbau eigentlich? Die Stufen schienen kein Ende zu nehmen. Als ich weit unter mir eine Tür knallen hörte, hielt ich inne und lauschte.

»Vivien …«

Mist, Taylor war schon hinter mir her. Mein Rücken war klitschnass geschwitzt und mein Mund staubtrocken.

Ich mahnte mich zum Weiterlaufen, bis das Treppenhaus endete. Über die Schritte hinter mir war ich mir bewusst, aber die musste ich nun ignorieren. Vorsichtig öffnete ich einen Spaltbreit die Tür, hielt Ausschau, ob die Luft rein war, und betrat dann einen Höhlengang. Der Tunnel verlief nur in eine Richtung und mir blieb nichts weiter übrig, als ihm zu folgen.

Nach der nächsten Biegung rannte ich auf eine Felswand zu. Doch ich entdeckte einen Hebel, der im Stein integriert war. Abrupt kam ich zum Stehen und legte gerade meine Hand um den Hebel, als mir ein penetranter Geruch in die Nase stieg.

In der Ecke lagen mehrere solcher Gürtel, wie wir sie schon auf dem Weg zum Dachsbau getragen hatten. Sie stanken widerlich, aber ich zögerte dennoch nicht, mir einen davon umzuschnallen.

Wieder hörte ich eine Tür knallen. Die Schritte näherten sich schnell. Ich starrte kurz in die Überwachungskamera und betätigte dann den Hebel, woraufhin sich die verborgene Tür entriegelte. Ein lautes, immer wiederkehrendes Hupen ertönte und das Blinken einer roten Warnlampe tauchte den Tunnel in ein unruhiges Licht.

Als der Ausgang gerade so weit offen war, dass ich durch den Spalt passte, zwängte ich mich hastig hindurch. Genau wie bei dem Eingang, durch den wir gestern in den Dachsbau eingetreten waren, führte eine steinerne Treppe zu einer Luke hinauf. Kaum hatte ich den Fluchtweg ausfindig gemacht, rannte ich los.

Die Kälte war das Erste, was ich wahrnahm, als ich die Luke öffnete und in die Wildnis hinaustrat. Der Wind wehte mir unbarmherzig entgegen und ließ mich frösteln. Die Nacht war inzwischen herangebrochen.

Vor mir ragte eine Anhöhe auf. Ich durfte keine Zeit verlieren und machte mich an den Aufstieg, denn zuerst musste ich mich orientieren, wo ich ungefähr war.

Tatsächlich konnte ich bald den nächtlichen Wald überblicken und erkannte vage den Fluss, dem wir auf dem Weg hierher gefolgt waren. Wenn ich mich vorerst an ihm orientierte, konnte ich nichts falsch machen.

Ich rannte den Abhang hinunter, kam auf einem Kiesbett ins Rutschen und stürzte. Zum Glück bremste mich ein Strauch aus, doch ich trug Schürfwunden und Kratzer an meinen Händen und Armen davon.

Das ging ja gut los. War Taylor noch hinter mir her? Mühsam befreite ich mich aus den Ästen, in denen sich meine Beine verfangen hatten. Wie spät es wohl war? Bis es hell wurde, musste ich auf jeden Fall eine große Strecke hinter mich bringen. Die Stadt konnte ich zwar nicht an einem Tag erreichen, doch zumindest war ich dann vom Dachsbau ausreichend weit entfernt.

Meine Ausdauer ließ allerdings jetzt schon zu wünschen übrig. Ich musste ganz genau aufpassen, wo ich hintrat, um nicht ungewollt an einer Wurzel hängenzubleiben. Es sah bestimmt komisch aus, wie ich mich halb laufend, halb springend durch den Wald bewegte.

Der schwache Mond spendete mir kaum Licht. Zu meiner eigenen Überraschung empfand ich das jedoch nicht als beängstigend. Ich war vollgepumpt mit Adrenalin.

Das Laufen war anstrengend. Ich machte kurz halt und stützte mich mit den Händen auf die Knie, um zu verschnaufen. Wachsam sah ich mich nach allen Seiten um und hielt kurz die Luft an, um lauschen zu können. Doch außer einem allgegenwärtigen Zirpen war nichts zu hören.

Der Gürtel stank fürchterlich, aber falls die feindlichen Malträger doch noch in der Nähe waren, dann würde er verhindern, dass sie mich witterten. Ich war nicht scharf darauf, einem von ihnen zu begegnen. Ich wollte einfach nur zu Großvater.

Der Boden veränderte sich. Statt weichem Moos und Gras knirschte nun Kies unter meinen Schuhsohlen und ich deutete das als Zeichen, dass der Fluss nicht mehr weit war.

Bald hörte ich das Rauschen des Wassers und spürte sofort, wie durstig ich war. Ich hielt mich am Waldrand verborgen und versuchte mich in der Dunkelheit, so gut es ging, zu orientieren. Der Fluss schimmerte wie poliertes Silber.

Als ich keinerlei Bewegung ausmachen konnte, schlich ich zum Ufer. Ich kniete mich auf die Steine, schöpfte die Hände voll Wasser und trank. Eiskalt floss es meine Kehle hinunter.

Jetzt musste ich eine Stelle finden, an der ich den Fluss überqueren konnte. Hektisch suchte ich am Waldrand nach einem starken, langen Ast, mit dem ich die Wassertiefe überprüfen konnte. Nachdem ich einen brauchbaren gefunden hatte, rannte ich zurück ans Ufer und zuckte zusammen, als plötzlich ein Wolfsheulen zu hören war.

Ich drehte mich um meine eigene Achse und lauschte. Anscheinend hatte Taylor Verstärkung angefordert. Aus dem einzelnen Ruf wurde ein ganzer Chor. Die Hüter waren schon in der Nähe.

Mir blieb keine andere Wahl. Ich musste den Fluss hier und jetzt überqueren. Ich stocherte vor mir den Grund ab und machte den ersten Schritt, wobei mir das kalte Wasser einen Moment lang den Atem raubte. Falls ich nicht den Halt verlor und ertrank, starb ich wahrscheinlich an Unterkühlung, ehe ich auf der anderen Uferseite ankam.

Das Wolfsheulen wurde immer lauter. Jetzt nur nicht die Nerven verlieren, einfach vorsichtig weitergehen. Erst wenn ich mit einem Fuß festen Halt fand, zog ich den anderen nach. Doch dann erstarrte ich mitten in der Bewegung.

Statt dem Heulen vernahm ich ein bedrohliches Knurren. Keine Männer standen wenige Meter entfernt vor mir, sondern vier Wölfe, deren gefletschte weiße Zähne mir eindeutig mehr ins Auge stachen als ihr graues Fell.

Ich spürte, wie sich meine Haare im Nacken aufstellten. Suchten Wildtiere bei der Begegnung mit einem Menschen nicht eher das Weite? Warum waren sie so aggressiv? Ich klatschte in die Hände und schrie sie panisch an, doch sie ließen sich nicht vertreiben. Vielleicht konnten sie den Wolf nicht leiden, mit dessen Urin mein Gürtel präpariert war?

Hastig nestelte ich an der Gürtelschnalle herum. Meine tauben Fingerspitzen machten es mir schwer, den Gürtel loszuwerden, doch als ich es endlich geschafft hatte, schmiss ich ihn im hohen Bogen weg.

Die Wölfe rührten sich nicht von der Stelle. Ich konnte die andere Flussseite jedoch unmöglich erreichen – der Stock versank immer weiter. Beim nächsten Schritt reichte mir das Wasser bereits weit übers Knie und ich konnte mich bei der starken Strömung kaum noch auf den Beinen halten. Mein ganzer Körper schmerzte bereits vor Kälte.

Ich klatschte wieder in die Hände und schrie die Wölfe weiter an. Als einer von ihnen noch näher kam, wich ich instinktiv zurück und geriet durch die starke Strömung ins Schwanken. Ich verlor den Halt unter den Füßen und glaubte schon von dem Fluss mitgerissen zu werden. Doch plötzlich waren da starke Arme, die verhinderten, dass ich untertauchte. Finger legten sich um meinen Hals, nahmen mir die Luft und ich schlug mit letzter Kraft um mich. Ich bekam noch mit, dass die Wölfe flüchteten und ich aus dem Wasser getragen wurde. Doch ich schaffte es nicht, meine Augen offen zu halten. Unaufhaltsam hüllte mich die Dunkelheit ein und ich glitt der Realität davon.

24. KAPITEL

Lichtpunkte flackerten vor meinem inneren Auge, fanden sich zu einem farbigen Strudel zusammen und zogen mich schließlich in ihn hinein. Blau, Türkis, Grün … Liam hielt mich in seinem Blick gefangen und ich streckte die Hand nach ihm aus. Ich wollte ihn berühren, doch eine unsichtbare Wand schien uns voneinander zu trennen. Sosehr ich mich auch bemühte, es gelang mir nicht, zu ihm durchzudringen. Seine Lippen bewegten sich, er sprach zu mir. Doch ich konnte ihn nicht verstehen. Nebel kam auf und nahm mir immer mehr die Sicht. Ich rief seinen Namen, rannte und rannte … Aber ich hatte ihn verloren.

»Liam!« Mein eigener Schrei hallte mir in den Ohren.

Der Boden unter mir fühlte sich weich und bequem an. Es war still, nur das Ticken einer Uhr war leise zu hören. Ich öffnete die Augen und setzte mich abrupt auf. Wo war ich?

Es war taghell. Das riesige Zimmer war mir unbekannt. Mit seinen glänzend polierten Möbeln, dem schweren Teppich und dem wandeinnehmenden Gemälde war es sehr schick eingerichtet, und der Blick auf die große Fensterfront, durch die sich die Skyline Vancouvers abzeichnete, war beeindruckend.

Das konnte nur das Penthouse meines Großvaters sein. Ohne Zweifel befand ich mich im Campbell Tower.

Laut dem Wecker, der auf dem Nachttisch stand, war es kurz nach vier Uhr nachmittags. Noch immer trug ich die Militärkleidung, nur die Schuhe hatte man mir ausgezogen. Ich musste sehr tief geschlafen haben, denn ich hatte keine Ahnung, wie ich hierhergekommen war.

Einen kurzen Moment lauschte ich, ob aus den Nebenzimmern etwas zu hören war. Als ich jedoch keine Geräusche wahrnahm, stand ich auf und lief auf Zehenspitzen zu einer Tür. Vorsichtig drückte ich die Klinke nach unten und spähte durch einen Spalt in den Raum hinein.

Es war nur das Badezimmer, aber wenn ich schon mal hier war, dann konnte ich es auch benutzen. Da ich wie ein Wolf stank, sehnte ich mich nach einer Dusche.

Die Fliesen waren verspiegelt, was sehr irritierend war, wenn man gerade auf dem Klo saß. Auf dem Waschbecken stand mein Kulturbeutel mit meinen Sachen: Gesichtscreme, Wimperntusche und eine neue Zahnbürste. Großvater musste sie bei Dad mitgenommen haben. War mein Koffer hier auch irgendwo?

Schnell duschte ich und putzte mir die Zähne, dann kehrte ich in das Schlafzimmer zurück. Ich schaute in den großen Kleiderschrank, doch der war vollkommen leer. Komisch … Vielleicht war das nur ein Gästezimmer und nicht Großvaters Schlafzimmer.

Ich wollte noch mal ins Bad gehen, als mir die übereinandergestapelten großen Koffer in der Ecke auffielen. Wollte Großvater umziehen? Mein Koffer, den ich mit nach Jasper genommen hatte, war tatsächlich auch dabei. Ich öffnete ihn und griff nach meiner ausgewaschenen zerrissenen Jeans und dem einfarbigen grauen T-Shirt. Am meisten freute ich mich allerdings über den BH.

Als ich den Träger überstreifte, strich ich versehentlich über die wellenförmige Narbe. Ich vermisste Liam. Hoffentlich war er in Sicherheit.

Ich zog das T-Shirt an und spürte plötzlich eine wohlige Wärme am ganzen Körper. Die Narbe pulsierte und begann zu glühen. Es fühlte sich an, als würde ich die Lebenslinie mit dem Finger nachziehen, doch ich berührte sie nicht. Ich fühlte mich geborgen, fühlte mich wie ein Teil von einem Ganzen. Ein Teil von Liam …

Auf einmal strömte all die Wärme aus meinem Körper in meinen Kopf. Grelles Licht blendete mich. Ich stützte mich am Bettpfosten ab und schloss die Augen, aber ich konnte dem Licht nicht entkommen. Es war in mir und formte sich zu Bildern, die wie ein Film vor mir abliefen.

Liam trat durch ein großes Eingangstor, das mir vertraut war. Er rannte und ließ die Allee schnell hinter sich. Die Stadtrandvilla tauchte vor ihm auf, die Garagentore waren geschlossen.

Liam sah sich um. Er war nicht allein. Sein Vater, Taylor, Jamie und andere Hüter waren bei ihm. Sie stürmten das Haus, das zu ihrer Überraschung vollkommen leer war. Nur wenige Möbel waren noch vorhanden und diese waren mit Laken verdeckt.

Liam sprintete die weißen Marmortreppen hinauf, sah in jedes Zimmer. Selbst das Arbeitszimmer meines Großvaters war unver-

schlossen und leer. Liam fiel auf die Knie. Doch dann riss er sich wieder zusammen, stand auf und lief in mein Badezimmer im obersten Stockwerk. Er trat vor das Waschbecken und schaute in den Spiegel.

»Wo … bist … du?« Immer und immer wieder formten seine Lippen diese Worte.

Ein Geräusch ließ mich zusammenschrecken. Jemand platzte ins Zimmer und ich riss die Augen auf. Allerdings brauchte ich einen Moment, bis ich Großvater erkannte. Liams Spiegelbild verblasste, während die große Fensterfront mit Blick auf die Skyline Vancouvers wieder Gestalt annahm.

Ich war außer Atem. Die Wärme schwand aus meinem Körper und ich begann augenblicklich zu frösteln. Ich fühlte mich erschöpft und entzweigerissen. Jedes Mal, wenn Liam mir in Gedanken so nah war, empfand ich danach einen großen Verlust.

Als wäre ich ein scheues Reh, kam Großvater ganz langsam auf mich zu. »Hallo, Vivien.« Er lächelte zurückhaltend. »Ich habe mir Sorgen um dich gemacht.«

Er zog mich direkt in seine Arme, schien tatsächlich über unser Wiedersehen erleichtert zu sein. War ich es auch? Es fühlte sich seltsam an, ihm nun gegenüberzustehen – jetzt, da ich von seiner zweiten Identität wusste.

»Hattest du gerade zu Liam Kontakt?«, stellte er die völlig falsche Frage.

Ich machte mich augenblicklich von ihm los.

»Es ist faszinierend, dass er durch die Lebensübertragung nun auf diese Weise mit dir in Verbindung treten kann.« Er legte den Kopf schief. »Hast du noch andere Fähigkeiten von ihm?«

»Ist das alles, was dich interessiert, nachdem ich freiwillig zu dir zurückgekommen bin?«

»Freiwillig?« Er verschränkte die Arme vor der Brust und bedachte mich mit einem anklagenden Blick. »Carter hat dich gefunden und hierhergebracht.«

»War das ein Malträger?«

Großvater lachte höhnisch auf. »Du hast ja keine Ahnung, Vivien.«

Ich straffte die Schultern. »Vielleicht habe ich inzwischen von mehr eine Ahnung, als du glaubst.«

Er wurde ernst. »Ray Lannister ist ein Verräter. Ich kann mir gut vorstellen, dass er dir seine Märchengeschichten aufgetischt hat.«

Ich hob das Kinn. »Dann bin ich gespannt, welche Geschichte du mir zu erzählen hast.

Großvater kniff die Augen zusammen. »Ich weiß ja nicht einmal, was genau Lannister dir erzählt hat.«

»Gut, dann lass uns am besten von vorn beginnen.« Ich breitete die Arme aus. »Bisher war ich noch nie bei dir im Campbell Tower. Warum führst du mich nicht einmal herum und stellst mich einigen deiner Anwälte vor?« Ich schnaufte. »Das ist doch eine Kanzlei, oder?«

Er atmete tief durch. »Offiziell ist sie das.«

»Und inoffiziell?«

Großvater lief zum Bett und setzte sich. »Der Tower ist das Hauptquartier der Malträger«, antwortete er schließlich.

»Dann gehörst du also wirklich der Gesellschaft des Ältesten an?«, flüsterte ich.

Er nickte. »Genau wie du.«

»Ich?« Meine Stimme klang schrill. »Wie kann man etwas angehören, von dem man nichts weiß?« Ich setzte mich neben ihn. »Ray sagte, den Kindern werden von klein auf eure Werte vermittelt, um sie in die hierarchische Gemeinschaft des Ältesten zu integrieren. Du hingegen hast mir das alles verschwiegen mich angelogen.«

»Ich habe dich nicht belogen, ich habe dir nur ein paar Dinge nicht erzählt.«

»Wo ist denn da der Unterschied?«, brach es ungehalten aus mir heraus.

Er rieb sich über seine unrasierten Wangen, die völlig untypisch für ihn waren. Normalerweise achtete er akribisch auf sein tadelloses Erscheinungsbild.

»Du warst kein normales Kind.« Er stand auf und begann im Raum auf und ab zu gehen. »Wir mussten einfach vorsichtig bei dir sein.«

Jetzt verstand ich gar nichts mehr. »Wie meinst du das?«

Ich stand ebenfalls auf und ging zu ihm. »Was stimmt nicht mit mir? Warum hast du mir das alles verheimlicht?«

Er fasste mich an den Schultern und sah mich eindringlich an. »Es ist eher so, dass wir dich vor den anderen verheimlicht haben.«

Ich hob die Augenbrauen. »Wieso das denn?«

Großvater strich mir eine Haarsträhne hinters Ohr. »Niemand darf von dir erfahren, bis wir uns selbst darüber im Klaren sind, welche Fähigkeiten du besitzt.«

»Du bist etwas Besonderes, Vivien …«, flüsterte mir plötzlich jemand ins Ohr, der sich mir unbemerkt so dicht genähert hatte, dass sein warmer Atem meinen Hals streifte.

Ich spürte, wie sich erneut die Härchen in meinem Nacken aufstellten. Mit aufgerissenen Augen sah ich meinen Großvater an. Bis eben hatte ich geglaubt, mit ihm allein zu sein.

Mein Atem ging beunruhigend laut, als ich mich langsam umdrehte. Die Luft fühlte sich mit einem Mal feucht an.

Der Mann wich keinen Schritt zurück, so dass ich ihn bei meiner Bewegung streifte. Er stand kerzengerade und felsenfest wie eine Statue. Nur sein pumpender Oberkörper hob und senkte sich und erweckte fast den Anschein, als wäre er aufgeregt.

Sein Haar war für einen Mann ungewöhnlich lang, es reichte ihm bis zum Gürtel. Er betrachtete mich von oben bis unten, als wäre ich ein Gemälde, wobei seine Augenfarbe von einem hellen zu einem dunklen Grün wechselte.

»Nun ist also der Zeitpunkt gekommen, an dem wir uns kennenlernen«, sagte er und streckte mir die Hand entgegen. Doch ich starrte sie nur an.

»Vivien …« Großvater trat neben mich. »Es ist eine große Ehre für dich, Carter Thompson persönlich begegnen zu dürfen.«

Ich schluckte. »Ach ja?«

Großvater legte mir die Hand auf den Rücken und drängte mich wieder näher an den Mann heran. »Er ist der Urahn aller Lebensträger und der Regent unserer Gesellschaft.«

Er legte meine Hand in die des Ältesten, woraufhin meine Lebenslinie sofort zu brennen und leuchten begann.

Ich entzog ihm meine Hand und taumelte zurück.

»Sie trägt wahrhaftig die Lebenskraft des Lichtes in sich«, sagte er an Großvater gewandt. »Doch kann sie es auch mit einem Malträger aufnehmen?«

»Das kann ich nicht mit Bestimmtheit sagen«, entgegnete Großvater.

»Dann sollten wir es herausfinden …«

25. KAPITEL

Großvater packte mich am Handgelenk und führte mich in einen Nebenraum, wo er mich am Ende eines langen Glastisches auf einem Stuhl platzierte.

Der älteste Malträger folgte uns. Er verschränkte die Arme hinter dem Körper, stellte sich vor die große Fensterfront und betrachtete die Skyline Vancouvers.

Ich beobachtete ihn schweigend, bis er sich schließlich zu uns umdrehte und langsam in die Mitte des Raumes schritt. Er bückte sich, löste eine Kette von seinem Hals und führte den daran befestigten Schlüssel in eine dafür vorgesehene Öffnung einer vergoldeten Sonne, die kunstvoll in dem marmorierten Boden eingefasst war. Dann hielt er inne.

Großvater lief zum Fenster und betätigte einen Schalter, um die Außenjalousie herunterzufahren. Der Raum wurde zunehmend dunkler, als Thompson den Schlüssel umdrehte, ein dumpfes Geräusch ertönte und ein Sockel aus dem Boden emporstieg, auf dem sich eine gläserne Vitrine befand.

Ich kniff die Augen zusammen, um zu erkennen, was sich

darin befand. Inzwischen war der Raum komplett abgedunkelt, nur ein schwaches phosphoreszierendes Licht drang direkt aus dem gläsernen Behälter.

Großvater zog mich vom Stuhl hoch und führte mich hinüber, während Thompson mich nicht aus den Augen ließ. Er rieb sich die Hände, als ich neben ihn trat und einen Blick auf den etwa fußballgroßen Stein im Inneren des Glaskastens warf.

Der graue Stein war mit Moos bedeckt, das sich auch stellenweise auf der Innenseite des Glasbehälters ausgebreitet hatte. Doch da war noch etwas anderes … In der Mitte des Felsstücks befand sich ein faustgroßer Salzkristall. Er war mit einer Art Flechte bedeckt, die in der Form des Lebensträger-Symbols gewachsen war.

»Es war im Jahr 1498. Ich war gerade zwanzig Jahre alt, als ich mit anderen Männern, nicht weit entfernt von unserem Dorf, in einer unterirdischen Höhle nach Salzkristallen suchte.« Er lief um den Sockel herum und strich dabei sanft über das Glas, woraufhin das spärliche Licht der Flechte zu flackern begann. »Es kam zu einem Unglück, bei dem uns der Boden unter den Füßen wegbrach und wir in eine noch tiefer gelegene Höhle stürzten. Die meisten von uns kamen dabei zu Tode, die anderen waren stundenlang in der Finsternis gefangen. Nur diese außergewöhnliche Lebensform spendete uns Licht.«

Ich musste an die Vision denken, die Ray und Liam mit mir geteilt hatten. Ich war mit Thompson in dieser Höhle gewesen. Ich hatte das Licht gesehen …

»Faszinierend …«, flüsterte ich.

Das Mal des Ältesten leuchtete inzwischen lichterloh durch den Stoff seines Jacketts.

»Als man uns gerettet hat, waren wir alle sterbenskrank. Krämpfe und Fieber nahmen uns schon bald jeglichen Lebensmut. Aber an dem Abend, an dem meine Freunde ihren Qualen erlagen, erholte ich mich plötzlich. Es ging mir von Tag zu Tag besser und ich fühlte mich bald stärker als jemals zuvor in meinem Leben.«

Er nahm das schwarze Tuch, das Großvater ihm reichte, entgegen und verhüllte damit die gläserne Vitrine. »Sie vertrieben mich nach meiner Genesung aus dem Dorf, weil sie glaubten, ich stände mit dem Teufel in Verbindung.« Er lief zum Fenster und ließ wieder Tageslicht herein. »Ich habe als Einziger überlebt und trage das Symbol seither als Mal auf meiner Brust. Meine männlichen Nachfahren kommen jedoch direkt mit dem Lebensmal auf die Welt.«

Ich starrte auf das schwarze Laken.

»Die Lebensträger sind den normalen Menschen in Körper, Geist und Seele überlegen«, sagte Großvater. »Sie sind immun gegen jegliche Krankheiten und können viele Jahrhunderte jung geblieben überdauern.«

Ich verschränkte die Arme vor der Brust. »Ja, es sei denn, ihr selbst ernannter Regent nötigt sie dazu, ihm seine Leben auszuhändigen.«

»Vorsicht, Vivien. Dein Tonfall gefällt mir nicht.« Thompson verzog verächtlich den Mund. Seine Haltung veränderte sich. Nun wirkte er noch größer und richtig einschüchternd. »Es ist mein Anrecht. Ich bin der Älteste. Die Malträger sehen zu mir auf und schenken mir als Ehrerbietung eins ihrer Leben, damit ich ihnen mit meinem Wissen und meinen Erfahrungen auch zukünftig beistehe. Und … ich gedenke noch sehr, sehr lange auf dieser Welt zu verweilen.«

»Und ich ebenfalls«, sagte Großvater.

Thompson klopfte ihm auf die Schulter und lachte. »Solange du mir gute Dienste erweist, werde ich dich mit Leben belohnen.« Er nickte bedeutungsvoll. »Zeige es ihr.«

Großvater musterte mich eingehend und begann sein Hemd aufzuknöpfen. Mir klappte die Kinnlade herunter, als er den Stoff zur Seite raffte und eine wellenförmige Narbe auf seiner Brust zum Vorschein kam.

»Ich war der Erste, dem die Ehre zuteilwurde, eine Lebenslinie übertragen zu bekommen«, sagte er voller Stolz.

»Nun, dein Großvater hat sein erstes Jahrhundert überlebt und ist seit der Lebensübertragung nicht mehr gealtert oder erkrankt. Ich werde ihm schon bald eine weitere Lebenslinie zur Verfügung stellen, um ihn auch zukünftig vor dem Tod zu bewahren«, sprach Thompson, als würde er irgendeine Gebrauchsanweisung herunterrattern. »Allerdings teilt er keine unserer anderen Fähigkeiten. Und auch bei deiner Mutter konnten wir keine nachweisen, nachdem sie als erste Frau eine Lebenslinie erhalten hatte.«

Ich schluckte gegen den bitteren Geschmack in meinem Mund an. »Mum?«

»Deine Mutter war bedeutungslos«, sagte Thompson.

»Sie war *bedeutungslos*?« Ich presste die Zähne zusammen. Wie konnte er nur so respektlos über sie reden?

Großvater nahm meine Hand. »Sarah hat nach der Lebensübertragung keine Veränderung gezeigt. Du aber wurdest unter dem Einfluss einer Lebenslinie geboren, denn deine Mutter trug die Lebensnarbe schon über ihrem Herzen, als sie mit dir schwanger war. Nachdem dir jetzt auch der jüngste Malträger ein Leben geschenkt hat, kann man dich nicht gerade als gewöhnlich bezeichnen.«

Ich runzelte die Stirn und sah die beiden abwechselnd an.

»So war Sarah doch noch für etwas gut, auch wenn sie sich dir widersetzt hat«, sagte Thompson an Großvater gewandt.

Großvater rieb sich übers Kinn. »Es hätte nicht dazu kommen müssen. Ich hätte sie wieder bei mir aufgenommen, aber sie hat sich stur gestellt.«

»Wie meinst du das?« Ich entzog ihm meine Hand.

»Sie ist abgehauen und hat dabei auch dein Leben aufs Spiel gesetzt.«

Mir wurde flau im Magen. »Du warst hinter ihr her, als sie mit dem Auto verunglückt ist?«, flüsterte ich, da ich die Worte kaum herausbrachte.

Er zuckte mit den Schultern. »Es war ein Unglück. Hätte sie nicht derart auf stur geschalten, dann …«

»Du hast sie in den Tod gejagt?«, schrie ich. Mein Puls raste.

»Beruhige dich.« Er umklammerte meine Handgelenke. »Sie hatte einen Eid geleistet, Stillschweigen zu bewahren, und wir haben sie ziehen lassen, als sie damals mit deinem Vater durchgebrannt ist. Aber dann erfuhren wir von ihrer Schwangerschaft …«

Mir war übel. Tränen brannten in meinen Augen. Sie verschleierten mir die Sicht.

Ich riss mich von ihm los. »Die Gesellschaft des Ältesten ist dir wichtiger als deine eigene Familie?« Ich stieß einen Stuhl um, als ich rückwärtstaumelte und mit dem Finger auf Thompson zeigte. »Du hast diesem Mann deine Tochter als Versuchsobjekt zur Verfügung gestellt und wolltest mich ihr dann wegnehmen – nur weil du herausfinden wolltest, ob ich irgendwelche besonderen Fähigkeiten habe?« Meine Wangen brannten von den Tränen, die ich salzig auf den Lippen schmeckte. »Du hast Mum auf dem Gewissen.« Meine Stimme war nur noch ein Wispern.

»Du verstehst es nicht«, erwiderte er. »Ich habe auch in eurem Sinne gehandelt. Ich wollte euch die Möglichkeit verschaffen, der Vergänglichkeit und dem körperlichen Verfall zu trotzen.«

Ich zitterte – vor Enttäuschung, Wut, Trauer und vielleicht auch aus Angst. »Deswegen tust du das alles … Weil dich der Älteste im Gegenzug unsterblich macht?«

Thompson ließ uns nicht aus den Augen und grinste zynisch.

Großvater zuckte gleichgültig mit den Schultern. »Wenn ich es nicht tue, dann tut es ein anderer. Und wir brauchen nun mal ständig neue Geldquellen. Im Untergrund können wir regieren, ohne dass jemand unsere Gesichter und Namen kennen muss. Da ist es völlig egal, ob wir altern oder nicht.« Er musterte mich eingehend. »Ich werde dir dein Leben lang ein luxuriöses Leben bieten können.«

Ich schnappte nach Luft. »Glaubst du wirklich, dass ich das will? Ich dachte bisher, du verdienst dein Geld durch deine Kanzlei. Aber stattdessen betrügst und erpresst du andere Firmen und schreckst nicht einmal vor Mord zurück.« Ich dachte an Dr. Meyers und an Liams Mutter und wischte mir erneut die Tränen aus den Augen.

Großvater hob behäbig die Augenbrauen. »In meiner Position muss ich manchmal Entscheidungen treffen, die zwar bedauerlich, aber trotzdem notwendig sind.«

Ich konnte nur noch mit dem Kopf schütteln. Der Mann, bei dem ich aufgewachsen war, war mir ein völlig Fremder.

Thompson trat neben uns. Er lächelte immer noch und ich musste mich zusammenreißen ihm sein dämliches Grinsen nicht aus dem Gesicht zu schlagen.

»Es wird Zeit«, sagte er und betonte dabei jedes Wort, als wollte er ein Lied anstimmen. »Wir sollten endlich aufbrechen.«

Er durchquerte das Zimmer und öffnete die Tür, vor der vier schwarz gekleidete Männer Wache standen. Zwei von ihnen erkannte ich sofort wieder. Es waren die Wachen, die Leslie am Tor der Villa nicht hineinlassen wollten und am Ende hinter Liam her waren.

»Habt ihr alle Vorkehrungen abgeschlossen?«, erkundigte sich Thompson bei ihnen.

»Ja«, erwiderte einer, dessen schwarzer Zopf ihm fast bis zum Hintern reichte. »Die Villa ist ausgeräumt, ebenso wie unsere Räume hier im Tower.«

»Und den Papierkram haben wir auch vernichtet«, sagte ein Rothaariger.

»Gut. Seid mit der Vitrine vorsichtig und achtet darauf, dass sie verhüllt bleibt.« Thompson drehte sich zu Großvater um, der mich daraufhin am Arm packte und mit sich zog.

»Wir werden den Hauptsitz in Vancouver aufgeben«, klärte er mich auf.

Ich versuchte stehen zu bleiben, aber Großvater zerrte mich unnachgiebig weiter.

»Du kannst nicht einfach verschwinden. Dafür ist dein Name viel zu bekannt«, stieß ich aus.

»Ach, Vivien.« Großvater seufzte. »Die Malträger haben schon viele Namen getragen und wechseln ihre Identität regelmäßig. Da werde ich das wohl auch hinbekommen. Es dürfte nicht allzu schwer sein, meinen Tod vorzutäuschen.« Er ließ die zwei Männer, die die verdeckte Vitrine trugen, zuerst den Fahrstuhl betreten und drängte mich dann ebenfalls hinein.

»Sobald wir den Tower verlassen haben, legt ihr ein Feuer«, wies der Älteste den Rothaarigen an und zwinkerte mir dann zu. »Robert Campbell existiert in wenigen Minuten nicht mehr.«

Ich versuchte mich vergeblich aus Großvaters Griff zu winden. »Und was ist mit den vielen Leuten, die hier für dich arbeiten?«

Er sah auf die Uhr. »Die meisten haben bereits Feierabend. Manchmal muss man Verluste hinnehmen, um es glaubwürdig aussehen zu lassen.«

»Du willst diese unschuldigen Menschen opfern, damit du mit ihnen deine Identität begraben kannst?« Meine Stimme hörte sich seltsam schrill an.

»Unsere Leute sind offiziell beurlaubt oder krankgeschrieben. Sie werden uns in ein paar Tagen nach Kapstadt folgen.«

Ich sah ihn mit großen Augen an. »Was willst du denn in Südafrika?«

»Ich will mal etwas Sonne tanken.« Er schmunzelte. »Es wird dir dort gefallen.«

»Nein … Ich werde auf keinen Fall mit euch kommen.«

Als der Fahrstuhl zum Halten kam, packte mich der Rothaarige und warf mich über seine Schulter. Verzweifelt schlug ich mit den Fäusten auf seinen Rücken, doch er trug mich ungeachtet dessen fort.

Thompson lief hoch erhobenen Hauptes vor uns her. Am liebsten hätte ich ihn an seinen langen Haaren gezogen, ihm diese um den Hals gewickelt und ihn erwürgt. Doch stattdessen riss ich nun an den roten Haaren meines Trägers, der laut fluchte und mich herunterließ.

Meine Narbe begann plötzlich zu pulsieren und Bilder prasselten auf mich ein.

Liam. Er durchquerte eine mit weißem Marmor verlegte Vorhalle, rannte in ein Treppenhaus und nahm dann mehrere Stufen auf einmal. Eine Tür versperrte ihm schließlich den Weg und er warf sich dagegen, bis das Glas splitterte.

Thompson schlug mir ins Gesicht und riss mich aus meiner Vision. Er legte den Kopf schief und streichelte sanft über meine Wange, die von seinem Schlag brannte. »Der jüngste Malträger ist im Gebäude«, informierte er die Männer, ohne den Blick von mir abzuwenden. »Er hat die Pförtner überwältigt und befindet sich im Treppenhaus auf dem Weg nach oben.«

»Wie viele sind bei ihm?«, fragte Großvater.

»Er ist allein.«

26. KAPITEL

Einen kurzen Moment herrschte Schweigen. Thompson schien zu überlegen. »Du musst ihm sehr wichtig sein, wenn er sich in die Höhle des Löwen traut«, sagte er schließlich.

Großvater atmete tief durch und ging einen Schritt auf Thompson zu. »Wenn er allein ist, dann solltest du ihn persönlich empfangen. Vielleicht können wir ihn durch Vivien auf unsere Seite ziehen. Er ist anscheinend nicht gewillt sie gehen zu lassen.«

Thompson nickte. »Wir müssen den Jungen von seinem Vater fernhalten, bevor dieser ihn noch weiter gegen uns aufwiegelt.«

»Lassen Sie Liam in Ruhe«, schrie ich.

Nun war es Thompson, der mich am Handgelenk packte und mich hinter sich herzog. »Liam ist der jüngste Malträger und gehört an meine Seite.«

Wir traten durch eine Tür. Sie führte zum Flachdach des Towers, auf dem ein Helikopter bereits auf uns wartete.

Doch bis nach Südafrika konnten wir damit nicht fliegen. Und da Großvater seinen Tod vortäuschen wollte, konnte er nicht einfach einen Linienflug buchen, bei dem er gesehen wurde.

Die beiden Männer balancierten die Vitrine bedachtsam aus, als sie vorsichtig einstiegen.

Würde Großvater dafür sorgen, dass ich ebenfalls für tot erklärt wurde? Ich starrte ihn an, als Thompson mich in den Helikopter drängte. »Hast du auch für mich schon einen neuen Namen ausgesucht?«, herrschte ich ihn an.

»Den kannst du dir selbst aussuchen«, erwiderte er, ohne mit der Wimper zu zucken.

Thompson nickte dem Piloten zu, der daraufhin einen Schalter umlegte und die Rotorblätter zum Drehen brachte. Ich wehrte mich gegen Großvater, da er mich anschnallen wollte.

»Ich werde immer für dich da sein, Vivien. Du bist meine Familie.«

»Nein, ich bin deine Gefangene«, schrie ich.

Sein Mund verzog sich zu einer schmalen Linie. Er umfasste mein Kinn und zwang mich ihn anzusehen. »Du wirst dich schnell in Kapstadt zu Hause fühlen und ...«

Ich ließ ihn nicht ausreden. »Wenn du zwischen den Malträgern und mir wählen müsstest, für wen würdest du dich entscheiden?«

Er sagte nichts, was für mich einer Antwort gleichkam.

Der Kloß in meinem Hals drückte auf meinen Kehlkopf. Mein Herz pochte unregelmäßig und schnell.

Großvater führte meine Hände an seinen Mund und

küsste sie. »Ich muss keine Wahl treffen, Vivien, denn ich kann beides haben.«

Ich wollte ihn von mir wegstoßen, doch er drückte mich energisch in den Sitz zurück.

»Soll ich starten?«, rief der Pilot nach hinten.

Ich biss Großvater in die Hand und er stöhnte auf.

»Lassen Sie Vivien sofort los!«

Mir stockte der Atem, als ich Liams Stimme hörte. Ich konnte ihn nicht sehen, da Großvater vor mir kniete und mir die Sicht verdeckte. Thompson, der mir gegenüber bereits Platz genommen hatte, zog umgehend eine Pistole.

Großvater richtete sich langsam auf und drehte sich zu Liam um, wodurch ich ihn ebenfalls zu Gesicht bekam.

Er sah müde aus. Durch seine Augenringe wirkte das Blau seiner Augen dunkler als sonst. Ich konnte mir gut vorstellen, dass er von der Stadtrandvilla bis hierher gerannt war, und das waren mindestens dreißig Kilometer.

»Hallo Liam«, sagte Thompson überschwänglich. »Endlich lernen wir uns einmal persönlich kennen.«

Der Rothaarige stand mittlerweile hinter Liam und hielt ebenfalls eine Waffe auf ihn gerichtet. Er saß in der Falle – und das alles nur meinetwegen.

»Ich fordere Sie jetzt noch einmal dazu auf, Vivien freizugeben«, sagte Liam. Die Waffen und die Gegenwart des ältesten Malträgers schienen ihn überhaupt nicht einzuschüchtern.

»Und was ist, wenn ich es nicht tue?«, fragte Großvater. »Willst du uns allen Ernstes drohen?«

»Ich dachte, das hätte ich gerade getan.« Liam kam ein

paar Schritte auf uns zu und sah mich an. Doch der Augenblick währte nur kurz, weil er sich sofort wieder auf Großvater und Thompson konzentrierte.

Dieser lachte. »Mutig bist du, das muss man dir lassen. Aber offenbar hast du keine Ahnung, mit wem du es hier zu tun hast.«

»Komm mit uns«, rief Großvater. »Wir bieten dir ein Leben an unserer Seite und somit auch an der von Vivien.«

Liam setzte gerade zu einer Antwort an, da kam ein Mann auf den Helikopter zugerannt.

»Lannisters Trupp hat soeben den Tower gestürmt«, schrie er.

Thompson warf einen Blick auf die verdeckte Vitrine. »Es ist nicht der richtige Zeitpunkt für eine Gegenüberstellung.« Er richtete die Waffe erneut auf Liam. »Steig ein!«

Liam legte den Kopf schief und sah Thompson aus zusammengekniffenen Augen an. »Meine Mutter musste sterben, mein Vater ist erblindet und lebt im Exil. Wut ist noch das Geringste, was ich empfinde, wenn ich euch sehe.«

»Sie sind bereits bis ins Penthouse vorgedrungen«, rief irgendjemand, woraufhin der Rothaarige um Liam einen Bogen machte und zu uns in den Helikopter stieg.

»Wenn ich jetzt auf dich schieße, wirst du ein Leben verlieren«, sagte Thompson zu Liam. »Du wirst für ein paar Minuten ins Koma fallen, was ich ausnutzen werde, um dich in diesen Helikopter zu bekommen. Es sei denn, du steigst jetzt freiwillig ein.«

Er nickte dem Piloten zu und der Helikopter hob ein klein wenig vom Boden ab.

»Jetzt«, schrie Thompson.

Liam und ich sahen uns an. Ihm blieb keine Wahl. Er kletterte zu uns in die Kabine und Großvater schloss die Tür.

Der Hubschrauber drehte sich in der Luft und stieg höher. Da ich am Fenster saß, sah ich noch, wie Ray, Taylor, Jamie und andere Hüter das Flachdach stürmten. Sie schauten uns ratlos hinterher.

Mein Gesicht spiegelte sich in der Scheibe. Es war nicht mehr viel übrig von dem Mädchen, das ich noch vor wenigen Tagen gewesen war – als ich noch dachte, ich hatte Probleme, nur weil Großvater mir mein Leben vorschreiben wollte. Doch jetzt …

Thompson reichte uns Kopfhörer. »Du gehörst zu mir, Liam«, sprach er in das Mikrofon des Headsets. »Ich bin dein Urahn. Ohne mich würde es dich nicht geben.«

Liam saß neben mir, Thompson und Großvater uns gegenüber. Er war freiwillig hierhergekommen – zu mir. Und nun war er dem Ältesten ausgeliefert, weil ich ernsthaft geglaubt hatte, ich könnte durch ein Gespräch alles zum Guten wenden. Wie sehr ich mich doch geirrt hatte …

Liams Blick streifte mich wie eine Berührung. Obwohl er im Gesicht keine Regung zeigte, hatte ich das Gefühl, dass er mich mit seinen Augen anlächelte. Er rückte näher an mich heran. Unsere Lebenslinien begannen im selben Moment zu glühen, als er seine Stirn gegen meine lehnte. Er schien mir nicht böse zu sein. Mir war heiß und kalt zugleich. Ein wohliger Schauer strömte über mich herein und ließ knisternde Funken über meine Haut tänzeln. Ich begann zu zittern, als mir bewusst wurde, dass das keine Einbildung war.

»Was passiert hier?«, schrie Thompson.

Liam und ich fuhren auseinander, da unsere Lebenslinien immer heller leuchteten. Großvater und Thompson starrten uns an und sahen dann mit weit aufgerissenen Augen zu der abgedeckten Vitrine, die durch den schwarzen Stoff hindurch erstrahlte.

Der Älteste ließ die Waffe sinken. Da er sich im Helikopter nicht zur vollen Größe aufrichten konnte, schwankte er in einer geduckten Haltung zu seiner wertvollen Fracht und riss das Laken herunter.

Als ich das Symbol auf dem Stein das erste Mal gesehen hatte, war nur ein schwaches Leuchten zu erkennen gewesen und es hatte auf die Nähe des ältesten Malträgers lediglich mit einem Flackern reagiert. Doch nun erstrahlte es so hell, dass es die gesamte Kabine des Helikopters in ein gleißendes Licht hüllte. Wir konnten kaum hinsehen, so sehr blendete es uns. Die Lebensform setzte eine Energie frei, die sich an den Innenwänden des Hubschraubers mit knisternden Blitzen entlud.

Thompson presste die Zähne zusammen und hielt sich schmerzerfüllt den Kopf. Da ertönte ein Warnsignal aus dem Cockpit, durch das Funken stoben.

»Die Instrumente spielen total verrückt«, schrie der Pilot. »Ich verliere die Kontrolle.«

Der Helikopter kam ins Trudeln. Da wir nicht angeschnallt waren, warf es uns aus den Sitzen. Ich knallte gegen die Tür und schlug mit dem Kopf gegen die Scheibe. Schnell verloren wir immer weiter an Höhe. Ich sah nichts als Wasser, als der Helikopter in seitlicher Lage zur Erde stürzte. Das musste die Wasserstraße des Pazifischen Ozeans sein, auf der ich schon so oft die großen Schiffe beobachtet hatte, die in den Hafen von Vancouver einliefen.

Der Signalton wurde immer drängender. Der Helikopter begann sich im Kreis zu drehen und nahm noch mehr Geschwindigkeit auf.

Liam war plötzlich neben mir und zog mich an sich. Ich spürte das Pochen meiner Lebenslinie. Oder war es nur mein pumpendes Herz, das vor Panik fast aus meinem Brustkorb sprang?

Ich hörte noch die Schreie der Männer. Dann war alles schwarz.

27. KAPITEL

Zwei Monate später

Ich beobachtete Wanda, die neben meinem Bett saß und gedankenverloren in ihrem Kaffee rührte.

»Wenn du so weitermachst, hat der Plastebecher bald keinen Boden mehr«, ließ ich sie wissen.

Wanda sah auf. »Entschuldige.« Sie nahm einen Schluck und verzog das Gesicht. »Der Kaffee ist hier ungenießbar.«

Ich lachte. »Warum trinkst du ihn dann?«

Sie stand auf, öffnete die Lamellen der Jalousie und spähte auf den Krankenhausflur, den man durch das großzügige Fenster gut einsehen konnte. »Wie lange brauchen die denn noch mit deinen Entlassungspapieren?« Ungeduldig blickte sie auf ihre Armbanduhr.

»Bin ich zu spät?« Taylor platzte überschwänglich ins Zimmer.

»Junger Mann, wo bleiben Ihre Manieren? Von Anklopfen halten Sie wohl nicht viel?«

»Ist schon gut«, beruhigte ich sie.

Taylor setzte sich neben mich auf mein Krankenbett. Er

zwinkerte Wanda zu, die missbilligend den Mund verzog, tief durchatmete und sich dann wieder hinsetzte.

»Habt ihr die *Vancouver Sun* schon gelesen?« Er warf mir die Zeitung auf den Schoß.

Ich griff danach und warf einen Blick auf das Titelblatt.

»Robert Campbells Tod hinterlässt viele Fragen«, lautete die Schlagzeile, unter der ein schwarz umrandetes Foto meines Großvaters abgedruckt war. Obwohl es nur ein Bild war, so hatte ich dennoch den Eindruck, er würde mir direkt in die Augen sehen.

Ich schlug die erste Seite auf, um den vollständigen Artikel zu lesen. »Zwei Monate nach dem fatalen Hubschrauberabsturz über der Wasserstraße von Georgia bleibt die genaue Unfallursache weiterhin ungeklärt«, las ich laut vor. »Die Ermittler haben jedoch dubiose Geschäfte aufgedeckt, in die Robert Campbell verwickelt gewesen sein soll. Von Erpressung, Betrug, sogar von Mafia-ähnlichen Zuständen soll die Rede sein. Der Unfallhergang wird daher weiterhin untersucht, ebenso wie die inzwischen bestätigte vorsätzliche Brandstiftung, die im Campbell Tower großen Schaden angerichtet hat.«

Wanda schnäuzte in ein Taschentuch. »Diese Anschuldigungen gegen ihn sind unerhört.«

Sie war nicht eingeweiht und trauerte um meinen Großvater. Wie alle anderen auch, hatte sie von der Existenz der Lebensträger keine Ahnung. Niemand wusste, dass Liam und andere Malträger mit an Bord gewesen waren und schnell das Weite gesucht hatten, bevor die Einsatzkräfte eintrafen.

»Haben Liam und sein Vater das schon gelesen?«, erkundigte ich mich.

»Darauf kannst du wetten«, sagte Taylor. Er lehnte sich zurück und verschränkte die Arme vor der Brust. »Lies weiter.«

Ich suchte den Absatz, bei dem ich geendet hatte. »Campbells Enkelin erbt sein millionenschweres Vermögen. Vivien Scott ist die Einzige, die den tragischen Unfall überlebt hat. Sie wurde nur wenige Minuten nach dem Absturz bewusstlos am Ufer gefunden, kann sich jedoch an nichts erinnern und der Polizei auch keine sachdienlichen Hinweise liefern.«

»Pass bloß auf, dass du dich nicht irgendwann verquatschst«, flüsterte Taylor mir zu, als Wanda nochmals laut schnäuzte.

Ich legte reflexartig die Hand auf mein Herz und nickte ihm verschwörerisch zu.

Es klopfte und Schwester Sybille betrat freudestrahlend das Zimmer. »Rate, was ich hier habe«, sang sie und wedelte mit den Entlassungspapieren.

Ich musste lachen. Sie war eine rundliche Frau in den Fünfzigern und hatte einfach immer gute Laune. Dank ihr war mein langer Krankenhausaufenthalt einigermaßen erträglich gewesen.

»Das ist dein Freifahrtschein.« Sie überreichte mir das Dokument wie eine Trophäe und tätschelte mir dann wie bei einem Kleinkind das Gesicht. »Es ist ein Wunder, dass du den Absturz überlebt hast. Also genieß dein zukünftiges Leben.«

»Ich werde Sie vermissen, Schwester Sybille. Falls Sie irgendwann mal in der Nähe von Jasper sind, dann kommen Sie mich doch bitte besuchen.«

Sie nickte und umarmte mich.

»Nun sollten wir uns aber auf den Weg machen.« Taylor zog mich vom Bett. »Dein Vater wird schon auf dich warten.« Er zwinkerte mir zu. »Und ich kenne da noch jemanden, der es nicht erwarten kann.«

Ich lächelte ihn an.

»Also los jetzt.« Er ergriff meine Taschen und verließ den Raum.

»Alles Gute«, rief die Schwester, die hinter dem Empfangstresen saß. Sie und Schwester Sybille winkten uns nach, als wir zum Fahrstuhl liefen und ihn betraten. Ich winkte ebenfalls, bevor sich die Tür verschloss.

»Du kommst also in zwei Wochen nach?« Ich wandte mich Wanda zu.

»Es gibt noch so viel, was ich regeln muss. Aber ich komme nach, so schnell ich kann.« Sie hakte sich bei mir ein. »Und du bist sicher, dass dein Vater nichts dagegen hat, wenn ich bei euch wohne?«

»Mach dir darüber mal keine Sorgen. Dad wird es bald zu schätzen wissen, dass du das Haus in Ordnung hältst. Dann versinkt er wenigstens nicht mehr in seinem eigenen Chaos.«

Wir verließen den Fahrstuhl und liefen durch die Eingangshalle. Es war ein schönes Gefühl, endlich aus dem Krankenhaus rauszukommen. Mit jedem Schritt, mit dem ich mich der gläsernen Eingangstür näherte, kam ich der Freiheit ein Stückchen näher.

Wanda reichte mir meine Winterjacke, ehe wir nach draußen traten. Es war Ende Oktober und es lag bereits Schnee.

Taylor hatte in der Nähe vom Eingang geparkt. Wir würden die weite Strecke nach Jasper mit dem Auto fahren, denn in einen Hubschrauber brachten mich keine zehn Pferde mehr. Die Albträume, die mich seit dem Absturz plagten, reichten mir völlig.

Nachdem Taylor das Gepäck im Kofferraum verstaut hatte, verabschiedeten wir uns von Wanda. Ich setzte mich neben Taylor auf den Beifahrersitz und blickte mich nach ihr um, bis sie nicht mehr zu sehen war. Dann schaute ich lange Zeit einfach nur aus dem Fenster, ohne wirklich etwas wahrzunehmen.

Auf mich wartete ein völlig neues Leben. Ich war die einzige Verwandte und somit die alleinige Erbin des millionenschweren Anwalts Robert Campbell. Über Geldsorgen musste ich mir also keine Gedanken machen. Doch ich wusste noch nicht, wie meine Zukunft aussehen sollte. Vorerst wollte ich einfach nur mein letztes Schuljahr hinter mich bringen – und zwar in Jasper. Heute war der Tag gekommen, an dem ich Vancouver den Rücken kehrte und zu meinem Vater in den Nationalpark zog. Hier erinnerte mich alles an meinen Großvater und ich wollte dieses Kapitel in meinem Leben endgültig abschließen. Dieser Mann hatte viel zu lange viel zu großen Einfluss auf mich ausgeübt.

Mein Becken war nach dem Hubschrauberabsturz dreifach gebrochen gewesen und an meinem rechten Unterarm hatte ich eine offene Fraktur davongetragen. Aus meiner Lunge musste ein Knochensplitter operativ entfernt werden, weshalb ich laut den Ärzten zwei Tage in Lebensgefahr geschwebt hatte. Meine wellenförmige Narbe fanden die Krankenschwestern zwar merkwürdig, aber da sie in ihrer Anwesenheit nie geleuchtet hatte, hatten sie ihr keine größere Bedeutung zugesprochen.

Wäre Liam nicht gewesen, wäre ich wohl wie mein Großvater ertrunken. Er hatte mich aus dem sinkenden Wrack befreit und mich ans Ufer gebracht. Allerdings wusste ich das nur aus Visionen, denn ab dem Moment des Aufpralls hatte ich einen kompletten Filmriss. Erst nach der Lungenoperation war ich wieder aufgewacht.

Ray hatte Liam einen Besuch im Krankenhaus untersagt, denn sie mussten erst seine Akte bereinigen. Mittlerweile wurde er zwar nicht mehr polizeilich gesucht, doch es war trotzdem besser, wenn er sich eine Weile nicht in der Öffentlichkeit zeigte. Sein Foto war nach meiner angeblichen Entführung überall ausgehangen gewesen. Er musste abwarten, bis die Leute sich nicht mehr an ihn erinnerten oder ihn zumindest nicht mehr für einen Verbrecher hielten.

Seit dem Hubschrauberabsturz hatten wir uns nicht mehr gesehen. Ich spürte ein Kribbeln im Bauch, wenn ich auch nur daran dachte, dass es heute endlich so weit war.

Taylor fuhr ziemlich schnell. Er konnte es anscheinend ebenfalls nicht erwarten, nach Jasper zu kommen, und ich hatte sogar eine Vermutung, was der Grund dafür war.

Der Wagen kam auf der vereisten Fahrbahn kurz ins Schlingern. Ich schrie auf, schloss die Augen und klammerte mich an meinen Sitz. Der Absturz hatte weit mehr Spuren bei mir hinterlassen, als ich es wahrhaben wollte.

»Entschuldige.« Taylor fuhr umgehend langsamer. »Geht es wieder?«

Ich atmete tief durch. »Du könntest mir etwas erzählen, um mich abzulenken.«

»Was denn?«

»Typisch Mann.« Ich verdrehte die Augen.

»Hey, das ist Leslies Spruch.« Er lachte.

Ich musterte ihn. Taylor und Leslie hatten sich ständig in die Haare bekommen. Doch seit unser gemeinsames Abenteuer vorbei war, schien er sie zu vermissen.

»Hast du sie schon wiedergesehen?«

Er schüttelte den Kopf und vermied es, mich anzusehen.

»Warum nicht?«

»Wieso sollte ich?«

»Weil sie sich freuen würde, wenn du sie besuchst.«

Nun sah er mich an. »Und dann?«

»Dann könntest du mit ihr ausgehen.«

Taylor dachte eine Weile nach, ehe er mir antwortete. »Ich hatte nicht den Eindruck, dass Leslie sich mit mir daten wollte.«

»Na ja, immerhin hat sie dich geküsst.« Ich lächelte.

»Weil sie mich ablenken wollte, damit du abhauen konntest.«

Ich hob die Hände und mied seinen Blick. Wir hatten schon ausdiskutiert, dass ich Mist gebaut hatte.

»Und du?«, fragte er schließlich. »Freust du dich schon auf Liam?« Er hob eine Augenbraue.

Ich seufzte. »Um ehrlich zu sein, weiß ich nicht, wie ich mit der Situation umgehen soll.«

»Weil du kein normaler Mensch mehr bist – im Grunde noch nie warst?« Er schmunzelte.

Ich atmete tief durch. »Weil ich nun weiß, was diese Lebenslinie für mich bedeutet.«

»Findest du es nicht aufregend, ein weiteres Jahrhundert leben zu können?«

»Es macht mir eher Angst«, flüsterte ich.

»Vielleicht kannst du Liam die Lebenslinie zurückgeben«, sagte Taylor.

»Nein, das kann ich nicht. Nur Malträger können Leben übertragen.«

Es war ein befremdlicher Gedanke, dass ich das nächste Jahrhundert miterleben sollte. Richtig glauben konnte ich das noch nicht. Großvater war bei seiner Lebensübertragung vierzig Jahre alt gewesen und ab diesem Zeitpunkt nicht mehr gealtert. Wenn es sich bei mir ebenso verhielt, würde ich äußerlich immer siebzehn bleiben.

»Triffst du Leslie denn heute?«, erkundigte Taylor sich nach einer Weile.

Es fiel mir schwer, ein Lächeln zu unterdrücken. »Nur kurz. Sie ist im Laden ziemlich eingespannt. Das Auto ihres Vaters ist Schrott, und da ihre Eltern glauben, dass sie für den Schaden verantwortlich ist, soll sie zumindest einen Teilbetrag abarbeiten.«

Taylor schwieg.

In der Ferne erkannte ich die kanadischen Rocky Mountains. Sie lagen eingebettet in schneebedeckter Landschaft und einem grünen Meer aus Bäumen.

Im Inneren des Mount Robson befand sich noch immer

das Zuhause der Hüter, ohne dass irgendjemand sonst etwas davon ahnte. Liam wohnte nun auch dort.

»Habt ihr schon eine Vermutung, wo sich der älteste Malträger mit seinen Anhängern aufhält?«, erkundigte ich mich.

»Nein. Nach dem Absturz ist er untergetaucht. Momentan haben wir keinen Anhaltspunkt, auf welchem Kontinent oder in welchem Land wir mit der Suche beginnen sollten.«

Ich kaute nervös auf meiner Unterlippe. »Sie hatten Kapstadt im Visier.«

Taylor sah mich an. »Mach dir nicht so viele Gedanken. Ich glaube, das Erlebnis im Helikopter hat ihn ganz schön eingeschüchtert. Und außerdem hat er jetzt erst einmal andere Probleme am Hals. Durch den Tod deines Großvaters ist er gezwungen sich eine neue Einnahmequelle zu suchen.«

Ich schluckte. »Aber vielleicht kommt er irgendwann wieder, um sich zu rächen.«

»Vivien … Jetzt mach dich nicht verrückt.«

Mein Lächeln war nicht ehrlich. Ich machte es mir in meinem Sitz so bequem wie möglich und tat so, als würde ich schlafen. Doch stattdessen zermarterte ich mir wie jeden Tag über Carter Thompson den Kopf.

28. KAPITEL

Taylor stieß mich an. »Hey, du Schlafmütze. Wach auf.«

Ich streckte mich und wurde mit einem Schlag hellwach, als ich bemerkte, wie nervös Taylor auf seinem Sitz herumrutschte.

»Was ist los?«

Er seufzte. »Leslie steht neben deinem Vater.«

Erst jetzt bemerkte ich, dass wir bereits in Jasper waren und auf das Haus meines Vaters zufuhren. Ich musste viele Stunden geschlafen haben. Leslies pinkfarbener Haarschopf war durch den schneeweißen Hintergrund gut zu erkennen und wies uns den Weg.

Ich lächelte. »Das ist ja toll. Da konnte sie sich tatsächlich von ihrer Arbeit losreißen.«

»Du wusstest, dass sie zu euch kommt?« Taylors Stimme klang plötzlich heiser.

»Ich hatte ihr Bescheid gegeben, wann wir ungefähr da sind.«

Taylor sah mich grimmig an.

»Ähm … Und ich habe angedeutet, dass du dich auch freuen würdest sie mal wiederzusehen.«

Er verdrehte die Augen und schimpfte leise vor sich hin, als wir in die Einfahrt bogen.

Dad lehnte mit verschränkten Armen am Treppengeländer und Leslie stand direkt neben ihm. Sie renkte sich beim Winken fast den Arm aus.

»Man könnte fast meinen, du hast Angst vor ihr«, zog ich ihn auf, als Leslie auf unser Auto zugerannt kam.

Taylor strich sich durch das kurze Haar. »Ich weiß überhaupt nicht, wie ich mich ihr gegenüber verhalten soll.«

Wir hatten noch nicht einmal die Gurte gelöst, da riss Leslie auch schon meine Tür auf und fiel mir um den Hals. »Es wird Zeit, dass ihr euch mal wieder blickenlasst«, rügte sie uns.

Ich erwiderte ihre Umarmung. »Hey … Ich habe eine gute Ausrede. Immerhin habe ich das Krankenbett gehütet.«

»Und welche Ausrede hat Taylor?« Sie gab mich frei und sah ihn an.

Er warf mir einen Hilfe suchenden Blick zu. »Hallo, Leslie«, grüßte er sie schließlich. »Es freut mich auch, dich wiederzusehen.«

Ich lachte und drängte meine Freundin beiseite, um aussteigen zu können. Dad kam mir entgegengelaufen und umarmte mich stürmisch. »Herzlich willkommen.« Er küsste mich auf die Stirn. »Wie geht es dir?«

»Alles bestens«, beruhigte ich ihn. »Ich habe keine Schmerzen mehr und bin wieder vollständig gesund.«

Er verzog skeptisch den Mund. Dad war erst vor einer Woche aus Vancouver abgereist. Die ganze Zeit hatte er sich mit Wanda um mich gekümmert. Doch am vergangenen Sonntag war sein Sonderurlaub zu Ende gegangen und er hatte mich mit gemischten Gefühlen zurückgelassen.

»Du bist doch hoffentlich ehrlich zu mir«, sagte Dad. »Ich kann mir bestimmt noch mal ein paar Tage freinehmen, falls du mich brauchst.«

Ich legte den Kopf schief. »Da würde Dave aber nicht begeistert sein, wenn du ihm die Arbeit im Park schon wieder allein überlässt.«

»Du kannst ja gleich ein gutes Wort für mich einlegen«, erwiderte er. »Wir sind nämlich bei den Murrays zum Essen eingeladen.«

»Und morgen kommst du zu mir frühstücken«, sagte Leslie, die neben mich trat und sich bei mir einhakte.

Leslie und ich hatten jeden Tag miteinander telefoniert. Das Wissen um die Lebensträger, von denen der Rest der Welt immer noch keine Ahnung hatte, verband uns. Unsere gemeinsamen Erlebnisse hatten uns noch mehr zusammengeschweißt.

Taylor räusperte sich. »Kann ich vielleicht auch mit zum Frühstück kommen?«

Sie musterte ihn abschätzend. »Hm … Ich weiß nicht so recht. Du raubst mir mit deinen Kommentaren doch bloß wieder den letzten Nerv.«

»Ich raube dir den letzten Nerv?« Taylor betonte jedes Wort einzeln. »Das sagt ja die Richtige. Du treibst mich in den Wahnsinn, Leslie.«

Sie ließ mich los und baute sich vor ihm auf. »Ach ja? Warum setzt du dich dann nicht einfach wieder ins Auto und verschwindest?«

»Du solltest dich nicht so aufregen. Dein Gesicht hat schon fast die gleiche Farbe wie deine Haare. Wenn du dich noch weiter reinsteigerst, kollabierst du.«

Sie stemmte die Hände in die Hüften. »Zur Not kannst du mich ja mit Mund-zu-Mund-Beatmung wiederbeleben.«

Er verschränkte die Arme vor der Brust. »Träum weiter.«

»Du hast doch bloß Angst davor, es könnte dir gefallen.«

Er trat einen Schritt auf sie zu. Sie standen sich gegenüber und musterten sich abschätzend.

»Warum springt ihr nicht endlich miteinander in die Kiste? Dann geht es euch bestimmt besser«, sagte ich und gab damit Leslies Kommentar zum Besten, den sie Liam und mir an den Kopf gehauen hatte. Die überraschten Blicke, die die beiden mir zuwarfen, machten es mir nicht gerade leicht, ernst zu bleiben.

»Ha ha, sehr witzig«, sagte Taylor, als ich schließlich lauthals loslachte. »Das würde ich nicht überleben.«

Leslie schnappte nach Luft. Sie wandte sich von ihm ab und wollte weglaufen, doch er hielt sie am Arm zurück.

»Es tut mir leid, okay. Ich sage in deiner Gegenwart immer Sachen, die ich eigentlich nicht so meine.« Er strich ihren langen Pony beiseite, da er ihr in die Augen hing. »Was hältst du davon, wenn wir für den Anfang einfach mal etwas allein zusammen unternehmen?«

Leslie starrte ihn an. Es war offensichtlich, dass sie sein

Angebot nicht ganz ernst nahm. Doch Taylor reichte ihr einladend die Hand, die sie zögernd ergriff. »Falls ich morgen nicht zum Frühstück erscheine, habe ich es tatsächlich nicht überlebt.« Er zwinkerte mir zu.

Leslie sah mich mit großen Augen an und biss sich bedeutungsvoll auf die Unterlippe, als Taylor sie fortzog.

Dad hatte meine Taschen ins Haus gebracht und kam zu mir zurück. »Ich nehme mal an, du hast nichts dagegen, wenn wir uns gleich zu Dave und Katie auf den Weg machen?« Er lächelte und führte mich zu seinem Chevrolet, der wieder mal voller Schlamm war.

»Du bist also von Chips auf Popcorn umgestiegen«, sagte ich, als ich mich auf dem Beifahrersitz anschnallte. Ich griff nach der aufgerissenen Tüte und steckte mir eine Handvoll in den Mund. Den Blick auf die Rückbank ersparte ich mir, da ich auch so wusste, dass Dad seinen ganzen Papierkram darauf verteilt hatte.

Meine Hände waren eiskalt. Ich hielt sie vor die Heizungsdüse, aus der bisher nur lauwarme Luft strömte.

»Weißt du schon, was ihr unternehmen werdet?«, fragte Dad. Er stellte die Frontheizung auf die höchste Stufe und wischte dann unentwegt mit dem Handrücken über die angelaufene Scheibe.

»Taylor sagte, Liam möchte mir sein neues Zuhause zeigen. Die Hüter haben ihm im Dachsbau ein eigenes Haus zur Verfügung gestellt.«

Katie, Dave und Dad waren mittlerweile eingeweiht. Ray und Liam vertrauten auf ihre Verschwiegenheit.

Dad fuhr los, obwohl er noch so gut wie nichts sehen

konnte. Wir schwiegen, bis wir in die Einfahrt der Murrays einbogen. Meine Aufregung stieg mit jedem Meter, den wir uns ihrem Anwesen näherten.

Obwohl ich es nicht erwarten konnte, Liam wiederzusehen, hatte ich auch Bedenken. Wie sollte ich ihm nach zwei Monaten gegenübertreten? Nur weil ich mich so sehr nach ihm gesehnt hatte, hieß das noch lange nicht, dass es ihm genauso ergangen war.

Das Garagentor stand offen. Ich folgte Dad zögernd in die Werkstatt und blieb dann wie angewurzelt stehen. Mein Blick fiel auf die Holzfiguren, die einst von weißen Laken verhüllt gewesen waren. Heute konnte man sie jedoch alle bestaunen.

Dave kehrte gerade Späne zusammen, ließ den Besen aber augenblicklich fallen, als er uns bemerkte.

»Hey, da seid ihr ja schon.« Er wischte sich die schmutzigen Hände an der Hose ab und begrüßte mich herzlich. Sein Bart kitzelte bei unserer Umarmung an meiner Wange.

Wir betrachteten Liams wundervolle Schnitzereien, die er als Kind erschaffen hatte. Ich trat zu einem Holzblock, der inmitten von Spänen vor dem Fenster stand. Obwohl die Arbeit noch nicht vollendet war, konnte ich schon jetzt erkennen, dass dieses Kunstwerk einen Raubvogel darstellte. Ich konnte es nicht fassen. Liam hatte wieder angefangen zu schnitzen …

Dave schmunzelte. »Da staunt ihr, was?«

Dad strich über die ausgebreiteten Flügel des Raubvogels. »Wow.« Er war sichtlich beeindruckt. »Ist der verkäuflich?«

»Dieser Holzadler soll ein Geschenk für Ray werden«, erwiderte Dave und wandte sich ab. »Kommt ins Haus. Da ist es wärmer.« Er lief voraus.

Anstatt der Blumenvielfalt schmückten heute imposante Eiszapfen das Treppengeländer zur Veranda. Doch sobald man das Haus betrat, befand man sich wieder in einer blühenden Oase.

»Ihr seid viel zu früh. Ich habe den Kuchen noch im Ofen.« Katie kam mir mit offenen Armen entgegen.

Dave grinste. »Also macht, dass ihr wieder fortkommt.« Er deutete zur Tür. »Ihr könnt dann in einer halben Stunde wiederkommen.«

Katie sah ihn empört an, doch Dave lachte auf und zog sie an seine Seite.

»Dieser Mann ist unmöglich. Seinetwegen bekomme ich immer mehr graue Haare.« Sie boxte ihm auf die Brust und lief dann in die Küche.

»Ist Liam noch nicht da?«, erkundigte ich mich.

»Er wird bestimmt gleich kommen«, antwortete Dave. »Ihr seid früh dran. Wir haben noch gar nicht mit euch gerechnet.«

»Jetzt setzt euch erst einmal ans Feuer.« Katie kam mit einem Tablett zurück und stellte es auf dem kleinen Tisch vor dem Kamin ab. Wir nahmen in den plüschigen Sesseln Platz und sie servierte uns heißen Glühwein.

»Liam kommt uns jedes Wochenende besuchen. Er ist mit den anderen Hütern oft in unserer Umgebung unterwegs«, berichtete Dave.

»Es hat ihn wahnsinnig gemacht, als du im Krankenhaus

gelegen hast und er dich nicht besuchen durfte«, erzählte Katie.

Noch während sie sprach, vernahmen wir in der Ferne Wolfsgeheul.

Ich erstarrte.

»Sie kommen«, bestätigte Dave meinen Verdacht und zwinkerte mir zu.

Mein Blut rauschte in meinen Ohren und mein Mund fühlte sich plötzlich trocken an.

Wieder hörte man ein Heulen.

Dave lächelte. »Vielleicht möchtest du dem Leitwolf entgegengehen?«

Schnell stand ich auf und griff nach meiner Jacke, die ich über die Lehne des Sessels gelegt hatte. Dann wandte ich mich Dad, Dave und Katie zu, die mich alle drei erwartungsvoll ansahen. Ich zögerte.

»Geh schon!« Katie deutete mit dem Kinn zur Tür. »Er kommt nur deinetwegen.«

29. KAPITEL

Mir war vor Aufregung so heiß, dass ich die Kälte willkommen hieß, die mich draußen empfing. Ich blieb auf der Veranda stehen und wartete auf einen weiteren Ruf, der mich wissen lassen würde, in welche Richtung ich laufen musste.

Ob viele Hüter an seiner Seite waren? Bei Mia war ich mir ziemlich sicher, dass sie ihn begleitete, und dieser Gedanke gefiel mir ganz und gar nicht.

Ich hörte es wieder … Das Wolfsheulen war schon ganz nah. Der Schnee knirschte unter meinen Schuhsohlen, als ich den Wald betrat. Die Eiskristalle glitzerten in der Sonne, die mittlerweile vom wolkenlosen Himmel schien. Sie brachte die Schneeflocken auf den Nadelbäumen zum Schmelzen. Kleine Wassertropfen fielen auf mich herab.

Es beeindruckte mich immer wieder, wie still es mitten in der Wildnis sein konnte. Ich spürte nicht den leichtesten Windzug. Obwohl ich nicht schnell lief, strengte mich das Gehen im knöchelhohen Schnee an. Ich öffnete den Reißverschluss meiner Jacke und blieb kurz stehen, um Atem zu holen.

Hoffentlich lief ich in die richtige Richtung. Es wäre wohl besser gewesen, beim Haus der Murrays zu bleiben, anstatt durch den Wald zu irren.

Ein plötzliches Geräusch ließ mich zusammenschrecken. Ich drehte mich um die eigene Achse und hielt nach dem Verursacher Ausschau, als ich erneut ein Knacken im Unterholz vernahm. Mein Blick fiel auf einen umgestürzten Baum, hinter dem ein Puma hervorsprang. Er fauchte und ich wich langsam zurück.

Das Herz schlug mir bis zum Hals. Ich bückte mich nach einem Ast und hämmerte mit diesem gegen einen Baum. Aber die Wildkatze ließ sich nicht mal aus der Ruhe bringen, als ich zu schreien anfing. Im Gegenteil: Der Puma sprang von dem Baumstamm herunter und pirschte sich in einer geduckten Haltung an mich heran.

»Kannst du mir mal verraten, warum du den ganzen Wald zusammenschreist?«

Ohne Liam zu sehen, wusste ich, dass er lächelte. Ich drehte mich langsam zu ihm um.

Er lehnte seitlich an einem Baum, hielt die Arme vor der Brust verschränkt und beobachtete mich seelenruhig.

Liam hatte mich schon immer fasziniert, aber heute erschien er mir noch viel übermenschlicher, als ich es in Erinnerung hatte. Ich konnte nicht genau sagen, woran das lag. Ohne Zweifel hatte er in den letzten Wochen zu sich gefunden und seine Herkunft akzeptiert.

Die Raubkatze war inzwischen zu ihm gelaufen und hatte

sich zu seinen Füßen niedergelassen. Er sah mich immer noch schmunzelnd an.

»Ich konnte ja nicht wissen, dass es sich bei diesem Puma um dein Haustier handelt«, antwortete ich ihm mit einiger Verzögerung.

»Erkennst du ihn wieder?« Liam ging in die Hocke und kraulte dem Puma den Kopf. »Wir sind uns zufällig wieder über den Weg gelaufen. Und inzwischen ist er mein treuer Jagdbegleiter.«

»Das ist der Puma, dem du die Beute geklaut hast?«

Liam tat empört. »Ich habe ihm den Hasen nicht geklaut. Er hat ihn mir freiwillig überlassen.«

Er kam langsam auf mich zu, was meinen Puls augenblicklich beschleunigte. Ich vergaß zu atmen, als er vor mir stehen blieb.

»Wie geht es dir?«, fragte er.

Ich zuckte mit den Schultern. »Ganz gut. Und dir?«

»Vivien«, rief Ray. Er tauchte wie aus dem Nichts auf, kam auf uns zu und umarmte mich. »Du verrücktes Mädchen. Du kannst froh sein, dass deine Aktion ein gutes Ende genommen hat.«

Ich schaute zu Boden. »Es tut mir leid. Ich hatte wirklich geglaubt, ich könnte den Ältesten durch Großvater dazu bringen, Liam in Ruhe zu lassen.«

»Das ist ja nun auch der Fall, auch wenn du dir die Umstände sicherlich anders vorgestellt hast«, sagte Ray. »Mir tut es leid, dass du deinen Großvater verloren hast. Aber für die anderen Malträger ist sein Tod eine Chance, zu einer ehrenwerten Gesinnung zurückzufinden.«

»Großvater war davon besessen, unsterblich zu werden. Doch im Grunde hat Thompson ihn nur für seine Zwecke benutzt. Er ist der Drahtzieher – und er ist nach wie vor am Leben.«

»Ja, aber er hat viel von seiner Macht eingebüßt. Und das, was im Helikopter geschehen ist, wird ihm zu denken geben«, sagte Liam. Sein versonnener Blick brachte mich völlig aus dem Gleichgewicht. Ich schmolz dahin, obwohl er mich nicht einmal berührte.

»Und was genau ist im Helikopter geschehen?«, fragte ich. »Als Thompson mir die Vitrine gezeigt hat, hat das Symbol auf dem Stein nur schwach geleuchtet und geflackert, doch im Helikopter hat es so grell geleuchtet, dass man gar nicht hinsehen konnte.«

»Er hat dir die Lebensform gezeigt?«, stieß Ray aus.

»Ähm … Ja.«

»Ich weiß von keinem Lebensträger, der die Lebensform schon wahrhaftig zu Gesicht bekommen hat. Der Älteste hielt sie akribisch unter Verschluss.«

»Na ja, er hatte sie tatsächlich gut gesichert aufbewahrt, aber er wollte ja den Hauptsitz in Vancouver verlassen und hat sie aus einer verborgenen Kammer an sich genommen.« Ich rieb mir die Stirn. »Wollt ihr sie mal sehen?«

Ray und Liam zeigten einen kurzen Moment keine Regung. Doch dann nickten sie gleichzeitig.

Ich ergriff ihre Hände, atmete tief durch und schloss die Augen. Konzentriert wartete ich darauf, dass wir miteinander in Verbindung traten, und rief mir dann den Anblick der Glasvitrine in Erinnerung. Ich versuchte das Felsstück mit dem Salzkristall und der Flechte in Form des Symbols vor meinem inneren Auge in Bildern aufzuzeigen und für Liam und Ray sichtbar zu machen.

»Wow …« Als der Kontakt abbrach, musterte Liam mich mit zusammengekniffenen Augen. »Seit wann kannst du Visionen heraufbeschwören?«

Stolz hob ich das Kinn. »Ich habe geübt.«

Ray hielt den Kopf gesenkt. Er wirkte nachdenklich. »Ist bekannt, ob die Vitrine in dem gesunkenen Wrack gefunden wurde?«

»Den Aufprall hat sie unmöglich heil überstanden«, erwiderte Liam. »Falls der Kristall jetzt nicht irgendwo auf dem Meeresboden liegt, hat ihn Thompson mit Sicherheit wieder an sich genommen.«

»Warum sind wir abgestürzt?«, fragte ich. »Was hat diese Blitze ausgelöst und wieso haben unsere Lebenslinien so stark auf die Lebensform reagiert?«

»Eine richtige Erklärung haben wir nicht. Aber ich glaube, es war umgekehrt. Aus irgendeinem Grund hat die Lebensform auf uns beide reagiert, denn Thompsons Mal und Campbells Lebenslinie sind nicht erglüht.« Er strich sich durchs Haar. »Vater meint …« Er stockte.

Ray trat einen Schritt auf mich zu. »Ich vermute, dass die Lebensform auf die Nähe eines Lebensträgers reagiert, je nachdem, wie viel Stärke er in sich trägt.« Er wandte sein Gesicht Liam zu. »Vivien wurde unter dem Einfluss einer Lebenslinie geboren und hat zudem eine Lebenslinie von dir übertragen bekommen. Doch die Lebensform hat nicht allein deswegen auf euch reagiert – sie hat die tiefe Verbundenheit zwischen euch gespürt und euch als eine Einheit wahrgenommen.«

»Hallo, Vivien«, hörte ich Jamies Stimme plötzlich hinter mir.

Ich drehte mich nach ihm um und seufzte auf, da neben vier weiteren Hütern auch Mia neben ihm stehen blieb. Auch wenn ich geahnt hatte, dass sie Liam begleitete, so traf mich die Gewissheit wie ein Schlag. Wir nickten uns zur Begrüßung zu.

Ray lächelte und zeigte dabei die gleichen Grübchen, die auch Liam besaß. »Wir warten bei den Murrays auf euch«, sagte er und lief dann zu den anderen. Er packte Mia am Arm und zog sie mit sich fort.

Sie sah sich die ganze Zeit zu mir um und Jamie winkte mir noch mal zu. Dann verschwanden sie hinter einem Hügel aus meinem Blickfeld.

»Mia hat vermutlich nichts unversucht gelassen, um sich an dich ranzumachen«, sagte ich und erschrak, als mir bewusst wurde, dass ich meine Gedanken ausgesprochen hatte.

»Ja, das hat sie tatsächlich …«, erwiderte Liam. »Zumindest bis zu dem Zeitpunkt, an dem ich ihr klargemacht habe, dass mein Herz bereits einer anderen gehört.« Er streckte seine Hand nach mir aus, bekam meinen Pullover zu fassen und zog mich zu sich heran. »Und zwar bedingungslos …«

Ich war zu keiner Handlung fähig. War das ein Traum? Hatte Liam das wirklich gerade gesagt? Sein Gesicht war mir so nah. Durch die Intensität seines Blickes versank ich vollkommen in dem Farbspiel seiner Augen, als das klare Blau zu einem Türkis wechselte und sich schließlich in ein dunkles Grün verwandelte.

»Aber ich bin mir unsicher, ob sie mich auch will«, flüsterte er, als ich nichts sagte. »Ich bin schließlich kein gewöhnlicher Junge und meine Herkunft könnte sie einschüchtern.«

Ich streifte meinen Halsausschnitt zur Seite, um Liam einen Blick auf meine Lebenslinie zu gewähren. »Mittlerweile steckt sie mindestens halb so tief mit drin wie du«, sagte ich.

Sein Lächeln ging mir durch und durch. »Berühre deine Lebenslinie, wenn du mich brauchst – und ich werde bei dir sein«, flüsterte er.

Ich sah ihm tief in die Augen und strich mit der Hand vielsagend über meine Narbe, die sofort erglühte.

Liam sog die Luft ein. »Ich bin doch schon hier.«

Sein Mal reagierte auf meine Berührung, indem es erstrahlte. Ich konnte das Leuchten deutlich durch den dicken Stoff seines Pullovers sehen.

»Ich habe nicht vor, die Lebenslinie jemals wieder loszulassen«, sagte ich mit zittriger Stimme.

Liam vergrub die Hände in meinem Haar. Ganz langsam näherte sich sein Gesicht dem meinen und dann spürte ich endlich seine warmen Lippen.

Ich schmiegte mich an ihn, konnte meine Sehnsucht keinen Augenblick länger zügeln. Mein Herz überschlug sich. Nie wieder wollte ich ihn loslassen. Ich erlag vollkommen seiner Anziehungskraft, während ich alles andere vergaß. Es gab nur noch ihn und mich …

Liam gab meine Lippen frei und lehnte seine Stirn gegen meine. »Ich werde hier jedes Wochenende auf dich warten«, sagte er. »Und wehe, du machst den Jungs in der Schule oder Jamie schöne Augen.«

Er lachte und umfasste mein Gesicht mit beiden Händen, bevor er seine Liebkosungen auf meinem Hals fortsetzte.

»Dann werden wir also zusammen sein?« Ich wollte es noch aus seinem eigenen Mund hören. »Für ein ganzes Leben?«

Ein wohliger Schauer lief über meine Haut, als er den Ausschnitt meines Pullovers zur Seite streifte und meine Lebenslinie küsste.

»Für mindestens zwei Leben, Vivien.«

DANKSAGUNG

Mein allergrößter Dank gebührt meinen treuen Lesern, die mich begleiten, seit mit meiner Verwandte-Seelen-Trilogie alles seinen Anfang genommen hat. Eure Begeisterung ist die größte Unterstützung und Motivation, die man sich vorstellen kann. Ihr seid der Wahnsinn! Natürlich gilt mein Dank auch allen neuen Lesern, die ich mit dem *Hüter der fünf Leben* in die Wildnis Kanadas entführen durfte. Ich hoffe sehr, dass ihr auch zukünftig mit mir gemeinsam Abenteuer bestreiten werdet. Jedes Wort entsteht für euch. Danke für euer Vertrauen und eure Zeit.

Ich danke meiner Familie. Ihr steht mir mit Rat und Tat zur Seite, ertragt mein endloses Schreiben und lasst mir die Zeit, ohne die ich meinen Traum nicht hätte verwirklichen können.

Meinen besten Freunden, die mich stets ermutigen und inspirieren. Besonders erwähnen möchte ich hierbei Anne, Astrid, Ellen, Katja und Rene.

Dank an das großartige Team des Carlsen Verlags. Ihr habt an mich und den *Hüter der fünf Leben* geglaubt und mir mit Rebecca Wiltsch die beste und zauberhafteste Lektorin zur Seite gestellt.

Rebecca, du bist einfach wundervoll. Du hast die Geschichte auf Herz und Nieren geprüft. Dank dir ist sie weiter gewachsen und zu dem geworden, was sie jetzt ist. Du hast mich mit deinen Kommentaren oft zum Lachen gebracht, und dass du Leslie genauso sehr magst wie ich, macht uns noch mehr zu Verbündeten. Es war mir ein Fest und ich hoffe, wir werden uns bald wieder die Wörter um die Ohren hauen.

Herzlichen Dank an meine Agentin Anna Mechler. Du hast mich schon immer unterstützt und an mich geglaubt. Ich bin glücklich, dich als meine Freundin bezeichnen zu können.

Doro, auch du begleitest mich auf meinem Weg und hast mir erste Türen geöffnet. Du wirst immer einen festen Platz in meinem Herzen haben.

Rene und Clemens – the best Team ever.

Es gibt so viele liebe Menschen, die mich unterstützen. Ich kann nicht alle aufzählen, aber ich bin so dankbar, dass es euch in meinem Leben gibt. Fühlt euch umarmt.

Eure Nica

Band 1 der SPIEGEL-Bestsellerserie

Jennifer L. Armentrout
Obsidian, Band 1:
Obsidian. Schattendunkel
(mit Bonusgeschichten)
432 Seiten
Klappenbroschur
ISBN 978-3-551-31519-9

Als Katy vom sonnigen Florida ins graue West Virginia ziehen muss, ist sie alles andere als begeistert. In dem kleinen Nest kommt sie anfangs nicht einmal ins Internet, was für die leidenschaftliche Buchbloggerin eine Katastrophe ist.
Sie beschließt, bei ihren Nachbarn zu klingeln, und lernt so den atemberaubend gut aussehenden, aber unfassbar unfreundlichen Daemon Black kennen. Was Katy jedoch nicht weiß, ist, dass genau dieser Junge, dem sie von nun an aus dem Weg zu gehen versucht, ihrem Schicksal eine ganz andere Wendung geben wird …

CARLSEN

www.carlsen.de